英美文学叙事理论研究

温 珏 ◎ 著

吉林出版集团股份有限公司

图书在版编目（CIP）数据

英美文学叙事理论研究 / 温珏著． -- 长春 ： 吉林出版集团股份有限公司，2022.4
　　ISBN 978-7-5731-1397-9

　　Ⅰ．①英… Ⅱ．①温… Ⅲ．①英国文学－文学研究②文学研究－美国 Ⅳ．①I561.06②I712.06

中国版本图书馆CIP数据核字（2022）第053651号

英美文学叙事理论研究

著　　者	温　珏
责任编辑	陈瑞瑞
封面设计	林　吉
开　　本	787mm×1092mm　　1/16
字　　数	300千
印　　张	13.25
版　　次	2022年4月第1版
印　　次	2022年4月第1次印刷
出版发行	吉林出版集团股份有限公司
电　　话	总编办：010-63109269
	发行部：010-63109269
印　　刷	北京宝莲鸿图科技有限公司

ISBN 978-7-5731-1397-9　　　　　　　　　　　　定价：68.00元

版权所有　侵权必究

前　言

英美文学作为世界文学宝库中极为重要的组成部分，为世界文学的繁荣和发展起到了重要的促进作用。其中，英国文学作为早期西方文学的典型代表，以严谨和丰富的语言风靡全世界。在继承英国文学特点的基础之上，结合了美洲原始风情的美国文学又以其自由、正义的情调和英国文学形成了鲜明的对比，同样具有较高的研究价值。作为世界文学宝库中一颗璀璨的明珠，英美文学以其生动的人物形象、丰富的思想内涵及耐人寻味的故事情节等吸引着世界范围内的读者广泛传阅和研读。除此之外，在作品的创作技巧上，英美文学也是独树一帜，尤其是在叙事策略方面，更是有其独到之处。以下将就英美文学作品在叙事策略方面的特点做一重点分析，并深入探讨其研究意义与价值，以期能够更好地促进国内学者对英美文学的进一步解析和理解。

随着国际交流的不断增强，英语作为一种国际通用的语言在各个领域的应用越来越广泛，国人对英语交际能力的需求越来越大。因此，对于英美文学的学习不仅仅要学习英语的简单词句和语法知识，还需要掌握英语的常用写作手法和一些基本的英语应用能力，以此来提高英语的交际能力。在这方面，通过分析英美文学中的叙事的写作手法来进行逐步训练和提高将是一种行之有效的学习手段。除此之外，英美国家的人们更为强调对生活的享受，并且善于进行人和人之间的沟通，这些都可以在英美文学作品的叙述写作策略中得到深刻的体现，因此研究英美文学叙事写作手法能够使大家对英美文化有一个更好的了解，有利于世界文化大融合的发展趋势。

以上通过举例分析，深入探讨了英美文学作品中几种较为常见的叙事写作策略，学习了其独到之处。我们深刻地认识到，在英美文学的学习过程中，对英美文学作品中叙事写作策略的学习和研究，能够更好地加强读者对英美文学作品中所要表达的思想感情认识，进一步促进英美文学研究者对其作品主旨的深刻把握，从而提高英美文化及其作品的学习积极性和效率，有利于国人英语交际能力及英语综合素质水平的提高，为我国相关的研究人员和英美文学爱好者更好地理解西方文化和研究英美文学提供更有力的保障。

目 录

第一章 英美文学的基本概念 ·· 1
    第一节 英美文学的精神价值与现实意义 ··· 1
    第二节 英美文学翻译中的语境文化 ··· 3
    第三节 英美文学的审美传统和文化气质 ··· 7
    第四节 英美文学的教育价值及提升策略 ··· 9
    第五节 英美文学在文化意识下的探析 ··· 12
    第六节 英美文学混合教学模式改革探讨 ··· 15

第二章 英美文学发展简史 ·· 21
    第一节 英国文学简史 ·· 21
    第二节 美国文学简史 ·· 40

第三章 英美文学的分类 ··· 52
    第一节 散文文体 ·· 52
    第二节 小说文体 ·· 67
    第三节 诗歌文体 ·· 74
    第四节 戏剧文体 ·· 80

第四章 英美文学的创新 ··· 86
    第一节 大数据背景下英美文学研究 ·· 86
    第二节 中国文学视野中的英美文学 ·· 90
    第三节 人文主义教育与高校英美文学教学 ·· 94
    第四节 网络环境下英美文学自主学习 ·· 97
    第五节 比较文学理念下英美文学的批判和认同 ·· 102
    第六节 英美文学在英语教育中的渗透路径 ·· 105

第五章　当代英美生态文学 … 111

- 第一节　英美生态文学中的回归主题 … 111
- 第二节　英美文学中的生态批评认识 … 113
- 第三节　英美文学课程生态课堂建设 … 115
- 第四节　跨文化视域下英美文学教育生态模式 … 119
- 第五节　教育生态学的高校英美文学教学模式 … 124
- 第六节　生态语言学视域下的英美文学教育 … 128

第六章　英美文学作品的实践应用 … 136

- 第一节　哥特因子与英美文学作品 … 136
- 第二节　交际翻译与英美通俗文学作品 … 141
- 第三节　英美文学作品与英语语言 … 148
- 第四节　英美文学作品与英语阅读 … 152
- 第五节　语境与英美文学翻译 … 154

第七章　当代英美文学作品赏析 … 159

- 第一节　近代英美文学作品的中国形象变迁 … 159
- 第二节　英美文学作品中人文素养的社会体现 … 163
- 第三节　跨文化角度下英美文学作品中的语言艺术 … 167
- 第四节　英美文学作品的语言运用及其关联性语境 … 172
- 第五节　英美文学作品的语言美分析 … 176

第八章　英美文学叙事的研究 … 179

- 第一节　英美文学叙事写作手法 … 179
- 第二节　叙事视角在英美文学教学中的导入 … 182
- 第三节　英美悬疑电影的叙事视角 … 185
- 第四节　语言学视角下的英美叙事文学作品 … 188
- 第五节　认知叙事学下的英美文学课程教学 … 193
- 第六节　叙事学下英美传记电影人物塑造手法 … 196

参考文献 … 202

第一章　英美文学的基本概念

第一节　英美文学的精神价值与现实意义

英美文学是世界文学的重要组成部分，其作品中反映出的精神价值和追求，有助于引导人们思想和行为上的良性转变，具有十分重要的价值。本书以英美文学为研究对象，对英美文学中的精神价值和现实意义进行了详细的研究和论述，具有十分重要的社会价值。

英美文学是欧美文化的载体，主要是利用小说、诗歌、诗词等文学表现形式，将现实生活形象化、艺术化。在英美文学中，既包含西方的习俗、宗教、历史、政治等文化，也包含作者的人生经历、人生的感悟和思考，以及人生世界观。

一、英美文学的精神价值

（一）人文主义价值

人文主义是英美文学的精神价值的集中体现。在英美文学中，更加强调人类对自身价值的追求，倡导个性解放，积极寻求抗争、平等追逐自由、公平参与竞争、追求现实人生幸福。在人文主义精神的指导下，即便是命运悲剧，也仅仅是一种短期的物质形态，完全可以通过自我精神解析、慰藉、精神再塑等行为加以消除。

在英美文学作品中，人文主义精神得以不断的传承，并且体现出了强烈的人文气息。

如莎士比亚的《罗密欧与朱丽叶》这一文学作品，深刻揭露了个性解放与封建恶习之间的矛盾和冲突，强烈体现了人文主义的精神，以及追求实现人生幸福的精神。

而在《哈姆雷特》这一文学作品中，哈姆雷特虽然出身资产阶级，但却是一个人文主义者，在作品中，哈姆雷特为了追求自由的灵魂，与国王的专制统治进行了长期的斗争。而哈姆雷特的斗争，也向读者展示了人文主义的精神价值。

（二）理性主义价值

在英美文学中，不仅反映了对人性解放、实现个人幸福的追求。同时，作者在作品中对当时的社会环境、人类的行为和生活方式进行了理性的思考，这就是英美文学中呈现出的理性主义价值。如，在早期的英美文学中，经常会出现有关的消费主义、拜金现象的描述，作者通过深入刻画民众消费的情景、乐趣，对人们的生活方式进行了理性的思考，进而对这一人生行为进行鞭挞、批判。

在英美文学中，著名的小说家家索尔·贝娄是理性主义的代表，在他的大量作品中，都对当时人们的生活、行为方式进行了思考、批判。如在《更多的人死于心碎》这一文学作品中，作者再现了美国工业后期的社会消费情况，对当时的人与人之间、人与自然和社会之间的激烈关系进行了刻画，在这种形势下，人们的亲情、爱情和友情都变得非常冷漠，作者也在作品中透露出悲伤的感情，并且对形成这种社会现象的问题进行了深刻的、理性的思考。

（三）黑色幽默价值

黑色幽默价值是英美文学中呈现的又一种非常重要的精神价值。黑色幽默，于20世纪60年代，在美国最先出现，是在文学发展过程中兴起的一种情感模式。黑色幽默被称为"大难临头的幽默""绞刑架下的幽默"，与传统的喜剧不同，黑色幽默主要是以大笑的方式来替代悲苦的感情，并且以十分荒诞的故事表达方式，进行悲苦情感的宣泄，展现无可奈何的宿命。因此，读者在阅读完黑色幽默文学之后，不是轻松的大笑，而是无可奈何的苦笑，以及无尽的沉痛感。

当然，在该作品中，作者要表达的不仅仅是对军人的束缚，还表达出制约普通人的条文，虽然人们在生活中感受不到条文的束缚，但又逃不过条文的牢牢束缚。

二、英美文学的现实意义

（一）英美文学学习有助于学生完善自我、净化心灵

英美文学来源于生活，又高于生活，是作家通过一定的艺术手法，对生活现实、自己或者他人人生的经历进行总结和提炼。可以说，学生对英美文学的学习，无疑是一种艺术形式的心灵体验。在这场心灵体验中，学生可以借助艺术作品中传递的思想、艺术魅力，树立正确的价值观、人生观和世界观，并提高自己的审美情绪。

与此同时，学生在阅读英美文学的过程中，将自己融入作品中，感受作品中人物的思想，并受其影响，从而不断完善自身的人格。

（二）可激发英语学习的兴趣，不断提高学生的语言能力

英美文学的作者都是语言大师，通过精美而又精练的语言，给读者展现出一个生动、形象的故事，激发学生的英语学习兴趣。同时，学生在英美文学的学习中，可积累大量的文学词汇，体会到东西文化的不同，进而提高学生对英语的感悟和掌握能力。

（三）建立西方思维模式和理性观念

英美文学中不仅融入了大量的西方文化、人文情怀，同时也在逻辑框架中蕴含了作者的思维模式，以及价值趋向。因此，在学习的过程中，能够使得学生更好地了解西方的文化，以及开放的思维模式和理性观念。

综上所述，英美文学包容性强、包含内容多元化，并且文学价值极高。因此，必须要在了解英美文学的精神价值和现实意义的基础上，加强对英美文学的学习，从而不断提升学习者的人文素养，并形成正确的人生观、价值观和世界观。

第二节　英美文学翻译中的语境文化

随着国门的打开，我国的对外活动交流也越来越频繁，如学术交流、项目合作、经济往来、文学作品等，在此背景上翻译行业也越来越受欢迎，但在翻

译中如何将语言做到信、达、雅的翻译要求，是全体翻译者的最终目标。尤其是文学作品的翻译，在翻译中还需要注意语境文化。具体来说，各国翻译者对翻译工作均有着不同的理解，由此，出现了不同的理论形式，缺乏统一标准，这样一来就会给阅读者带来理解困难。其主要原因，则是翻译者和作者无法形成统一语境，因此，这就需要翻译人员在进行翻译时深入具体的环境中去，提高翻译水准，下面将对此做出论述。

语言是文化内容有效的传播方式，但在翻译中无论是口译还是笔译都会受到语境背景的影响，尤其是在翻译文学作品时，由于文学作品具有一定的时代性，若只是单纯地进行翻译，就会影响翻译的准确性，因此，这就需要译者在进行翻译时，充分了解国家文化、时代背景等，提高翻译的准确性。

一、英美文学翻译语境文化差异之间的联系

翻译并不是单纯地进行转换，而是要在翻译中保留作品的意境，并将表达手法和故事内容准确地呈现在读者面前，同时还要重视语境的文化差异。具体来说，不同的文化作品包含的文化内容存在一定的差异性，这些文化差异能反映不同国家时代、文化背景，是文化作品的具体体现，因此，翻译人员在进行翻译时就需要提高基本的文化辨识能力，掌握跨文化语言交流的正确方式，准确地将作品内容翻译给读者，达到翻译目的。

（一）英美文学翻译过程中读者语境文化对翻译产生的影响

翻译的目的是将作品进行语言转换，将作品准确呈现在读者面前，使读者在学习文化作品时更能深入了解不同国家的文学知识，这也是翻译者在翻译时尊重作者语境文化的重要性。此外，就目前来说，单纯的翻译已无法满足读者的需求，这就需要翻译工作者做出相应的改变，充分站在作者的角度进行思考问题，充分考虑读者的接受能力以及阅读理解。同理，通过合理的翻译为读者提供高品质的文学作品，拓展读者的理解。例如，在翻译美国小说《吹小号的天鹅》时，翻译者首先要充分了解小说内容、思想、主旨，并在翻译时充分考虑文章的学习对象以及学习对象的心理和阅读习惯进行翻译。就《吹小号的天鹅》作品来说，它的目标读者为儿童，这就需要根据儿童的心理特点进行翻译，

如文章中提到"He was frantic with anger and dismay",如果直接翻译为"他非常愤怒沮丧",这对儿童来说理解起来可能会有一定的困难,因此,可在保持基本意思不变的情况下进行语句调整,将其翻译为"他又生气又害怕,不知所措,快要疯了",这样对儿童来说更加便于理解。由此可见,在翻译文学作品时要根据读者群体的心理特点、生活习惯、文化背景进行翻译,以此提高自身的翻译能力和翻译技巧,准确地译出作品内容。

(二)英美文学翻译过程中作者语境文化对翻译产生的影响

不同的文学作品有不同的创作以及表达方式,这与作者的生活环境、个人经历有着密切的联系。此外,在进行翻译时,作者的表达方式等也不同。因此,这就需要在翻译时注意翻译工作的统一标准,以作者的语境文化差异确保翻译的准确合理。例如在翻译《快活的乞丐》作品时,翻译人员需要了解作者的生活背景,发现作者的民主自由思想倾向和基本的人生追求,以此准确地表达出作品的思想感情和写作意图。此外,在翻译中定会受到作者的宗教信仰、文化风俗、教育背景等因素的影响,但多数翻译者通常会根据翻译习惯和喜好进行不同的翻译,但是若不能准确地掌握翻译尺度,就很有可能失去作品本身的意义。例如,英语中的"black tea"和"brown sugar"应译为"红茶和红糖",而"black coffee"应翻译为不加糖的咖啡。对此,翻译者在进行翻译时需格外注意,避免加入过多的个人情感,深入作者和作品本身,提高翻译的准确性。

(三)英美文学翻译中的语境文化差异因素对翻译产生的影响

每一部文学作品都具有时代性,在作品的时代性中包含社会、政治、宗教、社交等,因此,这就需要在进行翻译工作时,从文化的角度和时代影响中合理地适用翻译技巧,从而准确地表达作者的思想内涵。

二、社交利益以及生活习惯的差异

国家不同,宗教、文化、生活习惯都有不同。具体来说,中国受儒家影响是一个较为传统的国家,在表达中也较为含蓄,英美国家则受自由主义思想的影响,生活习惯以及社交礼仪较为奔放和直率,因此,在翻译过程中需要充分考虑社交及生活习惯的差异。

（一）生活环境的差异

中西方地理环境不同，导致历史文化、经济因素等也有很大的差异。例如，中国自古以来以农耕为主，而英美则属于典型的海洋文化，这就在长期发展中形成了特定的历史文化，而这种文化的差异导致两者之间的交流存在一定困难。

（二）语言结构以及思维方式的差异

不同地区的人语言结构、思维方式具有很多的差异。例如，就我国北方和南方的生活方式、性格特点也大有不同，南方人较为温柔理性，而北方人较为豪爽。由此看来，一国不同地区都存在一定差异，而异国的差异也是必然。如在语言结构中英美国家强调主谓宾结构，中国则较为含蓄，这在一定程度上也影响了表达方式、情感思想等，因此，这就需要在翻译中充分尊重和了解作者的思维习惯、表达习惯。

（三）社会风俗习惯的差异

风俗习惯和地域环境有很大的关系，并随着历史发展不断演变，这也是中美文化差异的原因，同时这种差异也导致中美社会风俗习惯的不同。例如，中国自古以来将龙作为帝王与尊贵的象征，也寓意吉祥富贵。但在英美国家，则认为龙是邪恶的化身，也很少提到龙的概念。此外，英美在历史上受种族之间的利益争端，导致在语言表达中动态性较强，而中国的语言表达则以静态为主，如对翻译的研究中，其中切斯特曼施加分析出，在翻译时翻译人员要根据实际的情况进行翻译，才能取得较好的翻译效果。

以上对英美文学翻译的语境文化做出了分析论述，通过以上得知，国家与国家之间的地域环境、历史文化、风俗习惯、宗教信仰等都有不同，其表达方式情感也必然存在差异，那么这就需要翻译人员在进行翻译时，充分地了解掌握语境以及文化等差异进行翻译，提高翻译质量，帮助读者更加准确的理解英美文化。

第三节 英美文学的审美传统和文化气质

英美文学在外国文学中是一个重要的组成部分,在一定程度上展现了英美民族独特的审美文化和悠久的历史。在长期发展的过程中,英美文化形成了具有自身特色的文化气质和审美传统,虽然表现出来的形式多样、流派众多,但是这些形式不同的文学作品中的文化气质以及审美传统几乎是相通的。本节在此基础上,就英美文学表现出来的文化气质以及审美传统展开论述。

在世界文学史上,英美文学占有非常重要的位置。经过长期的发展,英美文学自成体系,形成了具有自身特色的文化气质和审美传统。不仅将英美文学中的瑰丽词句和丰富内涵充分展现出来,还将英美民族独特的文化内涵以及悠久历史充分展现出来,体现出了人生的哲学思辨和人性的悲欢离合。本节基于宏观视角,针对英美文学进行深入分析,将英美文学中的文化气质以及审美传统充分展现出来。

一、英美文学的审美传统

英美文学的发展基础是希伯来文化和古希腊罗马文化,主要是在这个基础上逐渐发展起来的。所以,对英美文学的审美传统进行研究,必须充分考虑这两种文化。换言之,英美文学的审美传统和希伯来文化以及古希腊罗马文化息息相关。通过对英美文学内容进行全面的、深入的研究可以看出,英美文学有着崇高的审美传统以及崇尚力量。通过对古罗马、古希腊的雕塑和绘画我们可以看到,雕塑家和画家经常雕塑或者绘制裸体的男子,这些雕塑作品或者绘画作品给人一种力量感。通过对英美文学内容进行研究可以发现,很多文学作品中也有对力量的描绘,与古罗马、古希腊雕塑以及绘画作品中呈现出来的内容存有相通之处。比如作家海明威,写过的很多文学作品中就有针对力量的描绘,主要的描绘方式就是塑造硬汉形象。如《老人与海》这部代表作品中,海明威笔下的主人公圣地亚哥老人在出海归来的途中与鲨鱼、马林鱼顽强搏斗,这实际上就是对力量的赞美。除此之外,《论崇高》这部作品中,古希腊作家朗基努斯就针对西方崇尚崇高这一现象进行了集中强调，这实际上也是一种针对力量进行的描绘，展现出对壮大之美的追求。除此之外，在人物形象塑造方面，英美文学也追求人物形象的多面性，防止文学中的人物给人一种单薄的印象，造成作品可读性下降。比如，由著名作家莎士比亚塑造出来的"哈姆雷特"这一人物形象，就展现出多面性的特点。正是因为多种形象同时存在，让"哈姆雷特"这个人物的形象更加饱满，读者在欣赏这部文学作品的时候仿佛接触的是一个立体的、形象的、有血有肉的人物。总地来说，古希腊文学表现出来的三个主要特色，即深邃的理性主义、鲜明的人文主义以及浓厚的理想主义情怀，为英美文学的创作奠定了良好的基础，同时也对英美文学的古典审美传统起到了奠基作用。后世的作家在进行文学创作的过程中受到这种传统思想的影响，导致文学作品中刻画出来的人物性格以及描写的文学作品情节都表现出古典的审美传统。

二、英美文学的文化气质

（一）有着强烈的批判意识

通过对英美文学进行深入研究可以发现，敢于批判是该类型作品表现出来的一个重要特色。特别是美国的文学作品，有着非常强烈的批判意识，很多作品都是对现实的批判和反思。与中国的文学相比，虽然美国文学要年轻一些，但是现实批判性十分强烈。比如我们所熟知的菲兹杰拉德、德莱塞以及马克·吐温等著名的英美作家，通过对他们文学作品进行研究后发现，这些文学作品散发出了对社会现实的强烈的批判意识。尤其是马克·吐温，甚至被称之为美国批判现实主义文学的创始人和奠基人。他的作品中表现出强烈的批判意识，比如《汤姆·索亚历险记》这部作品，就是针对美国陈腐刻板的学校教育、伪善的宗教仪式以及庸俗虚伪的社会习俗进行批判和讽刺，笔调欢快，对少年儿童自由活泼的心理心灵进行描述，起到了强烈的批判作用。

（二）关注社会现实

英美文学起源于古希腊罗马文学，经过长期的发展逐渐形成自己的风格。在古希腊罗马文学中，文学作品的题材通常都是神以及其他的各类英雄。然而，通过对文学作品中的神进行研究后发现，这些神无不体现出人的特征，关注社会现实，作家试图通过文学作品对社会现实进行反思和批判。正是因为如此，经过漫长的发展，英美文学逐渐形成心怀苍生、关注现实的文学作家。通过对英美文学内容进行研究发现，在很多的英美文学作品中，作者都是试图通过对主人公或悲惨，或坎坷命运的描写，对现实生活进行折射，将现实社会的人情冷暖充分展现出来，让读者可以通过主人公的命运了解到社会的现实和残酷。这些英美文学虽然从表面上是对实主人公悲剧人生进行描写，实际上，作者也以此为载体表达出对现实社会的关怀。比如《人性的枷锁》这部文学作品，就是一部典型的关注社会现实的文学作品。

（三）追求人的启蒙和解放

希伯来文化和古希腊文化是英美文学的起源，希伯来文化和古希腊文化的特点是英美文化的基础，这也导致今天的英美文学散发出一种浓厚的人文主义色彩。通过对英美文学作品进行研究可以发现，英美文学中对人的启蒙和解放的追求一直没有停止，特别在文艺复兴的时候，这一追求表现得更为突出。对于文艺复兴而言，人文主义是重要的核心思想，这也是古希腊一直以来的审美传统。在文艺复兴这一时期，大多数的文学作品都在号召对人性启蒙和人性解放的追求。比如，《西风颂》中，作者雪莱用一句"假如冬天来了，春天还会远吗？"这样的话表明了对人性启蒙以及人性解放的追求。又如，《哈姆雷特》这部作品中，作者莎士比亚在剧中通过克劳狄斯与哈姆雷特之间的斗争，将英国黑暗封建现实与人文主义理想之间的矛盾充分展现出来，表达出自己对人性启蒙和人性解放的追求。

起源于古希腊罗马的英美文学在发展的过程中不断丰富、历久弥新，形成了今天我们看到的文学盛况。在文学内容和文学形式上，英美文学所传达的情感和精神有着不可取代的价值，值得我们去借鉴和关注。

第四节 英美文学的教育价值及提升策略

世界经济水乳交融，英语作为通行国际的语言，对英美文学深刻把握有利于对外文化交流与合作。国内对英美文学的理解还停留在工具层面，对英美文学的价值认识仍有提高空间。

文化在民族发展中具有重要作用，英美文学是世界文化体系的重要组成，反映了西方世界人类历史的进程，对发展中国家有重要的写实意义。文学价值是现实的写照，深入研究英美文学作品与精神内涵，有利于东西方文化的交流与共同发展。

一、英美文学教育的价值所在

（一）英美文学是人类对自身发展的思考

不论中国文学还是英美文学，都是文学宝库中的重要组成部分。文学的价值是不同历史阶段精神文化的精华部分。文学的功能常常发挥着令人意想不到的作用。比如对于处在濒临灭绝状态的人们，文学可以点燃人们重生的激情，排除万难，重拾信心，走向成功。对于对生活充满希望的人们来说，可以唤醒人们珍视现在、展望未来，向着更加美好的明天继续奋斗。由此可以看出，不论面对什么样的社会环境和生存状态，文学虽然不能解决基本的温饱问题，但是谁都不能忽视文学对人们生活、生存的重要性。而且文学和其他行业一样，对社会的发展具有重大的推动作用。

（二）英美文学增加社会的人文气息

英美文学绵延数千年，诞生了璀璨的文学作品与文学巨匠，在世界文学发展中产生了深远影响。比如，世界文明的戏剧学家莎士比亚，成为英国文坛的杰出代表，其文学成就历久弥新，作品在许多国家获得认可，广为传颂。莎士比亚的文学创作，大都富含深刻的人文精神——对人类思想的解放，宣扬独立的人格与主观意识的树立，都能在不同的作品中找到注脚。当然莎士比亚作品中的人文主义思想是有阶级属性的，但是不排除是对人性的理性思考。与英国文学不同的是美国文学的阶级影响小，文学作品中人文精神宣扬的个性追求表现得更加淋漓尽致。这与美国文化中宣扬的自由、民主相辅相成，具有重要的人文意义。

（三）增强理想批判的价值

文学作品触及人心，探析人们在物质与精神领域的深层矛盾。英美文学作品关心当代人们的内心世界，面对五彩斑斓的现代生活，人们的内心波动也更加剧烈，且内心受到的伤害比肉体上的伤害更加难以愈合。在物质文化空间被满足的今天，精神生活空间被严重挤压，人们不自觉地就会陷入物质主义的泥淖。因此，透彻分析英美文学作品，理解其中有关人类道德认知、社会发展进程等有关人类可持续发展的问题，增强理性批判精神。

（四）平添文学素养的价值

快节奏的现代生活，人们的日常生活充斥着物质产品，内心的苦楚找不到有效的宣泄途径。文学作品通过作者的笔触剖析现实社会的方方面面，用特殊的视角展示出人与周围世界之间的矛盾与冲突，同时用幽默滑稽的手法调和各种不协调现象，释放人们难以言语的苦闷之感。尤其是英美文学中的黑色幽默已经成为世界文学的重要组成部分。

二、英美文学教育中存在的问题

（一）教学方法和内容方面

教学方法上，满堂灌、"填鸭式"式教学方法在部分高校教学中仍在沿用，学生游离在课堂中，学习的主体地位没有得到重视，对学生综合英语素质提高不明显。英美文学作品种类灿若繁星，品类众多，需要教师审慎选择时代感强的教学内容，但是在具体的教学过程中，课时有限，教师不可能将教学内容编排做到尽善尽美，由此导致课程讲解不明了。学生只有获得课程中的参与度，才有可能实现理想的教学效果。但是，英美文学作品说教式较多，在教学方法和内容上的更新不足。

（二）多媒体教学手段的运用有待提高

信息时代已经到来，网络技术辅助之下的多媒体网络教学已经成为高校司空见惯的教学方式。运用这种教学方式，对英美文学教学效果和提高学习兴趣大有裨益。但是种种原因的限制，存在高校教师电脑操作技术不熟练，对软件的理解能力不强，甚至有的院校多媒体教学设施还不健全等等，影响了多媒体教学手段作用的发挥。

（三）英美文学的价值重视程度不足

英语专业学生对英美文学课程重视程度不足，许多学生都是为了获得必要的成绩，才学习英美文学知识，没有形成英语学习的长久动力。学生对英美文学素养的考虑不周全，只是简单地瞄准社会就业的需要，考取相关的证书，无法真正领悟英美文学的真谛。

三、提高英美文学教育的策略

（一）根据学生特点优化教学内容

英美文学有特定的历史特点，但是需要与时代同步才能真正焕发生机。随着时代更迭，年代过于久远的作品，与现代生活契合点少，难免晦涩难懂，只有站在社会发展的角度，优化教学内容，选择开发学生潜力与培养学生创新能力的篇目，才能从中汲取精华。

（二）改善多媒体教学方法，活跃课堂气氛

多媒体作为现代教学方式的一种，对于教师和学生都不陌生。结合文字、图像等多种元素，调动学生的感官，吸引到英美文学学习中，增加学习的趣味性。在一定阶段的英美文学学习结束后，要及时调整教学内容与授课方式，不断刺激学生的学习热情。教师应加强引导，全方位地认识英美文学的价值，在专业英语学习过程中，增强学生的文学素养。

第五节　英美文学在文化意识下的探析

对于英美文学的研究由于受不同文化意识的影响也会有不同的理解，本节主要从跨文化理论的基本观点出发，结合文化意识在英美文学研究中产生的影响，注重在文学作品中体现英美文化，在语言能力的基础上更加透彻地了解文学作品的内涵。

一、文化意识与英美文学研究

（一）文学发展与文化的关系

英国文学起源较早，是世界文坛上的重要组成部分。英国文学的起源要追溯到文艺复兴时期，其前后经历了文艺复兴、浪漫主义、现实主义等时期，战后英国的文学有了较大的转变，在写实的角度更加趋向于向多元的文化方向发展。英国文学随着发展的逐渐深入，也体现着英国社会的变化和发展，其作品反映了不同时期的英国社会、经济、政治以及历史文化特征。美国文学在19世纪以前是作为英国文学的分支出现的，到19世纪末期，美国文学已经不再是英国文学的分支，在创作上体现出了其自身的特征，并且逐渐发展成熟，产生了一批颇具影响力的作家。美国文学的创作风格以及创作主题上随着社会的发展也逐渐形成了自己的特征，60年代的实验学说逐渐到70年代逐渐趋于多元化的发展方向，相比较历史的创作风格以及创作方式有了明显的转变和变化。综合英国文学和美国文学的发展来看，它们的发展体现了不同时期的社会文化背景，是和当时的社会变迁以及文化特征紧密联系在一起的，因此对文学作品的发展时期的研究也是对当时的社会文化的研究。

（二）文学作品的解读与英语语言文化

文学作品源于现实又高于现实，是对社会文化背景的综合总结和归纳，对英美文学作品的解读需要建立在对英语语言文化的基本了解和认识的基础之上，也就是说文学作品的解读过程也是英语语言文化的渗透和理解过程。文学作品中包含作者对生命的思考，对价值取向以及意识形态的基本判断和理解，是对社会文化环境以及时代生活的审美体现，也是西方人对人生以及社会生活的真实感悟和体验。对文学作品的研究过程需要加入英语语言文化，在作品解读的过程中融入个人的思考和见解，更好地实现对艺术价值的欣赏，并且形成基本的价值观认识。美英文学中的语言文化以及文体风格是变化多样的，在语言的表现力上也更加丰富，表现力多元化。因此研究文学作品的过程，是领略文学作品中的丰富内涵的过程。

(三) 通过文学作品理解文化差异

对英美文学的研究和解读，有利于我们了解文学化差异。文学作品中有许多因素需要我们开阔视野，文学作品的研究过程，是我们感悟文化差异的过程，这有助于我们了解不同地区的文化差异，通过理解中西方文化，消除现实中的文化差异，提升跨文化的交际能力。学习英美文学开展对文学作品的解读有利于增强我们对文学作品的理解，更能减少文化差异，促进中西方文化的相互理解。

二、跨文化研究遵循的原则

在英美文学作品研究过程中要具有跨文化研究的意识，具体来说需要遵循以下几种原则，即实用性原则、阶段性原则以及交际性原则。实用性原则是指在进行跨文化的英美文学作品分析过程中需要充分根据客观的现实环境，将有用的材料与具体的语言环境结合起来，将文化内容和语言内容结合起来，跨文化意识能够提高对作品本身的理解，因此，跨文化研究应该从客观的文化特征角度出发，在实用性原则的指导下，加强对作品本身的理解。

阶段性原则主要是指文化内容的导入不是一蹴而就的，而是一个循序渐进的过程，需要从认知能力、语言能力等方面综合考虑。跨文化文学作品研究是阶段性的水平，需要由浅入深、由表及里，充分了解文化内容的具体特征。通过阶段性的逐步深入，了解作品中反映出的文化背景历史传统以及人文地理等。

交际性原则是指通过跨文化的文学作品研究能够提升跨文化的交际能力。语言是交际的主要手段，也是文化特征的重要载体。在文学作品研究的过程中要提升跨文化意识，在对语言知识有基本认识的基础上，了解语言国家的文化背景和特征，通过对文化的解读，实现基本的语言交流和沟通，促进文化交流的进一步发展。

三、英美文学作品的研究和教学现状

就我国目前的英美作品研究和教学现状来看，还存在较多问题，主要的发展模式比较传统。即在教学中通过文学选读和标准解读的教授为主，学生被动地接受教师的知识灌输,相对来说研究的程度较浅,不够深入,使得学生对作家作品的认识独特性不够。因此对于同一时期的文学作品的解读都大致相当,没有差异性和特色。加之美英文学作品中有许多与我国文化背景和社会文化特征不同的地方,这种单一化的文学作品解读方式是不利于学生跨文化意识培养以及文学作品分析能力的提高的。

其次,基于传统教学模式的英美文学作品大多数是采用教师授课的方式,也就是说,文学作品的解读和教学是以"教"为核心的。教师与学生之间的互动性不强。教师主要从基本的教学内容出发,包括对作品的创作背景、创作方式以及创作内容和作品中的任务分析进行文学作品的解读,从而使文学作品的解读失去了生命性,较为刻板生硬。学生在课堂上被机械地被灌输相关的文学作品常识,却没有真正通过阅读,了解美英文学作品的内涵,从而使得文学作品丧失了其本身的生命力。

另外,传统的英美文学作品的研究和教学更多侧重于对学生的基本教学常识的教学,而忽视了对英美文学作品的文化背景的学习,对作品本身的跨文化分析和研究不充分。从教师的角度来看,教师并没有从文化意识的角度对文学作品进行分析,只是单纯基于基本的文学常识和文学研究方法对作品进行了解读,缺乏对文学作品中的文化意义的深入探究。综观我国英美文学作品的研究现状,深入的分析和理解较少,从跨文化意识的角度分析理解作品的更少。要提高对英美文学作品的解读,培养跨文化意识是必不可少的。

第六节 英美文学混合教学模式改革探讨

英美文学课程教学近年来遭遇困境,混合教学模式作为结合传统、在线学习优势的新型授课方式,有助于摆脱课程所遇到的难题。但该模式目前多应用于技能型课程教学。通过英美文学教学改革实践探索,证明该模式同样适用于该课程,可有效提高教学效果。

一、英美文学课程现状

英美文学是高校英语专业的必修课,多年来在人才培养方面起到了举足轻重的作用。但是,近年来,随着社会的转型发展,校内外环境变化巨大,该课程处于较为尴尬的境地。首先一切以经济利益为目标,急功近利的思想盛行;部分教育管理者更加注重学生职业技能的培养,而忽视了学生人文思想的养成。在这种思想指导下,许多院校的英美文学课时被一减再减。这同样对学生有着影响,他们更加重视专业技能课的学习;日渐严峻的就业形势下,很多学生选择进一步深造缓解压力,这些学生重点往往放在听力、写作、翻译、阅读等课程的学习上。英美文学日渐被弱化。

同时,该课程年代跨度大,内容繁多复杂,往往使得学生产生力不从心,无以应对的感觉。部分作品语言相对晦涩难懂,学生学起来比较吃力。目前,国内主要流行的教材内容都较繁复,与学生知识水平、情感需求、兴趣爱好脱节。史学知识介绍加名著分析的传统课堂授课方式,由于其内容和方式的一致性,无法关注学生的个性化发展,以至于难以引起学生的兴趣,更无从谈起对文学作品的深入阅读。这种授课方式下,学生被动地接受知识,背离了现代社会要求学生成为知识的构建者、发现者的初衷。以上种种,导致学生对该课的关注度下降,课程被边缘化,教师在授课中也常有力不从心的感觉。

二、课程改革:线上线下结合的混合教学模式

线上教育与传统教育有机结合的"混合式教学"模式,可实现两种教育方式的优势互补。该模式既强调学生对知识主动积极的建构,又同时渗透教师对学生的人格影响,以及教师的引领作用、学习、研究方法的指导作用和对学习过程的监控作用。根据美国在线教育的统计报告,到2013年70%的院校将有40%的混合课程。目前,国内有多个网络教学平台,它们集教学内容发布与管理、课堂教学、在线教学交互、基于项目的协作学习、教学评价和管理等功能于一体,教师可以此为平台开展混合式教学。作者所在的淄博师专,对英美文学课程,进行了近一年的混合模式教学改革探索,笔者以此为例,探讨英美文

学的混合模式教学可行性及改革反思。

（一）课程设计理念

以混合教学为基本模式，借助现代教学手段，实现线上教学与课堂教学的有效融合。围绕培养合格小学英语教师目标，将知识传授、能力培养与素质提高相结合。注重结合学生兴趣、职业发展方向进行内容选取。将重点放在文学作品赏析方面，强调提高学生的文学鉴赏水平和审美情趣、创新实践能力。

（二）英美文学混合教学活动实施

1. 重新规划课程结构

根据思隆报告，在线内容少于29%的授课，为网络辅助课程；网络授课比例达30%～79%的为混合课程，80%以上的为在线课程。以此为依据，对课程结构进行规划，把握全局，兼顾细节。按不同年代和文学特点分为不同模块，下设相对独立完整的教学单元，并依据知识的逻辑关系和教师的教学经验将教学单元细化为知识点、技能点。明确每个单元哪些内容是安排学生课前、课后在线学习的，哪些部分是学生应该在课堂上掌握的。

2. 课前教学设计、线上辅助学习

教师进行各项准备工作，设计与开发教学平台，学生展开自主学习。教师对学生进行分析，综合考虑学生的知识、能力水平、能够保证的学习时间、学习动力和学习预期。结合学情分析把学生所需要课前掌握的知识、完成的任务以学习导航的形式呈现，包括内容提要、学习任务、学习目标、活动建议、课程资源等。文学史的部分、作家生平、思想、观点和风格等让学生在课前自学。教师将这部分知识合理分割，每个部分仅包括一个重点、难点或疑点，以3～5分钟的内容短小精悍的微课形式呈现，构成相对完整的一套微课体系。教师讲解视频内容，配以画面、背景音乐等吸引学生注意。简易、明快，有针对性，不易使学生产生疲倦。可适当增加相关文学流派的微课。教师筛选部分相关网站或文献并提供链接方便学生访问，避免学生在互联上盲目查阅资料而浪费太多的时间。

3. 以项目化教学为导向的基于协商的课堂学习

学生在课前的线上学习中已基本掌握了相关的文学史知识，课堂活动则更多地集中在文本的赏析上。课堂上,教师首先针对学生在线学习中普遍的、典型性的问题给予解释和阐述。教师已经在课前将任务项目进行了有机分割,不同的组完成了各自的任务。课堂上小组代表汇报研究成果,教师给予点评和补充。针对课前学后思做的问题,分组协商讨论,得出结论,共同完成对文本的理解和掌握,实现对项目的学习。《一朵红红的玫瑰》的课堂教学案例:教师首先对学生自学情况总结,重点解释彭斯诗歌的苏格兰特色;组织学生分组上台演示制作的课件:《一朵红红的玫瑰》的内容赏析、主题、写作风格,教师辅助讲解《一朵红红的玫瑰》的韵律和用词;同时,引导他们对照彭斯的另一首爱情诗《安德森,我的约》,发现不同的爱情主题以及写作方式的不同。其主导思想:学生完成难度系数相对小的任务,教师协助完成诗歌音韵理解等较难掌握的任务。分组讨论并回答课前的几个问题,诵读该诗。学生呈现课前搜集的中外爱情名诗,师生共同分析与本诗的异同。

4. 巩固复习,拓展延伸

这是再一次线上自我学习和提高的过程。学生完成在线测试,及时了解自己的学习情况。还可以根据老师上传的视频和课件,展开网络学习,有针对性地查漏补缺,其最大的优势在于学生学习的灵活性和个性化,学生明确掌握的部分可以忽略,知识的遗漏之处和难点可以反复学习,提高学习的效率。同时,师生在课程的讨论区就本单元之所学进行交流沟通,答疑解惑。弥补课堂时间短,师生无法多方位共同学习的缺陷。一方面,增进师生、生生情感交流;另一方面,启迪学生思维,拓展学生视野,增进学习兴趣。学生还可以根据教师的指导,进一步在线研究相关主题,拓展延伸。

5. 进行综合、多维度的过程性评价

采用终结性评价与过程性评价相结合的方式。一方面,把学生的在线学习情况、课堂讨论参与度、完成任务情况给予量化评价;另一方面,结合期末考试成绩,但该部分所占比重远低于改革前。考核内容分为线上学习情况(占30%)、线下学习/课堂表现(30%)、期末考试(40%)线上学习情况需要考虑学生在讨论区的活跃度、发帖量,各项在线学习、任务完成情况等。线下学习即课堂表现则根据考勤、课堂发言、组内活动参与情况和完成任务情况综合考量。期末考试根据考试成绩决定，但所占比重远低于改革前。

该评价方式充分考虑学生的平时学习情况，通过干预学生的学习过程，改变学生的学习方法和策略，以促进学生的课程学习，提高学习效率。

三、混合教学实施总结及反思

为了解课程教学改革效果，教师对学生进行了调查问卷、访谈，内容包括学生对教学模式、教学内容、学习效果的看法。多数学生（87%）认为引入了混合教学模式的英美文学课程，提高了他们的自主学习能力，方便同学间和师生间的交流，有助于他们获得更多的文学常识和知识。教学内容满意度达78%，学生普遍认为内容对他们有吸引力，易于接受、从中获益匪浅。85%的学生认为该学习方式更有益于师生、生生互动。从学习效果上讲，90%的学生认为获得了相关的英美文学知识，提高了阅读、分析能力；对于诗歌、戏剧类比较高阶的文体也能够自己进行初步的欣赏和分析。课后访谈结果同样显示，混合型教学模式普遍受学生欢迎，认为这种学习方式符合他们的年龄特征。教师提供的网上学习视频资料短小精悍，生动有趣。王同学反映说："每次上线，我都急切地想看有无新的视频，这些视频言语清晰简洁，容易理解，而且制作非常精良，从里面配的音乐和图片也可以看出老师的用心。"李同学说，"评价内容增加了线上学习、课堂讨论等，对我们的评价更全面、客观，我们平时也更加注重主动、积极地学习"。对比教改实验班和普通班的学习情况也可以发现：教改实验班的学生在自学能力、学习进度、知识掌握程度方面明显优于普通班。

但是，该模式推行过程中也存在许多值得反思和改进的地方：①学生的线上学习缺乏有效监管，部分自制力差的学生容易在学习过程中做其他的事情，导致学习效率低下。②起初，学生线上学习的积极性比较高，但随着课程的深入，新鲜感的消失，线上学习的积极性越来越低。其原因主要在于学生的学习习惯仍然不能完全适应新模式。③有部分学生不能适应线下的项目化教学，他们习惯于教师满堂灌的讲授方式，思维不够积极主动。如何克服以上问题还有待实践积累。

混合模式下，教师对无限的英美文学教学资源进行优化整合，将最符合学生特点和兴趣的内容呈现给学生，大大减轻了学生的学习负担。其次，线下线上结合的模式，把最基本的文学知识教给学生课前课后处理，降低了课堂学习、讲授的难度，把课堂作为学生提高技能的主战场，提高了学生自主探究、学习和协作的能力。同时，多样化的课堂展示和讨论有利于学生的语言技能提升，符合时代发展潮流。综上所述，混合模式下的英美文学教学因其能够有效结合传统教学与现代教学的优势，符合当前大学生的情感思维特点、知识获取途径而深受学生的欢迎。该模式有助于英美文学课程摆脱新时期面临的种种问题，走出困境。

第二章 英美文学发展简史

第一节 英国文学简史

英国文学源远流长，经历了一个长期、复杂的发展演变过程。在这个过程中，文学本体以外的各种现实的、历史的、政治的、文化的力量对文学产生了影响，文学内部遵循自身规律，经历了盎格鲁-撒克逊、文艺复兴、新古典主义、浪漫主义、现实主义、现代主义等不同的历史发展阶段。

一、古代英国文学（5世纪初—11世纪）

如同世界上许多民族的文学一样，英国最初的文学不是以书面形式存在，而是以口头形式传诵的。在古英语文学中，英格兰岛的早期居民凯尔特人及5世纪入侵的盎格鲁、撒克逊和朱特人，起初都没有留下书面文学，主要为凯尔特人创造的口头文学。这些故事与传说经口头流传，并在讲述中不断得到加工、扩展，最后才有写本。公元5世纪时，原住北欧的盎格鲁、撒克逊和朱特三个日耳曼部落侵入英国，创作了游吟诗歌。盎格鲁-撒克逊人的史诗《贝奥武甫》（Beowulf）是古英语文学中最具影响力的作品，也是中世纪时整个欧洲最早用一种民族语言写成的长篇诗作。《贝奥武甫》讲述主人公斩妖除魔、与火龙搏斗的故事，具有神话传奇色彩。这部史诗取材于日耳曼民间传说，随盎格鲁-撒克逊人传入英格兰。现存最早的抄本于8世纪初叶出自不知名的英格兰诗人之手。当时的英格兰正处于从中世纪的异教社会向以基督教为主导的新型社会过渡的历史时期，因此，《贝奥武甫》还在一定程度上反映公元7、8世纪英格兰社会生活的风貌，呈现出新旧生活方式的混合，兼有氏族社会时期的英雄主义与封建社会时期的理想，既体现出异教的日耳曼文化传统，又带有基督教文化的印记。《贝奥武甫》被认为是英国的民族史诗，是英国最早的文学作品，它与法国的《罗兰之歌》及德国的《尼伯龙根之歌》并称为欧洲文学的三大英雄史诗。

  公元5世纪末期西罗马帝国陷落之后，欧洲结束了古典时代，进入中古时代和漫长的中世纪。6世纪末到7世纪末，由于肯特国王阿瑟尔伯特皈依基督教，该教僧侣开始以拉丁文著书写诗，其中以盎格鲁-撒克逊神学家和历史学家比德（Bede，672—735）所著《英国人民宗教史》最有历史和文学价值。阿尔弗雷德大帝后来将该书从拉丁文翻译成古英语，成为历史上用古英语进行翻译和创作散文的第一人，被誉为"英国散文之父"。除此之外，他还翻译了古罗马哲学家波伊提乌以柏拉图思想为理论依据的名著《哲学的慰藉》。阿尔弗雷德对英国文学最重要的贡献，是在他的指导下开始编写并且在他死后由他人继续编写的《盎格鲁-撒克逊编年史》。该编年史记载了从9世纪中叶到1154年的英国历史，包括有关盎格鲁-撒克逊和朱特人的英雄史诗《贝奥武甫》和《朱迪斯》，以及一些抒情诗、方言诗、谜语和宗教诗、宗教记叙文、布道词。从中可以清楚地看出古英语向中古英语的演变，是英国文学史上第一部重要的散文著作，其简洁明快的散文风格对后世作家产生了很大影响。

二、中世纪英国文学（1066年—15世纪末）

（一）概论

  公元1066年，居住在法国北部的诺曼人在威廉公爵的带领下横渡英吉利海峡，打败哈罗德国王，成为英格兰的统治阶层。诺曼人占领英格兰后，封建等级制度得到强化，法国文化占据主导地位，法语成为宫廷和上层封建贵族社会的语言。这一时期文学开始流行模仿法国的韵文体骑士传奇。传奇文学专门描写高贵的骑士所经历的冒险生活和浪漫爱情，是英国封建社会发展到成熟阶段的一种社会理想体现。在整个中世纪，亚瑟王及其绿衣骑士们的传奇故事不断出现在史书或文学作品里，第一个把亚瑟王传奇故事收集起来并使之初具某种系统的是杰弗里（Geoffre of Monmouth，1100—1154）。约1154年，诗人韦斯在杰弗里的影响下，以法文形式写了《布列颠人的故事》（le Roman de Brute）一书，该书在半个世纪以后又成为诗人莱亚曼（Layaman）的长诗《布列颠》（Brut）的张本，这是用英文写成的，他是说法语的诺曼底人征服英国后第一位用英文写作的著名诗人。

14、15世纪的中古英语文学更具多样性，除了法国乃至意大利的种种因素对这一时期的文学有重要影响以外，也因英国内部尚未形成集中统一的文学而呈现出诸多地域色彩。在北部和西部地区，用古英语的口头韵诗体写成的寓言依然盛行，其中最著名的是威廉·兰格伦（约1330—1400）的《农夫皮尔斯》（Pierce the Ploughman，一译《农夫彼得之梦》），他把教堂语言概念化为俗人能理解的形象和比喻，用天堂、地狱和生活的寓言，用梦幻的形式和寓意的象征，写出了1381年农民暴动前后的农村现实，笔锋常带严峻的是非之感。作品以中世纪梦幻故事的形式探讨人间善恶，讽刺社会丑行，表达对贫苦农民的深切同情。作品结构十分散漫，但富有独创性，是集空幻、有趣、感情真挚于一体的好诗，与乔叟温文尔雅的风范不同，其用韵比较粗俗，是后世流行的头韵用法。此外，浪漫传奇作为这期间的一种主要文学样式，是中世纪骑士精神的产物。《高文爵士和绿衣骑士》以亚瑟王与其圆桌骑士的传奇故事为题材，歌颂勇敢、忠贞等美德，是中古英语文学中最为精美的作品之一。传奇文学专门描写高贵的骑士所经历的冒险生活和浪漫爱情，体现了英国封建社会发展到成熟阶段的一种社会理想。另外，中古英语时期，口头文学也占有一席之地，民间抒情诗以及讲述历险故事的民间歌谣是这一时期下层人民喜闻乐见的文学样式。总之，15世纪并不生产文学性很强的诗歌，而主要是一个民谣的伟大时代。许多流传下来的最好的英格兰韵文和苏格兰民谣使用的都是15世纪的语言，民谣的内容涉及恋爱故事、类似于罗宾逊的奇迹探险、人物传奇等等，与中世纪盛行的叙事诗及浪漫传奇有着明显的联系。民谣对英国的文学产生了重要的影响，具有真正诗歌一样的魅力。

（二）主要代表人物及作品

1. 乔叟

乔叟（Geoffrey Chaucer，1343—1400）是中古英语文学最重要的代表人物，也是英国文学史上出现的第一位大诗人。乔叟以其诗体短篇小说集《坎特伯雷故事集》(*The Canterbury Tales*)和其他长短诗集成为英国文学的重要奠基人,被认为是英国文学史上除莎士比亚之外最重要的文学大师,同时他也是这一时期最优秀的译者。乔叟之前的英国文学更多地隶属于历史,而非艺术,但乔叟的出现改变了这一现状,他如一颗耀眼的星在平庸的英国文学界脱颖而出,其横溢的才华使其出类拔萃、鹤立鸡群。此时期国王查理第二当政,以法语为高雅身份的象征,甚至在一定程度上蔑视英文,当时英语被视为一种不登大雅之堂的粗俗语言,致使当时大多数英格兰文人用拉丁语或法语创作。乔叟以诗人敏锐的目光,从属于中古英语的伦敦方言中发现其旺盛的生命力,无论翻译或创作,都坚持以这种语言为表现工具并把它提高为英国文学语言。因此,乔叟有"英国诗歌之父"之称,是英国文学史上现实主义奠基人和为文艺复兴运动开路的伟大诗人,乔叟的出现标志着以本土文学为主流的英国书面文学历史的开始。

乔叟首创英雄诗行,即五步抑扬格双韵体,对英诗韵律做出了很大贡献。他的不朽名作诗体短篇小说集《坎特伯雷故事》是从许多源头获取灵感,但又在一条主线下统一起来的故事集。这部作品包括"总引"、二十一个完整故事、三个残篇、"结语"和故事之间的"引言"和"尾声"。该书以去坎特伯雷朝圣为线索刻画了三十位来自英国的香客,他们中有骑士、修士、修女、修道院长、托钵修士、教士、商人、海员、学士、律师、医生、地主、磨坊主、管家、店铺老板、伙房采购、自耕农、厨师、法庭差役和卖赎罪券的教士等,这些人几乎涵盖了英国所有社会阶层和各主要行业,同时故事的体裁也几乎囊括了当时所有的体裁,既有高雅的宫廷爱情传奇、虔诚的圣徒传,也有粗俗不堪的市井故事、宗教寓意的说教故事、布道词,以及动物寓言等,因此,英国著名诗人德莱顿认为该书具有"上帝的丰富多彩",是中世纪晚期英国社会的缩影。乔叟的文笔精练优美、流畅自然,他的创作实践将英语提升到一个较高的文学水平,他的作品是中世纪用英语写作的代表,推动了英语作为英国统一的民族语言的进程。

乔叟通晓拉丁语、意大利语和法语,曾翻译、改编了《特罗伊勒斯和克西达》《骑士的故事》《弗兰克林的故事》《法庭差役的故事》和《大学生的故事》。此外，他还翻译了《玫瑰传奇》《贞洁的女人传奇》和波伊乌提的全部作品。为此，法国诗人德尚（Eustache Deschamps）将乔叟誉为"翻译大师"（grant translateur）。乔叟的翻译为英语翻译打开了广阔的前景，并为确立英语成为文学语言，对英国文学的发展做出了卓越的贡献。如果没有乔叟大胆而富有创造性的实验与探索，英语语言的成熟和英语文学的繁荣还得推迟相当长时期，而莎士比亚等伊丽莎白时代那些杰出的文学家的成就，恐怕也得大打折扣。

2. 高尔

高尔也是中世纪英国文学的一个代表人物，他的作品不管在语言上还是在思想上都能与乔叟相媲美。高尔是一个沿袭传统的韵文诗人，他用法语、拉丁语和英语写作，但是他不注重诗歌的音乐性。他的代表作有《沉思之镜》《原野的呼声》《恋人的自由》等作品，其中《沉思之镜》是用法文写的一首长诗，《原野的呼声》是用拉丁文写的古典挽诗对句体的一首长诗，《恋人的自由》是用英文写的一首长诗。《恋人的自由》（Confessio Amantis=Confession of a Lover）模仿宗教忏悔的体裁，共八卷及引言一篇，大体上使用的是每行八音节双行押韵体，近三万四千行。在引言里，高尔旧调重弹，侈言世风日下，除了祈祷与忏悔之外无可救药，他笔锋一转，谈到爱情。五月的一天清晨，林中散步，邂逅维诺斯与邱比特。邱比特不理会他，维诺斯看他是困于情场中的人，便把他交付给她的祭司"天才"，令他在祭司面前忏悔，坦述他在爱情上所犯的过失。"天才"便教导他七大罪及其补救之道，并且施用到爱情方面，谈到每一项目便讲一个或一个以上的故事作为实证（exemplum），一共讲了一百多个故事，故事来源有古典的也有中古的。最后维诺斯再度现身，举起镜子让他照照他的华发，让他知道他已年迈，不宜于再谈情说爱，令他离去她的宫廷。这部作品是用一个简单的结构连缀起若干故事，高尔的文笔是流畅的，中间不乏好的诗句，但过于正式，缺乏幽默且忽略了人物描写的细腻情节，因而显得枯燥。

3. 马洛里

陶玛斯·马洛里（Thomas Malory，1408—1471）是 15 世纪散文作家的巨擘，他的《亚瑟王之死》（*LeMorte d'Arthur*）成了亚瑟传奇中最有影响力的一部作品。《亚瑟王之死》是玛洛利留下来的唯一作品，而且是他在狱中之作。此书所述包括亚瑟王的诞生与其作为，以及他的高贵的圆桌武士之冒险事迹，寻获圣杯的经过，以至终于悲惨的全部死去，永离尘寰。因此，以《亚瑟王之死》作为书名显然是不恰当的，全书之名应按马洛里自己的卷末题记所云"亚瑟王及其高贵的圆桌武士之故事"（The Book of King Arthur and of his noble knights of the Round Table），但此书流传至今，一直被称为《亚瑟王之死》。《亚瑟王之死》使众说不一的零散故事终于规范化，从而形成一部记述自亚瑟王出世至他遁居仙岛时止的完整故事体系，也使这部书成了后世作家引用亚瑟王故事的摇篮。亚瑟王的故事在不同程度上反映了当时的各种社会影响，体现出人们的各种愿望与理想。在英国古代史上名震一时的亚瑟王和他的气概豪迈的圆桌骑士们，为后世遗留下一些蕴含深刻的传奇故事。随着时间的流逝，这些传奇故事浸染了一种神话色彩，与古希腊神话和基督教圣经一道形成英美文学的三支伏流，对英美文学产生了深远影响。《亚瑟王之死》词句优美，今天读起来依然明白易懂，成为英国小说的雏形。

三、近代英国文学（16—18 世纪初）

（一）伊丽莎白时代暨文艺复兴时期的英国文学

伊丽莎白（Elizerberth，1533—1603）时代正值文艺复兴。文艺复兴的文化和学术开创了现代的自然研究和自然科学，也开启了文学创作的新气象。此时的英国是一个文学高峰的时代，文学创作可谓百花竞艳、万紫千红，而最突出的是诗歌和戏剧。

1. 诗歌

怀亚特（Sir Thomas Wyatt，1503—1542）和萨里（Henry Howard Surrey，1517—1547）首先揭开了伊丽莎白时期的文学序幕，二人从意大利为英语带来了一种新鲜的形式。怀亚特翻译并模仿彼特拉克的短诗，为英国的诗歌开辟了一个优良的传统，他还尝试着用其他韵律方式创作。他的爱情抒情短歌，以感情真挚、语言自然见称。萨里以其《伊尼德》译本将最初的无韵诗，即后来莎士比亚和密尔顿的十行诗——带进了英国文学。

西德尼（Sir Philip Sidney，1554—1586）集诗人、小说家、批评家、宫廷人士、军人于一身，是16世纪最有威望的作家之一，被誉为最能代表这一时代之理想的高雅之士（ideal gentleman）。西德尼的一生都奉献给了诗词，他的短诗感情相当真挚，而真诚的感情正是文学中最重要的价值所在。西德尼工于十四行诗，并且使之成为英文诗的自然形式。十四行诗在当时是非常流行的诗体，高雅的绅士和专业的诗人像学习剑术一样，热衷于学习十四行诗的创作。其中一些十四行诗注重形式，极具优雅的格式；而另一些则是富含热情的佳作。西德尼第一部英文体十四行诗系列《阿斯特洛和斯苔拉》（Astrophel and Stella），对莎士比亚产生了重要影响。另外，西德尼最具代表性的作品主要有三部：《阿凯地亚》（Arcadia）、《阿斯脱菲与斯苔拉》（Astrophel and Stella）、《诗的辩护》（The Apologie for Poetrie）。其中，《阿凯地亚》是一部具有时代特征的作品，莎士比亚《李尔王》（King Lear）一剧中的情节即来自于此。散文之中掺入了不少诗歌韵语，有八十首之多。主要的故事是关于两对情人的悲欢离合，而故事的发展和琐细情节的穿插却极为繁复，开卷几页是写牧人的浪漫故事，随后就荡开文笔，写到海难，写到乡绅之家，写到国家大事，写到国王宫掖，牧人成了配角，每卷末的牧歌（eclogue）成了插曲。武侠冒险与谈情说爱的成分在书中平分秋色，而西德尼兴之所至还要利用各个机会大作其政治的哲学的文章。总之，此书性质并不单纯。在文学方面，极充实缛丽之能事，句子长，里面有过多的直喻隐喻和奇思幻想，有过多的拉丁语法，有过多的描写与刻画，使得现代一般读者可能无法卒读。但是这全是当时的人所最喜爱的东西，西德尼用那样的文字写那样的题材是很自然的一回事。

斯宾塞（Edmund Spenser，1552—1599）是继乔叟之后第一个运用绝妙的概念和技巧处理艺术主题的英国诗人，被兰姆称为"诗人中的诗人"。他翻译和创作了许多歌颂爱情和女王的诗歌。1579年斯宾塞发表了他的《牧人日记》，这在英国诗歌史上是一件具有重大意义的事件。它宣告了一流诗人的诞生，紧接着问世了《短诗集》和精品寓言长诗《仙后》（The Faerie Queen）。《仙后》既有人文主义关怀，也有新柏拉图主义的神秘思想，还带有清教伦理和资产阶级爱国情绪，情节结构和人物塑造仿古罗马史诗和骑士传奇文学。赛宾塞备受推崇的原因不仅因为他的诗中蕴含的力量,还在于他对韵律、节奏和形象具有无可企及的天赋。即使不能通读《仙后》(除了诗人、学者和考据者,没有人能够通读),只要随意翻开任何一章,都能够遇到像古代挂毯般璀璨的诗句。那些"陈旧的语调和过时的言辞"曾被同时代的人所诟病,却为他的辞章平添了许多色彩。此外,斯宾塞还是一位非常高产的诗人,他的作品还有《牧羊人日志》(The Shepherd Calendar)、《达芙娜依达》(Daptmaida)、《情诗集》(Amoretti)、《婚礼颂》(Epithalamion)等多首诗或诗集。琼森(Ben Johnson,1572—1637)生前在英国文学史上享有的威望是无人可比的,他是稍晚于莎士比亚被同时代的其他诗人誉为"歌之王"的大诗人。他擅写社会讽刺诗剧,是当时最遵守古典观念的剧作家,经常指责其他剧作家只懂迎合"低俗客"的鄙陋趣味。琼森擅长使用喜剧来谴责罪恶与愚行,使得许多人称他的剧本为纠正喜剧(corrective comedy)。他的诗歌不仅有优美的形式和精当的遣词,而且蕴含着优雅的感情和压制的热情。或许因为琼森的博学多识使他的悲剧略显沉重迟缓,但是在他的歌谣中,他的博学犹如被优雅有力的翅膀载着自由飞翔,他的声音如云雀般清脆动听。琼森对于古典诗歌所做的贡献,对他自己的诗歌以及追随他的人的诗歌产生了全面的影响,这些皆缘于琼森从不盲目因袭古人,他学习古人并能取其精华为我所用。琼森深受贺拉斯、卡特拉斯、马西阿尔的影响,将其视为楷模,同时他也敬佩罗马的诗人,相信他们对艺术对称美的要求,让英国诗歌具有重要意义。伊丽莎白时代的诗歌有流于怪诞的危险,琼森则借助自身的权威使诗歌虽然有规则却不生硬,考究却不因袭传统,清晰却不流于俗泛。此外,琼森在戏剧方面也是成绩斐然。他的剧作《人人高兴》嘲弄了那个时代的弊端,是一部非常有力度的"风俗喜剧"。他的学者风范在悲剧《西亚努欺斯的覆灭》和《卡塔林的阴谋》中有所体现,在这两个剧本中,琼森没有卖弄文学,但剧中的悲剧感是深刻的。琼森的罗马剧在人物的塑造和语言的运用上丝毫不逊色于莎士比亚。他的罗马剧《蹩脚诗人》是莎士比亚和其他诗人都无法写出的。在整个17世纪,琼森的名声和威望都在莎士比亚之上。

邓恩(John Donne,1572—1631)是玄学派诗歌的代表人物。玄学派诗歌的特点是采用奇特的意象和别具匠心的比喻,融细腻的感情与深邃的思辨于一体，以善于表达活跃躁动的思绪和蕴含哲理而独树一帜，但其语言质朴而且口语化。玄学诗派在诗歌艺术上独辟蹊径，对现代主义诗风产生过很大影响。邓恩作为权威人物与琼森风格迥然相异，他是一个含糊的、注重内省，不遵守诗歌韵律的人，而琼森在言行举止上都是一个古典主义者，虽然很少受到约束，却仍然注重诗歌的形式。邓恩是最具原创性的英国抒情诗人之一，其诗歌代表了英国17世纪玄学派诗歌的巅峰成就，他的代表作有《挽歌与讽刺诗》(The Elegiesand Satires)、《歌谣与十四行诗》(The Songs and Sonnets)。由于他的模糊性和神秘性使得人们很难更好地了解他。他在青年时代写过许多恋歌和讽刺诗，后来他成为一名著名的传教士，并把写诗的热情转移到宗教诗的创作上。邓恩的诗作音律往往参差不齐、格律不严，多数情况下，他的诗篇之所以美妙是因为他的热情。但他也能够写出和约翰逊一样格律齐整的诗篇。

弥尔顿(John Milton, 1608—1674)的一生跨过了整个17世纪的四分之三，他是他那个时代的文坛巨匠，也是继莎士比亚之后主要的英国诗人。他以炽烈的感情、壮丽的想象、优美的语言使17世纪英国无韵体诗歌达到一个新的美学高度。雪莱在《诗辩》中将弥尔顿与荷马、但丁并列称为三位伟大的史诗诗人。在英国资产阶级革命中，弥尔顿担任克伦威尔政府的拉丁文秘书和共和国国会议员，先后写下了《论出版自由》(Areopagitica)、《科马斯》(Comus)、《为英国人民声辩》(Pro Populo Anglicano Defensio)等遒劲有力的政论文参加斗争，为英国资产阶级革命的正义性辩护，使整个欧洲为之震惊。继而创作《沉思的人》(Penseroso)、《快乐的人》(L'Allegro)、《利西达斯》(Lycidas)等足以使他在英国抒情诗中占有重要地位的精致美妙的短诗。其中《利西达斯》是他最感人的诗篇，这是哀念逝去的朋友的挽歌，与雪莱的《阿多尼斯》和丁尼生的《怀念》并称为英国文学中的三大哀歌。弥尔顿晚年在双目失明的情况下以惊人的毅力创作了三部伟大作品:《失乐园》(Paradise Lost)、《复乐园》(Paradise Regain)和《力士参孙》(Samson Agonistes)。《失乐园》是弥尔顿根据《创世纪》中寥寥数言的故事，创作出来的具有十二个篇章的宏大的无韵诗。《失乐园》的语言非常优美以至于它被奉为诗歌艺术的范本，其结构、表达方式、繁多的隐喻和象征又使它带有了异教的色彩。由于诗人的才情缺乏自省精神，而使得有些语句单调枯燥以外，就整篇诗作而言，《失乐园》仍不失为"雄壮的文体"。

2. 戏剧

16世纪的后半叶，英美文学中最繁荣的是戏剧。英国戏剧起源于中世纪教堂的宗教仪式，取材于圣经故事的神秘剧和奇迹剧在十四五世纪英国舞台上占有主导地位，随后出现了以抽象概念作为剧中人物的道德剧。到了16世纪末，戏剧进入全盛时期。马娄（Christopher Marlowe，1564—1593）是莎士比亚之前最重要的戏剧家，他冲破旧的戏剧形式的束缚，创作了一种新戏剧，成为新剧的先驱。他的剧作歌颂知识，财富和无限的个人权利，反映了新兴资产阶级力图摆脱封建束缚以求发展的强烈愿望。他短暂的创作生涯共留下六部剧作，《迦太基女王狄多》(与托马斯·纳什合作)、《帖木儿大帝》(上、下部)、《浮士德博士的悲剧历史》《马耳他岛的犹太人》《爱德华二世》和《巴黎大屠杀》。不过马娄的声誉主要取决于《帖木儿大帝》《浮士德博士的悲剧历史》和《马耳他岛的犹太人》这些以一个主人公为中心的悲剧。其中《帖木儿大帝》的重要性不仅在于它是马娄的成名作，而且在于它吹响了"英国文艺复兴时期戏剧革命的第一声号角"。在这部剧作中，作者第一次成功地将无韵的素体诗运用于人物的对白。全剧分上下两部，第一部讲述帖木儿如何战胜一个又一个敌人，从默默无闻的牧羊人首领成为亚洲最有权势的征服者的过程；第二部则重在展示他在面对不可抗拒的死亡时的悲哀。马娄笔下的帖木儿是独特的文艺复兴式想象的产物。他目空一切，具有将整个世界置于自己控制之下的决心和勇气，永无止境地寻求个人意志的实现。虽然帖木儿最终孤苦伶仃地死在心上人的墓前，但是他试图颠覆一切现存秩序的壮举，却将文艺复兴时期得到高度提升的人的主体性发挥到了极致。该部作品被琼森誉为"马娄伟大的诗章"。莎士比亚（William Shakespeare，1564—1616）是欧洲文艺复兴时期英国最伟大的剧作家和卓越的人文主义思想的代表，他以奇伟的笔触对英国封建制度走向衰落和资本主义原始积累的历史转折期的英国社会做了形象、深入的刻画。他的创作按思想和艺术的发展分为三个时期：历史剧和喜剧时期（1590—1600）、悲剧时期（1601—1608）和传奇剧时期（1609—1613）。莎士比亚的历史剧是在16世纪80年代流行于英国戏剧舞台上的编年史剧发展而来的。这种历史剧的产生与广受欢迎有两个重要的客观原因：一是现实政治的需要，再就是当时大量历史著作的出版。前者为其产生提供契机，后者则为其产生提供依据。莎士比亚主要的历史剧包括反映从百年战争中期到玫瑰战争结束之间近一个世纪英国历史的两组四部曲。第一组是由《亨利六世》上、中、下三部和《理查三世》组成，再现了英国历史上著名的玫瑰战争的全程。第二组由《理查二世》《亨利四世》上、下部和《亨利五世》组成，叙述了从理查二世登基到亨利五世去世近半个世纪的英国君王荣辱兴衰的历史。其中，最出色的是《亨利四世》上、下部。该剧主要表现了亨利登上王位之后国内的政治纷争与战乱。但是，值得注意的是，《亨利四世》的主人公并不是亨利四世，而是他的儿子哈尔王子。可以说，使得《亨利四世》有别于莎士比亚其他历史剧的根本就在于，它展示了似乎玩世不恭的哈尔王子转变成令人尊敬的哈里国王的过程。

莎士比亚喜剧的代表作有《仲夏夜之梦》《威尼斯商人》《皆大欢喜》和《第十二夜》。其中，最具代表性也最广为人知的喜剧作品是《威尼斯商人》。这部喜剧以古代传说为基础，巧妙地将两个原本互不相干的故事缝合起来，使得它们完美地形成一体并呈现出一个充满浪漫主义气息的幻想世界。剧中除夏洛克之外的所有人物都是这个世界的享有者，公正、宽恕、友谊是他们的主要价值观和行为准则，明显具有文艺复兴时期人文主义者理想化的倾向。尤其是鲍西娅，她集财富、智慧和美貌于一身，被认为是莎士比亚笔下最成功、最完美的人物之一。

莎士比亚悲剧中最为人称道的是四大悲剧《哈姆莱特》《奥瑟罗》《麦克白》和《李尔王》，其中尤其是《哈姆莱特》，不仅代表着莎士比亚本人戏剧创作的最高成就，还被视为整个文艺复兴时期文学创作的顶峰。在这些作品中，莎士比亚虚构的是无常、凶险、充满死亡的悲剧世界，表现以主人公的死亡而告终的人间灾难。除四大悲剧之外，莎士比亚创作的爱情悲剧《罗密欧与朱丽叶》也是他最受欢迎的剧作之一。该剧不仅具有其早期喜剧《爱的徒劳》和《仲夏夜之梦》中的那种有时显得做作的抒情风格，而且在人物刻画方面标志着剧作家艺术上的成熟。该剧取材于亚瑟·布鲁克的抒情长诗《罗密欧与朱丽叶的悲剧》，当然故事的源头还可以上溯到更早的时候。另外，值得注意的是，与莎士比亚后来的悲剧不同，罗密欧与朱丽叶的悲剧是命运所致而不是由人物性格的悲剧缺陷所引发。尽管两个情人存在自身的弱点，但最终毁掉他们的是他们所面临的社会条件。

莎士比亚传奇剧创作于剧作家戏剧生涯的最后阶段。他用娴熟的艺术手法将喜剧因素与悲剧因素糅合在一起，借用传统的浪漫传奇的形式，创作出《泰尔亲王佩力克里斯》《冬天的故事》《奥瑟罗》《辛白林》等四部以圆满的结局化解悲剧性矛盾冲突的传奇剧。其中，《暴风雨》是最为人称道的一部，论者一般认为，该剧是莎士比亚总结自己一生的压卷之作，表明了剧作家用道德感化的方式改造人类社会的愿望。

韦伯斯特（John Webster, 1580—1625）的《马耳费公爵夫人》恐怖而令人心碎，所蕴含的感情非常强烈，以至于冲破了诗和韵律的束缚。兰姆评价道："《马耳他公爵夫人》中描绘了一种令人昏乱的庄严肃穆的哀伤情感。"韦伯斯特的另一部力作《维多利亚·科隆波拉》，讲述一位美丽的女子，她所到之处必会带去死亡和灾难。这部剧作对于死亡和毁灭的冥想，阴森恐怖，呈现了一种病态，却达到了和希腊悲剧或者莎翁悲剧相媲美的程度。

（二）詹姆斯王朝期间的英国文学

詹姆斯王朝时期也称王政复辟时期，指共和时期后1660年王政复辟后的文学。许多现代的典型文学形式包括小说、传记、历史、游记、新闻报道等在这一时期开始成熟。当时，新的科学发现和哲学观念以及新的社会和经济条件开始发挥作用，还出现了大量以政治、宗教为内容的小册子文学。

王政复辟后，新古典主义使学风气为之一变。这一时期，文坛最受欢迎的作家是班扬，他的《天路历程》（*The Pilgrim's Progress*, 1678）被视为英国近代小说的发端。作品采用梦幻的形式讲述宗教寓言，但揭开梦幻的面纱，展现在读者面前的是17世纪英国社会的一幅现实主义图景。作品用朴素而生动的文字和寓言的形式叙述了虔诚教徒在一个充满罪恶的世界里的经历，对居住在"名利场"的上层人物做了严峻的谴责。这里有清教主义的回响，而作品的卓越的叙事能力又使它成为近代小说的前驱。虽然叙事写得十分真实，但技巧上却是采取寓言形式，这是一种新散文，这是班扬作为本时期重要的散文家所做的贡献。

这种新散文，实际上也是写实小说这一新的文学样式的先驱。18世纪写实小说兴起，不能不说班扬有很大的文学贡献。这一时期，英国抒情诗的代表人物有德莱顿（John Dryden，1631—1700）和蒲柏（Alexander Pope，1688—1744）。德莱顿驰骋文坛，集桂冠诗人、散文家、剧作家于一身，曾一度左右伦敦文坛，成为叱咤风云的人物。德莱顿在英国文学史上成就非凡，以至于他的名字成为他所处文学时代的代名词。由于他对押韵对句定型的贡献而成为18世纪英国诗坛的鼻祖，成为诗歌和散文真正的革新家。他的《戏剧论》以及其他论文是英国文学批评史上和英诗体著作中划时代的作品。德莱顿之后的世纪是散文的时代，而他则是开山鼻祖。他的重要作品是《一切为了爱情》（All for Love）。蒲柏是一位以讽刺诗见长的伟大诗人，善于用庄重华贵的语言形式表现滑稽可笑的生活内容。他的诗以精雕细琢、优美动听悦耳、诗体变化纷繁著称，特别是英雄双韵律诗，成为当时人们学习的样板，其代表作有《书信》和《讽刺》。

复辟时期的君主对文学的重视，在很大程度上推动了诗歌艺术的发展。"桂冠诗人"这一王室御用诗人称号，就始于詹姆斯一世。德莱顿、华兹华斯、丁尼生等人都曾被授予这一称号。这一时期的诗歌创作，除了邓恩为代表的玄学派，主张诗歌描写爱情、田园生活与宗教感情，强调诗人个人的内心感受，以意象奇幻取胜，还有骑士派的诗作，主张诗歌以爱情为主题，宣扬及时行乐。这些诗人与戏剧家、散文家的共同创作为王政复辟时期的文坛吹来了一股清风。

（三）启蒙时期的英国文学

18世纪社会的相对稳定和启蒙主义思想的传播，使英国文学出现新的盛况，写实小说的兴起，相继涌现一批作家和作品。启蒙时期的重要作家有笛福（Daniel Defoe，1660—1731）、斯威夫特（Jonathon Swift，1667—1745）、菲尔丁（Henry Fielding，1707—1754）等，他们既是启蒙运动的思想家，也是启蒙文学家。他们把文学创作看成是宣传教育的有力工具，致力于反映人民大众的日常生活，描写普通人的英雄行为和崇高精神，深刻揭露封建社会腐朽与黑暗，甚至暴露资产阶级的缺点。

笛福是18世纪英国现实主义小说的奠基人,有英国"小说之父"之誉,第一部小说《鲁滨逊飘流记》(Robinson Crusoe)是流传最为广泛的英文作品,也是英国近代小说的开山之作和现实主义小说的创始之作。斯威夫特的《格列佛游记》(Gulliver's Travels, 1726)中寓含的讽刺力量是英国文学或者其他任何文学都无法企及的。这部书一直吸引着各类读者,除一般普通读者欣赏其情节的奇幻有趣,其讽刺的犀利深刻外,历史学家看出了当时英国朝政的侧影,思想家据以研究作者对文明社会和科学的态度,左派文论家摘取其中反殖民主义的词句,甚至先锋派理论家把它看作黑色幽默的前驱。菲尔丁的作品善写广阔的社会画景,巧于运用讽刺,对当时英国上层社会进行了深刻讽刺。他的小说代表了18世纪英国现实主义小说的最高成就,是现实主义小说的进一步发展,并且是英国文学史上第一个比较系统提出现实主义小说理论的作家。菲尔丁因其书信体小说、散文体史诗、第三人称叙事等小说创作的突破被誉为"英国小说之父"。理查逊(Samuel Richardson, 1689—1761)继承了笛福的现实主义传统;同时,他又特别注重人物的感情描写,从而产生了现代小说一种新的文学类型——感伤主义文学,他的书信体小说《帕米拉》(Pamela)即是这一体裁的代表作。他擅长用一系列书信讲述一个连续的故事,从而树立了英国的"书信体小说"。他的书信体小说描写家庭生活,刻画人物内心活动,推动了浪漫主义运动在18世纪末的兴起。斯特恩(Laurence Stern, 1713—1768)是感伤主义文学主要代表,宣扬感情的自然流露,强调个人和社会的不可协调,认为文学的主要任务是描写人的内心世界和变化无常的情绪。因此对当时小说的模式感到不满,义无反顾地进行革新,在《项狄传》(The Life and Opinions of Tristram Shandy)中打破传统小说的框架结构,摒弃以时间为顺序的创作方法,以一种全新的小说文本来描述主人公内心世界。《项狄传》被认为是"世界文学中最典型的小说"。评论家指出20世纪小说中的意识流手法可以追溯到这部奇异的小说。斯特恩的文学实验为英国小说艺术增添了新活力,开后世现代派小说先端,可谓英国最早的实验性写作的大手笔。

18世纪的诗歌创作也是一派繁荣景象,不仅有世纪初的蒲柏和汤姆逊在创作,就是一些散文名家,如斯威夫特、约翰逊、哥尔德斯密斯和蒲柏,也善于写诗。葛雷（Thomas Glary，1716—1771）也是这一时期重要的诗人。他的诗作以《墓园挽歌》（Elegy Written in a Country Churchyard，1750）最为著名，该诗发表后引来诸多仿作，一时形成了所谓的"墓园诗派"。

《墓园挽歌》因为凝集了一个时期中的某种社会情绪，加上以完美的形式表达了这种情绪，在一定程度上解决了如何革新旧传统的问题而具有较高的艺术价值，因而被誉为英国18世纪甚至英国历来诗歌中最好的诗。

四、现代英国文学（18世纪—1960年）

（一）浪漫主义时期的英国文学

英国浪漫主义文学的主要成就体现在诗歌和散文上。作为浪漫主义文学的典型代表，它们表现出一些共同特征。首先，着重抒发对理想世界的热烈追求，有很强的抒情色彩。浪漫主义的繁荣与作家对社会现实的失望有关，因此特别重视对个人理想的描绘，表现主观世界，抒发强烈的情感。其次，崇尚自然，歌颂自然。浪漫主义作家在卢梭"回归自然"口号的影响下，致力于对自然景物的描写。但与古典主义不同的是，浪漫主义诗人强调的是充满野性的自然界，旨在从中去获取在人类社会难以获得的对人性的认识。这种自然情结产生于浪漫主义诗人对工业化进程的忧虑，它诉诸情感和想象，反对理性对自然天性的束缚和扭曲。最后，重视中世纪民间文学，提出"回到中世纪"的口号，从中世纪民间文学中学习灵活自由的表达方式及风格特点，汲取民族民主因素的养分，作为自己创作的借鉴和楷模。此外，在艺术表现手法上，浪漫主义作家喜欢运用热情奔放的语言、瑰丽的想象、夸张的手法、大胆的幻想、怪异的情节、鲜明的形象，将神话色彩和异域情调与普通的日常景象交织在一起，形成对照。在格律方面，浪漫主义诗歌是英国文学史上第二个"诗歌的黄金时代"，对世界文学的影响极为深远。

这一时期，浪漫主义诗歌的代表人物有华兹华斯、柯尔律治、拜伦、雪莱、济慈等，他们以各自不同的方式丰富和阐释了"几乎无限多样性的浪漫主义的主导原则"。尤其是拜伦、雪莱、济慈三大诗人将浪漫主义推向高潮，把浪漫主义诗歌带入一个更为广阔的境界。拜伦、雪莱、济慈三人各有特色，但都忠于法国革命的理想。拜伦是出于对暴政的反感和叛逆，因此他的诗作表现出追求自由、反抗压迫的精神，注重揭露现实。其作品以东方叙事诗和拜伦式英雄著称于世，最显著的艺术特点是辛辣的讽刺，锋芒指向18世纪末19世纪初欧洲广阔的社会人生，而把讽刺、叙事、抒情三者融为一体，更是他独特才能的突出表现。拜伦的讽刺诗《审判的幻想》被誉为"英国文学史上最成熟、最完整的政治讽刺诗之一"。雪莱是着眼于未来的理想社会，他的诗风自由不羁，惯用梦幻象征手法和远古神话题材。雪莱的浪漫主义理想是创造一个人人享有自由幸福的新世界，他注重对未来的描绘，并试图在创作中描述对人类远景的看法，被恩格斯称为"天才的预言家"。济慈具有资产阶级民主思想，向往古代希腊文化，幻想在"永恒的美的世界"中寻找安慰。他的诗篇被认为完美地体现了西方浪漫主义诗歌的特色，成为欧洲浪漫主义运动的杰出代表。

这一时期，在散文方面有开创历史小说新领域的司各特（Sir Walter Scott，1771—1832）和开创风俗小说天地的奥斯汀（Jane Austen，1775—1817）等人的创作。司各特创作的历史小说内容涉及从十字军东征起，经过17世纪英国资产阶级革命到18世纪君主立宪时期为止的历史事件。司各特擅长在艺术虚构的同时引入历史真实的细节，情节曲折，富于传奇色彩，从而使得他的小说成为18世纪和19世纪英国文学现实主义和浪漫主义两种不同趋向的完善和发展，为他赢得了"西欧历史小说之父"的声誉。司各特的去世标志着英国浪漫主义的结束。奥斯汀的作品不触及重大社会矛盾，而是以女性特有的观察力，以女性作家特有的敏锐和细腻刻画英国乡村中产阶级的生活和思想，描写她周围的小天地，尤其是绅士淑女间的婚姻爱情风波，富有戏剧冲突，深受读者欢迎。她的小说突破了18世纪末19世纪初的"感伤小说"和"哥特小说"模式，展现了当时尚未到资本主义工业革命冲击的英国乡村中产阶级的日常生活和田园风光，在英国小说史上具有重要意义，深受当代批评家的注意。

（二）维多利亚与现实主义时期的文学

维多利亚时代的英国小说主要以现实主义为特征。作为整个欧洲现实主义文艺思潮的一部分，维多利亚时代的现实主义小说表现的是普世意义上的生活经验。实际上，其关注、描写乃至预期的读者对象都是中产阶级，表达的是中产阶级的价值观。现实主义最基本的特征是真实地描写现实，小说家往往采用编年史式的叙述结构、单一的叙述视角和写实的手法，刻意营造一种照相式逼真。在维多利亚小说家中，狄更斯、萨克雷、勃朗特姐妹、乔治·艾略特、特罗洛普、哈代等人是杰出的代表，他们直面社会现实，表现出强烈的使命感、道德感和忧患意识，将笔触伸向社会的方方面面，描绘出一幅幅维多利亚时代社会生活画卷，塑造出众多栩栩如生的人物形象。他们的作品不仅包含丰富的思想和社会内容，还使得现实主义小说的写作技巧达到炉火纯青的地步。除了现实主义主流以外，维多利亚时期的小说还呈现出多样化发展态势。除以罗伯特·史蒂文森为代表的新浪漫主义小说家表现出对冒险和异域风情的浓厚兴趣之外，廉价犯罪小说、侦探小说也都红火一时。

此外，这一时期的诗歌依然堪与小说平分秋色。作为对19世纪初期浪漫主义感情泛滥的反拨，维多利亚时代的诗歌表现出凝重、典雅的诗风。该时期可以称为大诗人的只有丁尼生和勃朗宁，他们不仅以充满使命感和忧患意识的叙事长诗挑战同时代的小说家，还以技艺精湛的短诗传世。

（三）批判现实主义文学

19世纪七八十年代后期出现了哈代、高尔斯华绥等巨匠，他们运用社会心理小说和社会讽刺剧等形式，对资本主义社会的政治、道德、宗教和文化等方面做了淋漓尽致的揭露和批判，这便是批判现实主义文学。批判现实主义作家们以手中的笔反映工业资产阶级发展后的社会生活，揭露了资本主义社会人与人之间的冷酷关系和资产阶级的伪善。英国19世纪的批判现实主义小说，是文学成就最高的文体，因为小说一直是中产阶级最喜欢的文类，它的形式较有弹性，除了呈现现实生活的情况外，也提供一个想象的世界。小说中的道德寓意也多附和中产阶级读者的期盼，人性本善，善有善报，恶有恶报。作者也多批判有钱人为富不仁，对穷人寄予同情。哈代（Thomas Hardy，1840—1928）是维多利亚时期的最后一位小说家，他的小说一直以故乡多塞特郡和该郡附近的农村地区作为背景，早期作品描写的是英国农村的恬静景象和明朗的田园生活，后期作品明显变得阴郁低沉，带有悲观情绪和宿命论色彩，其主题思想是无法控制的外部力量和内心冲动决定着个人命运，并造成悲剧，代表了

19世纪末20世纪初英国以"幻灭"为主题的小说创作。代表作有《德伯家的苔丝》(Tess of the D'Urbervilles, 1891)和《无名的裘德》(Jude the Obscure, 1896)。康纳德是一位承前启后、伟大而深刻的作家,被誉为英国的文学语言大师,他的创作处于现实主义和现代主义交替的时代。他继承了英国小说创作的优秀传统,又在许多方面大胆开拓,表现出鲜明的现代主义特征。他的小说展示了西方扩张主义转型的历史过程,并对此进行反思,其主要作品"为最杰出的维多利亚小说与最出色的现代派作家提供了一个过渡"。进入19世纪的后30年,英国小说依然活力不衰,题材范围继续扩大,有梅瑞狄斯、劳瑟福德、莫里斯、吉卜林等代表人物。小说的艺术性也有新发展,如詹姆斯和康拉德等都十分讲究小说艺术。梅瑞狄斯的文采、勃特勒的犀利、莫里斯的以古朴求新鲜、吉卜林的活泼和嘲讽,都使英国小说更加丰富多彩。

(四)现代主义文学

在1910年至1940年的30年间,英国文坛发生了巨大变化,一时流派林立,理论更迭,五花八门的实验主义作品竞相问世。一批追求革新的作家争先恐后地登上文坛,以标新立异的艺术手法反映现代意识和现代经验,英国文学史上迎来了又一个辉煌的黄金时代。这便是半个世纪之后才被人们认识和接受的现代主义文学思潮。这一时期的重要作家有福斯特(E. M. Forster, 1879—1970)、萧伯纳(George Bernard Shaw, 1865—1950)、高尔斯华绥(John Galsworthy, 1867—1933)、叶芝(William Butler Yeats, 1865—1939)、奥威尔(George Orwell, 1903—1950)、戈尔丁(William Golding, 1911—1993)、艾略特(T. s. Eliot, 1888—1965)、劳伦斯(David Herbert Lawrence, 1885—1930)、乔伊斯(James Joyce, 1882—1941)、吴尔芙(Virginia Woolf, 1882—1941)以及曼斯菲尔德(Katherine Mansfield, 1888—1923)等人。他们对资本主义社会的政治、道德、宗教和文化等方面做了淋漓尽致的揭露和批判,表现出强烈的社会责任心和对极权主义威胁的忧虑。同时,用敏感的笔触发掘人物内心深处细微的变化,揭示出人生欢乐与痛苦的真情。

此外,战后英国小说创作出现了一个令人瞩目的现象——妇女作家的崛起,她们的创作不仅有从女性视角去表现当代妇女在男权社会所受的压抑以及女性自我意识的觉醒一面，还有回避女性自我意识，以非性别化的作家身份去观察世界、表现生活的一面。主要代表人物有莱辛（Doris Lessing，1919—1994）、斯帕克（Muriel Spark，1918—1996）和默多克（Iris Murdoch，1919—1999）等人。其中，莱辛是战后英国最杰出的妇女作家，她的作品带有强烈的现实主义倾向和鲜明的时代特色，立足于人和社会，反思当代政治和文化思潮，并从不同的角度反映人和社会的真实状况。

五、当代英国文学

第二次世界大战结束后，英国文学并没有因为战争的破坏出现真空。在小说方面，一些在战前已经成名的作家如沃、格林、伊丽莎白·鲍温等笔耕不辍，继续推出有影响的作品。到了 50 年代，戈尔丁成为文坛新宠，他的《蝇王》以探讨人性的本质为主题，用象征主义的手法表达他对西方社会悲观主义的看法。这一时期，还出现了一批"新现实主义"小说家，他们的特点是用新的主题和题材表现传统观念中发生的变化。金斯利·艾米斯、韦恩和布赖恩等所谓"愤怒的青年"小说家在作品中发泄他们对英国社会等级森严、贫富不均状况的愤懑。这些小说家的作品虽然展示了 50 年代英国社会的真实状况，但在艺术上并没有什么创新。进入 60 年代，实验主义开始在英国兴盛起来。福尔斯在《法国中尉的女人》中革新传统的小说观念和叙述技巧，成为英国最为著名的实验主义小说家。当时积极从事小说形式实验的重要作家包括威尔逊、德雷尔、伯吉斯等人。他们的努力使得 60 年代成为"最富创造性、最生机勃勃的年代"。在"后现代主义思潮"冲击下，这一时期的 B.S. 约翰逊、安·奎因和加布里尔·贾希乔维希等作家以极大的热情进行小说形式的创新。不过这些作家的形式革新只是喧闹一时，他们的作品因过于偏离传统而难以传世。

此外，60、70 年代以来，女性小说家的队伍随着女权主义运动的发展迅速壮大，莱辛、默多克、斯帕克、拜厄特、德拉布尔、布鲁克纳等是其代表人物，她们当中有些人同时还属于实验主义小说家的队伍，可见女性作家的革新意识与男性作家相比丝毫不逊色。80 年代以来，新一代英国小说家迅速成长，其中的佼佼者有马丁·艾米斯、斯维夫特、艾克罗伊德、巴恩斯和麦克尤恩等人，他们各具特色的创作将英国小说带入了一个极富创造性的时代。这一时期另外一个令人瞩目的现象是少数族裔小说家异军突起,他们富有特色的表现素材和手段,给英国小说创作注入新的活力,其中尤其以拉什迪、石黑一雄和奈保尔成就最大,被并称为"英国文坛移民三雄"。

60年代以后,英国诗坛呈现出多元化趋势,没有出现过大的文学运动,诗人的创作个性更加突出。这种多元化表现为诗歌流派纷呈、地方性诗人群体的涌现、女性诗人和少数族裔诗人的崛起,以及诗歌日益走向大众。当代北爱尔兰诗歌是20世纪末英国诗歌中最重要的组成部分。希尼的诗歌在描写北爱尔兰乡村生活风物的同时,探索物质与精神的交流和融会,具有鲜明的民族色彩和纯美的语言风格。

英国的戏剧在战后初期总体上呈现一种不景气的局面。直到50年代,贝克特的《等待戈多》和奥斯本的《愤怒的回顾》的创造又重新拉开英国戏剧新高潮的序幕。这两位剧作家的创作分别代表50年代英国戏剧的两个主要方向,即荒诞戏剧和写实主义戏剧。品特于50年代登上剧坛,在将近半个世纪的时间里,创作了不少优秀作品,奠定其战后英国戏剧重要剧作家的地位。60年代以来,英国戏剧已经摆脱传统戏剧体裁的束缚,斯托帕德善于用滑稽、闹剧的手法表现严肃的思想,谢弗的剧作着重用视觉形象和声效形式来烘托人物间和人物内心的冲突。韦斯克、邦德、黑尔、格里菲斯等人的剧作关注现实社会和政治,取得可喜的成绩。

第二节 美国文学简史

美国文学与英国文学虽然都是英语文学,但它仍有着自己的特点。首先,美国文学并不像英国文学那样源远流长,经历了长期、复杂的发展演变过程,它几乎是和美国自由资本主义同时出现,因而较少受到封建贵族文化的束缚。其次,美国文学与英国文学都自身的精神风貌,这是由于美国早期人口稀少,有大片未开发的土地,为个人理想的实现提供了很大的可能性,使美国人民有着不同于英国人民的性格特征。这种性格一方面体现在美国人民富于民主自由精神，个人主义、个性解放的观念较为强烈，这在文学中有突出的反映，一方面也体现在美国作家敏感、好奇，往往是一个浪潮未落，另一浪潮又起，日新月异，瞬息万变，作家们永远处在探索和试验的过程之中。20世纪以来，许多文学潮流起源于美国，给世界文学同时带来积极与消极的影响。还体现在许多美国作家来自社会下层，这使得美国文学生活气息和平民色彩都比较浓厚，总的特点是开朗、豪放。再次，内容庞杂与色彩鲜明是美国文学的另一特点。美国是一个多民族的国家，移民不断涌入，各自带来了本民族的文化，这决定了美国文学风格的多样性和庞杂性。美国文学发展的过程就是不断吸取、融合各民族文学特点的过程。同时，个性自由与自我克制、清教主义与实用主义、激进与反动、反叛和顺从、高雅与庸俗、高级趣味与低级趣味、深刻与肤浅、积极进取与玩世不恭、明快与晦涩、犀利的讽刺与阴郁的幽默、精心雕琢与粗制滥造、对人类命运的思考和探索与对性爱的病态追求等倾向，不仅可以同时并存，而且形成强烈的对照。从来没有一种潮流或倾向能够在一个时期内一统美国文学的天下。

一、近代美国文学（1590—1810）

（一）殖民地时期的文学（1590—1750）

殖民时期主要是印第安人和早期移民两支文化。印第安人是北美洲的土著居民，当欧洲人发现新大陆的时候，他们仍处于原始公社制度各种不同的阶段。印第安人在向大自然的斗争中创造了自己的文化，主要是民间口头创作，包括神话传说和英雄传说。由于他们没有文字，这些传说后来才得以整理问世，并启发了后世美国作家的灵感。最初的殖民地文学在很大程度上是宣传性作品，它们出自殖民者之手，出版地点主要在英国，其目标读者也是包括英国在内的欧洲大陆的人们。这些作品记录殖民者横渡大西洋的经历，描述"新"大陆的地理环境，着力渲染美国广袤的土地和丰饶的自然物产，详细叙述当地印第安人的情况，希望引起英国政府和商人投资开发的兴趣，并吸引更多的人参与投资进程。此后，清教徒为寻找宗教自由来到新英格兰建立了殖民地，他们所信仰的宗教信念为此后美国整个民族意识和文化产生了深远的影响。因此，这一时期虽然是美国文学的初始阶段,但其多元化的风格已初露端倪,大体上可以分为殖民地叙事文学、殖民地叙史文学、殖民地清教文学、殖民地诗歌、殖民地其他散文五大类。第一位美国作家是史密斯(John Smith,1580—1631),他的作品是关于新大陆的报告文字《新英格兰记》(1608),诞生于弗吉尼亚。美国诗人诞生于17世纪,主要有布雷德福德(William Bradford,1590—16 57)、温斯罗普(Edward Winslope,1550—1678)、布拉兹特里特(Anne Bradstreet,1612—1672)和泰勒(Edward Taylor,1645—1729)。诗歌在这一时期有不少创作,但清教思想的影响使得作品多以叙述真实事件的形式,显得冗长乏味。此外,在独立革命之前,以记录反映个人经历为主的日记、书信、游记等文学作品甚为流行。这些看似简单的叙事文学抒写了作者对美洲殖民生活的感想,生动地再现了北美殖民地的种种社会风貌。

(二)独立革命时期的文学(1750—1810)

独立革命时期是美国民族文学开始形成的时期。独立革命期间充满反抗与妥协之间的尖锐斗争,迫使作家们采取政论、演讲、散文等简便而又犀利的形式投入战斗,这些无畏的战士为了战斗的需要锤炼自己的语言艺术。此时期的诗歌也具有强烈的政治性,大量的革命歌谣出自民间。不过,在北美殖民地人民争取独立的岁月里,政治成为社会生活的中心舞台,那些有影响的作者都不是专业作家,而是独立革命的战士和参加者。

独立革命时期的美国文学不同于殖民地时期处处反映清教精神,而具有浓烈的政治论辩风格,均带有强烈的政治色彩。独立时期在整个美国文学史上具有极为特殊的意义,斗争中产生了大量的革命诗歌和散文,造就了美国头一批重要的散文家和诗人,为日后美国文学的独立发展创造了基本前提。有小说家和戏剧家努力从历史和文化上说明美国的辉煌传统,与弗瑞诺等人在诗歌领域的爱国主义精神相呼应,力图缔造美国的民族文学。当然,这一时期的美国文学仍带有浓厚的欧洲风格。

二、现代美国文学(1810—1945)

美国独立后,真正意义上的美国文学开始经受炼铸、形成。作家们吸取欧洲浪漫派文学的精神，对美国的历史、传说和现实生活进行描绘，一些以美国为背景、美国人为主人公的作品开始出现，美利坚民族内容逐渐丰富并充实起来，民族文学开始诞生。自此以后的100余年间，美国文学蓬勃发展，先后经历了浪漫主义、现实主义和现代主义文学等几个明显的发展阶段。

（一）美国浪漫主义文学

1. 早期浪漫主义时期的文学

早期浪漫主义代表人物有欧文（Washington Irving，1783—1859年）、库珀（James Fenimore Cooper，1789—1851年）、坡（Edgar Ailan Poe，1809—1849）、布莱恩特（William Cullen Bryant，1794—1878年）、朗费罗（Henry Wadsworth Longfellow，1807—1882）等人。其中，欧文是美利坚合众国建立后的第一个美国职业作家，他的创作打破了美国对英国文化的依附，成为美国文学的先驱，开创了美国的浪漫主义文学运动，被称为"美国文学之父"。欧文熟知殖民地时期的逸闻掌故，虽然旅居欧洲多年，但其作品的场景都在美国，因此他的创作致力发掘北美早期移民的传说故事。在他的小说中，"美国文学"这一概念第一次浮出水面。

欧文致力于发掘北美早期移民的传说故事，开创了美国短篇小说的传统，但是，作为美国文学史上第一个发掘与表现美国历史和风土人情的作家，他却认为美国缺乏文学创作的素材，因而面向欧洲寻找他的写作灵感。这种观念在库珀那里也得到了印证。库珀是美国文学的奠基人之一，他认为美国自然单调，人民性格天真，历史短暂平和，因而缺乏文学创作所需要的素材。他指出，弥补这种遗憾的途径之一是到历史中挖掘无尽的宝藏。因此，库柏的散文作品也是关于英国田园式生活的，包括他的札记、政论。坡是第一位在小说和诗歌领域都取得显著成就的美国作家，他的作品触及了前人很少涉及的心理学领域，并且将神秘、幻想等元素融入小说创作之中。他的创作不同于那些满怀乐观向上的时代精神作家，色彩较为阴暗，但他在诗歌、短篇小说和理论批评方面达到了新的水平，标志着美国民族文学的多样性和在艺术上的发展。他的创作被欧洲文学界誉为诗歌和小说创作风格的开拓者。布莱恩特是第一位赢得杰出诗人荣誉的美国人。他创作了大量象征美国独立和民主政治的诗歌，与欧文开创美国散文新时代一样,布莱恩特开创了美国诗歌的新时代。评论家阿诺德称其诗作为"语言最完美、最简洁的诗歌"。朗费罗致力于介绍欧洲文化和浪漫主义文学,一生创作了大量抒情诗、歌谣、叙事诗和诗剧,有"革命诗人"之称。同时,他还是第一个扬名海外的美国诗人。

2.先验主义与后期浪漫主义文学

19世纪30年代以后是后期浪漫主义的创作,其理论是先验主义,代表人物有梭罗（Henry David Thoreau,1817—1862）、爱默生（Ralph Waldo Emerson,1803—1882）、霍桑（Nathaniel Hawthorne,1804—1864年）、迪金森（Emily Dickinson,1830—1886）、麦尔维尔（Herman Meville,1819—1891）、惠特曼（Walt Whitman,1819—1892）、罗威尔（James Russel Lowell,1819—1891）及荷尔默斯（Oliver Wendel Holmes,1809—1894）等人。其中,迪金森与惠特曼被称为19世纪美国最伟大的两位诗人。迪金森的诗作充满灵性和智慧,结构精巧,深入心灵,与当时的美国社会格格不入,很多诗作都以死亡为主题,并带有揶揄的意味。主要作品是《艾米莉·迪金森诗集》（The Poems of Emily Dickinson）。惠特曼是美国现代文学开创者之一,他以丰富、博大、包罗万象的气魄反映了广大劳动群众在民主革命时期的乐观向上精神。他歌颂劳动,歌颂大自然,歌颂物质文明,歌颂"个人"的理想形象;他的歌颂渗透着对人类的广泛的爱。诗人以豪迈、粗犷的气概蔑视蓄奴制和一切不符合自由民主理想的社会现象。英国小说家劳伦斯曾评价惠特曼说:"他是第一位向人类的灵魂高于肉体的陈词滥调开炮的人。"他那种奔放不羁的自由诗体,同他的思想内容一样,也是文学史上的创新,产生了广泛的影响。

(二)美国现实主义文学

19世纪下半叶的美国文学受欧洲文学思潮的影响,产生出具有美国特色的现实主义。美国现实主义的大本营是美国文学的中心波士顿,代表人物是当时的文学泰斗豪威尔斯。由于美国自身的文化和文学传统,美国的现实主义表现得更加多元化。这个时期是美国文学建立自己文学身份的时代,在小说、诗歌等方面逐渐形成了美国文学的特征。

1. 小说创作的高潮

19世纪下半叶是美国小说获得大发展的时期，在这个时期，以马克·吐温为代表的美国小说家用小说的形式树立了美国的文化形象，和惠特曼、迪金森一起奠定了美国文学的根基，使美国文学第一次具有和欧洲文学传统不同的文学身份。南北战争之后美国小说转向现实主义，强调可信性和真实性。这个时期是美国小说最有活力的时期，不仅作品数量剧增，其内容题材也反映了社会生活的方方面面。而且，现实主义作家也表现出了不同的风格。马克·吐温代表了西部边疆现实主义的高峰，恰到好处地融合了地方色彩小说和民间传说的幽默，反映的现实最朴实原始。相反，詹姆斯的心理现实主义往往使读者进入主人公的大脑来观察他的思维。豪威尔斯采用的则是英国式的现实主义，并且已经不时显露出自然主义的痕迹。克莱恩、诺里斯和德莱赛的自然主义反映了原始资本主义过渡到垄断资本主义给社会造成的触目惊心的后果，他们在批判的力度、描写的深度上都远远胜于同时代的现实主义小说家。

2. 诗歌的新发展

19世纪开始后的很长一段时间里，美国文学仍然受英国和欧洲文化的左右，诗歌也不例外。美国诗人和小说家一样，一直思考着如何在形式和内容上表现他们所面对的新世界。布赖恩特在世纪初提倡真正"美国"式的诗歌理论和实践，十几年后，爱默生在《美国学者》中进一步发挥了这种主张，在《论诗人》中指出了新世界诗人的特点和做法。爱默生的主张显然影响了惠特曼，惠特曼的革命性在于他用诗歌形式树立起一个美国和美国人的形象。另一个足以代表美国精神的诗人是迪金森。"她是美国诗人中成功地联系起19世纪抒情诗歌——坡、麦尔维尔、爱默生的传统——和惠特曼所倡导的自由体诗歌的第一人。"威廉斯认为她和惠特曼代表了19世纪美国心灵拓荒最高的才智。但是，他们的风格却迥然不同，惠特曼是大海大河滔滔，骄阳当空；迪金森则是小桥流水，月明星稀。惠特曼大气磅礴，更多关心的是宏观世界；迪金森细致入微，更多注重的是微观世界。正如斯托弗所说："惠特曼的诗歌是通过他持续的、为了包罗万象而向外冲刺的努力而取得的，而迪金森的诗歌是通过她迅疾的零散的洞察而取得的。"然而，作为当时美国精神的代表，他们却有着一个鲜明的共同点，即在诗歌艺术的追求上执着勇敢，在任何时候都不会趋时媚俗，宁可遭受占主流地位的保守诗人、评论家、编辑、出版家乃至读者的误解、讽刺、嘲笑，甚至抨击，却毫不妥协地与传统的诗歌美学决裂，表现了一个创新者所具备的胆略和气魄。这也是世界上独领风骚的大诗人所具备的基本气质。

此外，和地方色彩小说一样，这一时期出现了数量颇多的地方色彩诗歌，比较有代表性的就是西部诗歌。由西部开发所产生的西部精神曾被认为是蓬勃向上的美国民主精神的体现。哈特的诗歌曾经风靡一时，确也给美国诗坛带来一股清风。

3. 戏剧的进一步发展

现实主义出现之前的百多年间，风靡美国戏剧舞台的是情节剧。情节剧继承浪漫主义传统，倚重剧情的跌宕起伏，而人物大都类型化、脸谱化，剧作家只在惊奇神秘、情感宣泄上下功夫。这种剧对现实的反映流于表面，很少顾及人物心理刻画，对剧本艺术本身也疏于发掘。内战之后，尤其是19世纪70年代之后，这一现象得以改变。戏剧更加注重演出效果和强调事先的总体策划，为满足现实主义戏剧的需要，演出时常常使用具体真实的道具，一些特殊的效果如大火、洪水等要求更加逼真。此外，在早期现实主义的影响下，剧作家逐渐摆脱情节剧的俗套，转向美国本土的社会现实、寻常百姓的日常生活，以及大众化的生活语言，表现"未被美化的真实"。对欧洲浪漫主义戏剧传统的摆脱也是美国剧作家逐渐本土化的过程，表现在他们对美国社会现实的关注。

（三）美国自然主义文学

到19世纪90年代，在欧洲现实主义与自然主义文学的影响下，一批新兴的作家从许多方面反映社会消极的一面，自然主义的思潮开始风行。克兰（Stephen Crane，1871—1900）是自然主义代表作家，他的长篇小说《街头女郎梅姬》（*Maggie：A Girl of Streets*）是美国第一部自然主义小说，很多细节都取自贫民窟的真实生活，使用了贫民窟的语言，逼真地反映了美国大城市最下层人们的生活状况。他的第二部小说《红色英勇勋章》（*The Red Badge of Courage*）被称为美国的第一部反战小说，同时该作品也被视为克兰的代表作。诺里斯（Frank Norris，1870—1902）也是美国自然主义重要的作家，他追随左拉和自然主义派的榜样，强调遗传和环境在人生中起决定性的作用，竭力主张小说家的责任就是描写在自然环境影响下的寓言式的人物。他的作品促进了美国自然主义流派的形成，其中最出色的是《小麦史诗》(The Epic of the Wheat) 三部曲中的第一部《章鱼———一个加利福尼亚的故事》(The Octopus)。此外，自然主义流派的重要作家还有伦敦 (Jack London，1876—1916)、德莱塞 (Theodore Dreiser，1871—1945)、凯瑟 (Willa Cather，1873—1947)、威廉斯 (William Carlos Williams，1883—1963) 等人。这些作家都对美国文学的成熟做出了贡献。总之，20世纪初这段时期因其文学题材之丰富、内容之新颖、技巧之大胆创新，被人称之为美国文学的"第二个文艺复兴时期"。尤其是20世纪20年代是美国文学史上伟大的十年，占有独特的地位。大量的文学作品，充分地反映出时代的精神面貌，值得后世传诵。

（四）美国现代主义文学

美国文学经过19世纪中后期的"文艺复兴"之后迅速走上了民族文学的发展道路，并且一直保持了良好的发展态势，不断推陈出新。时至20世纪初，它已经成为世界文学不可忽视的一支主力军，开始逐渐影响世界文坛。自20世纪开始，美国进入了一个新的发展时代。在国际性的"现代主义"文艺运动影响下，各种文学样式纷纷登场，出现了各种流派并立的局面。

1. 美国现代诗歌的发展

美国诗歌在19世纪末20世纪初基本上处于沉寂时期。随着两位划时代的诗坛巨擘迪金森和惠特曼的相继去世，美国诗坛被一些模仿英国浪漫主义末流诗歌的"风雅派"所垄断。美国诗歌的不景气局面持续了相当长的一个时期，好在还有一些诗人比较倾向于诗歌意象和表现形式的革新，他们的诗歌革新举措和1912年门罗创办的《诗刊》共同触发了一场新诗运动，从而结束了美国诗歌的沉寂期。从此，一批新诗人纷纷登上美国诗坛，开创了美国现代诗歌的传统。个性化的诗歌创作，是这一时期的突出特点。各种诗歌派别如"垮掉派""黑山派""纽约派""具体派""自白派"和"新超现实主义派"纷纷出现。这些派别各有主张，但其共同点是企图摆脱艾略特的"非个性化"的影响。新一代的诗人直抒胸臆，突出个人因素，具有一种"现时性"。他们强调美国特色，不再视伦敦为英语诗歌中心；他们干预政治，不再以超然物外而自傲；他们反对权力机构，蔑视传统规约，他们的诗歌描写吸毒、性爱（包括同性爱）、精神分裂与对自杀的眷恋。这一切，可以看作对西方机械化、标准化、非人性化的社会的一种反叛。

在这段被称为文艺复兴大写新诗的历史时期，美国诗歌最大的收获之一是艺术形式的百花齐放：象征派、印象派、未来派、超现实主义诗、日本俳句、五行诗、多音散文诗、散文诗、新吟游诗和跳跃幅度大而诗行破碎的自由诗等。它们不但构成了新诗的新范式，而且提供了新诗的多样化的新方法，表现了新诗的创造性和活力，从而把新诗提高到了空前的地位。新诗的贡献在于它在风格上做了许多革命性变化，这种变化的成果依然被后现代派诗人所接受、所使用，尤其他那经济、具体、通俗口语、悖论的艺术手段依然被当代诗人所运用。新诗的另一个突出成果是把自由诗体作为主要的艺术形式确立了下来。

此外，由于门罗的倡导，《诗刊》抛弃了一切成见，注意提携新人，一时成了介绍不知名诗人的作品、促进诗歌运动的重要媒介，也为美国诗歌培养了一批诗歌新秀。这一时期著名的诗人有艾略特（Thomas Stearns Eliot，1888—1965）、庞德（Ezra Pound，1885—1972）、弗罗斯特（Robert Frost，1874—1963）、桑德堡（Carl Sandburg，1878—1967）、卡明斯（E. E. Cummings，1894—1962）、威廉姆斯（William Carlos Williams，1883—1963）等人。他们分属于不同的流派，但共同点都致力于表现现代资本主义社会中越来越突出的人的异化，并或多或少流露出彷徨和悲观的情绪。

2. 美国现代小说的发展

第一次世界大战爆发前，美国文化界普遍是一片欢乐的景象。美国文化的中心从具有浓厚清教传统的波士顿转到了芝加哥和纽约，这一转变有力地推动了美国文化的进一步开放，也标志着美国文化界开始摆脱清教的严格束缚。在这一转变过程中，不仅欧洲的现代主义思潮纷纷流进美国，而且国内形成了新的政治团体和艺术团体，发展了一种放荡不受约束的新文化。这个时期的美国文学一方面出于激动和喜悦回应新的社会进程，因而引吭高歌，对新世纪做别样的礼赞；另一方面又保持了一种颓唐的怀疑态度，认为一种新的使人类丧失人性的社会力量正日益冲击和改变着美国人的生存环境及昔日的观念和偶像，因而显得格外的冷峻与沉郁。

欧洲现代主义思潮的传入给美国青年带来了巨大的影响，他们在尊崇和仿效欧洲现代主义文化的同时强烈地渴望欧洲文明。然而，残酷的战争击碎了他们的精神支柱，在情感上受骗的同时也对前途丧失了信心。他们自我放逐，被称为"迷惘的一代"，主要代表人物有海明威、菲茨杰拉德等。他们旅居欧洲，并在吮吸了欧洲现代派的文学滋养后发展了各自的风格。他们所取得的举世瞩目的艺术成就使20世纪20年代成为美国有史以来小说创作最辉煌的时期，大大促进了美国现代主义文学的繁荣。与此同时，美国南方的一部分小说家也对战后美国做出了应有的反应。在他们的作品中滋生了一种怀旧情绪，留恋一种文明秩序和道德传统，因此被称为"逃逸派"作家。当时活跃在南方的女作家波特虽不属于这一派，但以其独树一帜的创作在美国小说史上留下辉煌一笔。而1930年，刘易斯首次夺得了诺贝尔文学奖，成了举世瞩目的美国小说家，更是结束了美国文学被蔑视的局面，也标志着美国文学已经完全走向了全世界。然而，随后爆发的经济危机却又将美国民众推向了绝望的边缘。一些正直的作家拂去20世纪20年代失望和迷惘的尘埃，将个人的哀愁转向社会问题的探讨。他们在目睹了经济危机造成的种种社会弊端之后开始接触马克思主义、社会主义。一部分进步作家开始设想一种可以代替资本主义的新的社会秩序，于是"左翼文学"应运而生。"左翼"小说家的出现又使美国小说沿着更加激进的道路发展。他们同其他小说流派一道共同构筑了20世纪三四十年代色彩斑斓的美国小说世界。

3. 美国现代戏剧的发展

美国戏剧在进入20世纪后迎来了其发展的"黄金时代"。现代主义在戏剧方面的代表人物是被誉为"美国戏剧之父"的奥尼尔，他的剧作受象征主义、表现主义和弗洛伊德主义的影响。奥尼尔是新戏剧运动的主力，他对美国社会的合理性表示怀疑，在题材和技巧上为美国戏剧开辟了一条全新的道路，创造了美国现代的悲剧。他用现实主义白描手法，寻找自我、反映人类的孤独。在欧洲先锋派文艺思潮的影响下，他又用象征主义手法写了《琼斯皇帝》《毛猿》

《上帝的儿女都有翅膀》等,在更为广阔的背景下表现了现代美国生活的那些被扭曲的心灵。当20世纪20年代意识流方法在小说中广泛应用时,奥尼尔也开始探索如何把这种方法用在戏剧舞台上,写有《奇异的插曲》和《素蛾怨》,都获得了成功。奥尼尔是位严肃的剧作家。他对戏剧创作有明确的认识,"戏剧就是生活",戏剧反映生活,揭示生活的本质并传达给观众。奥尼尔的剧作涉及美国社会生活的不少侧面,他不直接写社会冲突,而侧重写这些冲突对人内心的影响以及因此而导致的悲剧。除奥尼尔之外,这一时期的杰出剧作家还有安德森、莱斯、海尔曼、怀尔德等人。在他们的戏剧思想影响下,美国出现了一系列紧扣时代脉搏,不受商业化倾向左右的高品位戏剧作品。这些剧作不仅注重艺术性,而且注重思想性。

三、当代美国文学(1960—)

当代美国文学在题材内容和文学种类上更为丰富多样。从诗歌和戏剧看,虽然没有大师级杰作,但大量的作品也构成了绚丽多彩的局面。诗坛既有先锋派与新形式主义诗歌的新旧并举,又有日记体与抒情系列的长短共存。戏剧仅以现实题材而论,就广泛涉及政治、社会、家庭、种族、理想等多个方面。至于小说,正如英国评论家马尔科姆·布雷德伯里(Malcolm Bradbury)所说:"已经成为由各种不同声音朝多个方面呼吁的组合。"在这个"组合"中,现实主义长篇在蓬勃发展,由"极简派"小说代表的短篇发展到了一个新阶段。处于潮落阶段的后现代派小说,又与其他形式文学共同衍生出如"电脑小说"一类新型作品。妇女小说重在借助现实主义以外的手法来探索女性的自我建构。此外,除了少数民族小说展示出辉煌外,科幻小说的发展也令人瞩目。这一时期科技的高度发展激发了人们对科幻小说的兴趣。同时,科技领域的日益复杂化和专业化也促进了科幻小说水平的提高。较之于早期科幻作品,这一时期的科幻小说内容更丰富,更吸引人,风格更多样。虽然仍有人不重视科幻小说,但它们已作为一种文学类型进入了文学的"主流"。这些作品从各个不同的侧面反映出美国社会生活和文化心理状态。

此外,创作主体也呈现出多元化趋向,少数民族文学异峰突起是其显著特点之一。这次少数民族作家群的崛起具有全方位态势,即不仅黑人作家,其他如印第安和华裔作家也取得了前所未有的成就。他们不再以被排斥者身份向白人讲述"自己的"故事,而是力求从有别于白人的角度与白人一起讲述"美国的"故事。在他们的作品中,对民族感、民族文化的弘扬,对自我建构、历史和世界的关注取代了单纯的社会反抗意识。应该说,这一时期的少数民族文学是以不曾有过的积极主动姿态,用自己灵活多样的艺术形式和手法、深厚的历史文化意蕴丰富、影响了美国文学,为之带来了活力、生机与新的方向。

第三章　英美文学的分类

第一节　散文文体

一、英美散文发展历史

英美散文史分期既然是研究其演变的历史,那么首先就应该当作一门历史去考察,遵循历史学原则,贯彻有关历史分期的方法。英美散文作为英、美文学的一大分支,与英、美文学史一样,有自身发展的历史,是一门"依据时间以为变迁"的学科,因此研究英、美散文的翻译,首先便是了解英、美散文发展的历史。只有了解其历史,才能把握其创作及风格特点与语言文化特色,正确解释某一特定时期的散文内容、风格及特点,在翻译实践中,在讨论如何翻译时才具有针对性。并且处于不同分期阶段的散文创作总是受到历史事实或现象的制约,呈现出不同特征和面貌。因此,对于具有史学意义的散文发展史研究来说,历史发展的分期问题至关重要。

（一）英国散文发展历史

1.古代英国散文（5—11世纪）

在古英语文学中,英格兰岛的早期居民凯尔特人和其他部族没有留下书面文学作品。直到6世纪末,基督教传入英国,出现了宗教文学,僧侣们开始用拉丁文写书。其中比德用拉丁文写所著的《英国人民宗教史》(731)既有难得的史实,又有富于哲理的传说,受到推崇,并译成了英文,英国散文的历程由此开始。这种以拉丁文书写散文的风气在英国延续了数个世纪,散文大都用拉丁文写,或是从拉丁文翻译成英文,主要的内容是关于历史与宗教方面的,比如摩尔用拉丁文写的《乌托邦》，特里维莎翻译的《世界全史》和《物之属性》等。此后，丹麦人入侵，不少寺院毁于兵火，学术凋零。至9世纪末，韦塞克斯国王阿尔弗雷德（King Alfred，849—899）用古英语翻译了比德的拉丁语著作《英国教会史》、波伊乌提的《哲学的慰藉》以及《圣经·诗篇》。阿尔弗雷德还大力振兴学术，组织一批学者将拉丁文著作译为英文，并鼓励编写《盎格鲁-撒克逊编年史》（Anglo Saxon Chronicle），这是一部伟大的古英语散文著作，是用英国当地语言写史的开始，也是英国散文创作的真正起点，它所开创的散文传统甚至影响到了马洛、黎里、弥尔顿以及培根等散文大师。

2. 中世纪英国散文（1066年—15世纪）

中世纪散文经历了11世纪至15世纪的漫长历程，在这个时期，散文主要用于传记，如圣·玛格丽特（St Margaret）、圣·凯瑟琳（St Katharine）、圣·朱丽安娜（St Julianna）传记以及修女指导书籍《安克林·鲁利》（Ancrene Riwle）。散文写作的这种传统一直到15世纪，如佩科克（Reginald Pecock）的《镇压者》（The Repressor，1455）。这一时期，更为重要的是翻译奠定了散文的基础。英国文学的丰饶最开始获益于对外国文学的翻译和吸收。1066年诺曼人入侵，带来了欧洲大陆的封建制度。此后，翻译的散文逐渐多起来。

比如早期的散文作家和翻译家特烈维沙（John Trevisa，约1342—1402年），他翻译过自然科学百科全书。他用散文体翻译，译笔朴素有力，有时译得直，有时译得活。他说："在一些地方，我用单词对单词，主动式对主动式，被动式对被动式，词序也原封不动。但在另一些地方，我必须改变词序，并用主动式译被动式，用被动式译主动式。有的地方，我必须给某个词附加说明，以解释词的含义。然而，尽管做了这些改动，意思却保持不变。"

因此他的翻译开辟了世俗散文的新天地，同时也奠定了英国散文的基石。特烈维沙被认为是他所属那个时代最伟大的翻译家，1609年詹姆斯国王版本的《圣经》的序言里写道："早在理查德二世的时期，约翰·特烈维沙就已经把福音书翻译成英语。"随后他为柏克莱伯爵将《圣经》中的几个部分翻译成法语，包括《启示录》，这一部分被他的赞助人刻在了柏克莱城堡教堂的天花板上。他很可能是约翰·威克利夫（John Wycliffe）所组织翻译的《圣经》早期版本的撰稿人之一。在翻译艺术上，特烈维沙也为后世留下了珍贵的遗产。他在翻译《圣经》的时候，简单而生动，不像是在翻译《圣经》，更不像威克利夫的风格。许多他所用的词现在仍然在使用，例如表示剧院和地方两个词：theatre，place。

3. 近代英国散文（1500 年—18 世纪初）

近代散文经历了文艺复兴、伊丽莎白、王朝复辟等重要时期。阿农曾说："诗歌是古时的黄昏，散文则是近代的黎明。"表明近代是散文发展的一个重要时期。在此期间，经过 16 世纪体式的确立到 17 世纪小品文的诞生，散文经过磨炼和实验，最终以成熟的文体出现在英国文学之中。

4. 现代英国散文（18 世纪—1954 年）

（1）新古典主义时期的散文。18 世纪被称为英国文学史的"散文世纪"，散文在这个时代是如此优美，以至于遮盖了诗歌的光芒。众多的散文大师诞生在这个时代，散文也得到了广泛的运用，而且各类散文作品竞相发展：报刊中有艾蒂生和斯梯尔，文学批评中有约翰逊，传记中有鲍斯威尔，哲学中有休谟，政治中有伯克，历史中有吉本，美学中有雷诺兹，经济学中有史密斯。

（2）启蒙主义时期的散文。启蒙是 18 世纪欧洲的一种影响极大的进步思潮。由于资产阶级取得政权后，需要对旧时代过来的人民进行教育，使之足以胜任历史所赋予的使命，这样，散文的发展成了时代的需要。除此之外，还由于启蒙主义者崇尚理性，理性成了一切的标准，所以这是一个缺乏激情的时代，不是产生伟大的诗篇而是诱发以说理为主的散文的时代。而读者也似乎更喜欢散文，因为它比诗更能全面地反映时代的风貌。启蒙运动带来了英国散文的新发展，散文家表现出了启蒙主义精神，他们既推进了散文艺术又开拓了散文创作新领域。

（3）工业革命时期的散文。英国资产阶级革命胜利后，原始资本积累更加迅速。18 世纪下半叶，在工业生产中出现并开始使用机器，标志着工业革命的开始。工业化的大生产给大自然和农村的传统生活带来了破坏，也带来了人际关系上的冷酷和丑恶，这便导致散文创作中感伤主义抬头，接替古典主义的散文创作。感伤主义是一种情感气氛，其核心便是一种悲天悯人的同情心。感伤主义在文学的题材、体裁和艺术手段等方面开拓了新的天地，创造了建立在人的个人家庭和生活的冲突上的心理小说和"流泪喜剧"等文学样式，并将日记、自白、书简、游记、回忆录等形式运用于小说创作，代表作家有斯特恩、汤姆逊、扬格、葛等。政治与经济哲学上有休谟、斯密和穆勒。他们的理论体文章包括哲学、科学、美学、政治学、经济学之类文章，被称为"知识分子散文"。

（4）浪漫主义时期的散文。19世纪是英国散文发展的新阶段，也是英国散文发展的一个关键时期，无数影响世界的散文大家成长在这个时代之中。浪漫主义是大异于18世纪的优雅含蓄的一种新文风，其散文多注重文笔的优雅，把散文推向"美文"的境界。华兹华斯和柯尔律治发表《抒情歌谣集》再版序言，作为浪漫主义宣言标志着浪漫主义的诞生，他们也写下了杰出的散文，如《华兹华斯诗歌的缺点》（*Defects of Wordsworth's Poetry*）。

（5）维多利亚（1819—1901）时期的散文。19世纪50—70年代，是英国自由贸易资本主义发展的鼎盛时期，更是大英帝国高峰时期，英国率先完成工业革命，科学、文化、艺术出现繁荣的局面。维多利亚时代的散文读起来极具美感，因为19世纪正是英国散文大家的时代。在散文创作上，有吉辛和布莱克默等。

（6）现实主义散文。在现实主义注重再现客观现实图景所遵循的艺术原则下，散文提倡客观地观察现实生活，按照生活的本来面貌精确地创作。

（7）批判现实主义散文。批判现实主义是欧洲19世纪文学艺术领域占主导地位的文艺思潮，代表作家有狄更斯，他的作品关心社会上的重大问题，笔调幽默风趣，真实的细节与诗意的气氛相结合，加上他对语言的莎士比亚式的运用，使其作品为英国散文艺术做出了独特的贡献。另有萨克雷，他以文雅的笔法讽刺上层社会的贪婪和欺诈。马克思论英国的狄更斯、萨克雷等批判现实主义小说家时说："他们用逼真而动人的文笔，揭露出政治和社会上的真相；一切政治家、政论家、道德家所揭露的加在一起，还不如他们揭露的多。"并称当代欧洲作家里萨克雷是第一流的大天才。

（8）写实主义散文。写实散文偏重于描绘客观现实生活的精确的图画，而不是直接抒发自己的主观理想和情感。同时也注重在深入细致地观察、体验现实生活的基础上，对客观事物加以典型化，强调从人物和环境的联系中塑造典型性格，代表作家有本涅特、威尔斯、高尔斯华绥、萨基等。

（9）多元风格的散文创作。19世纪末英国散文创作异彩纷呈，现实主义与实验主义交错重叠，妇女作家和少数外籍作家异军突起，使英国散文艺术呈现出多元化发展的趋势、如散文家和文艺批评家布罗克著有《现代散文集》。

（10）现代主义（1918—1945）散文。英国散文创作自20世纪始进入现代主义时期。现代派在描写现代人的心理方面有自己的独到之处，并在表现手法上确有不少重大突破。吴尔芙在《对当代文学的印象》谈到20世纪文学创作时，指出由于社会生活和文学观念的变化，在20世纪对新出现的作品往往难以做出准确估价，甚至褒贬之间差距很大，这是20世纪文学中的特殊问题。她认为由于20世纪文学创作处于试验阶段，不可能出现纪念碑式的鸿篇巨制，只有一些精彩的"断章残篇"能够流传后世，但它们可以起到一种铺垫作用，为未来的杰作做准备。

5. 当代英国散文（1960— ）

毛姆是20世纪英国最伟大的作家之一，其创作丰富，题材多样，作品受法国自然主义影响，著名的有自传体小说《人类枷锁》、长篇小说《月亮和六便士》，散文作品有回忆录《总结》《作家笔记》和《回顾》等，都以清新的风格和优美流畅的文字著称。毛姆论散文与风格的文字，本身也是优美的散文。毛姆对文风有着深刻的认识，他在《清楚·简洁·和谐》（Lucidity Simplicity Euphony）一文中对风格做了精辟的阐述，许多思想和观点很有价值。他认为："你要是能写得清楚、简洁、和谐而又生动，那就到了炉火纯青的地步，可以与伏尔泰相媲美了。"

（二）美国散文发展历史

1. 近代美国散文（1500年—18世纪）

美国散文诞生于英属北美殖民地时期。1608年，史密斯（Captain John Smith，1580—1631）借用书信的形式，发表了一篇关于新大陆的报告，实为报告文学散文，题目为《新英格兰记》，其大部分内容为"殖民地第一次在弗吉尼亚开拓以来发生的各种事件的真实介绍"。他在描写美国的作品中囊括了主题、事件、人物、地点、神话传说和想象等。这一切构成了美国文学的基本要素。这部书被称为是第一部用英语写作的美国文学作品,被很多人如饥似渴地阅读,史密斯也因此成为第一位美国作家。1612 年,史密斯又写了《弗吉尼亚——一个乡村的描述》。此后他一共出版了 8 部作品,多是描述新英格兰的。当时的读者多是清教徒,他们能够接受书中真实事实的部分,而对书中过于花哨和浮夸的描述极为反感。认为史密斯对事实缺乏成熟的思考,似乎只是神话和历史。史密斯之后,在南部和中部殖民地区也涌现出了一批新的作家,他们为 18 世纪的美国文学做出了伟大的贡献,形成了美国文学的理性时期和革命时期。其中包括科顿(John Cotton,1585—1652),他所写的书部有力的清教徒理论书籍,反映了清教徒关注权利和威信胜于民主;还有威廉姆斯(Roger Williams,1603—1683)写有《开启美国语言的钥匙》一书,内容是研究印第安语言的。

在北美殖民地人民争取独立的岁月里,政治成为社会生活的中心舞台,使得散文发挥了它应有的作用,也促进了散文创作。比如爱德华兹著有《自述》和《神圣事物的形影》(*Images or Shadows of Divine Things*),这些著作传达了他的信仰,那就是,上帝通过把自身扩散到时间和空间中而创造了世界;山石、树木花草、飞禽走兽以及人,都是上帝自身的体现;人作为上帝的一部分而具有神圣性质;在人的灵魂和大自然中,神圣的上帝无处不在、无所不容;世间的一切都是精神的体现。而随着 1781 年独立革命战争的结束,美国散文创作发生了重大变化。自 19 世纪初的 100 余年间,美国文学蓬勃发展,经历了浪漫主义、现实主义和自然主义等几个明显的阶段,散文也清晰地走着这条道路。

(1)早期浪漫主义散文。伴随着政治上的独立,文化开始独立,民族文学开始诞生。这一时期涌现出富兰克林(Benjamin Franklin,1706—1790 年)、亨利(Henry,1736—1799 年)、潘恩(Thomas Paine,1737—1809)、杰弗逊(Thomas Jefferson,1743—1826 年)、弗瑞诺(Philip Freneau,1752—1832 年)、坡(Edgar Allan Poe,1809—1849)、库珀(James Fenimore Cooper,1789—1851)、欧文(Washington Irving,1783—1859)等一大批优秀的创作者。他们的文章行文质朴无华却字字击中要害,都为战斗的需要锻炼了自己的语言艺术。虽然这些有影响的散文写作者不是专业作家,而是独立革命的战士和参加者，但作为革命文人仍然写出了激励人民热情的散文杰作。这便造就了美国头一批重要的散文家。

富兰克林是美国第一位重要的散文作家。这时期他的重要作品是《自传》，书中详细地叙述了自己的奋斗历程，记载了他严格要求自己的事迹。富兰克林的经历是典型的"美国成功故事"，是"美国梦想"实现的雄辩证明。他用清晰、幽默的文体传播科学文化，激发自力更生的精神，他的爱国热忱和关于自学、创业的言论，对于美国人民的人生观、事业观和道德观产生了深远的影响。富兰克林的作品体现了一个启蒙主义者的思想观点，显示了一个新兴资产阶级代表的立场、学识和风度，不少人把他视为实现"美国梦"的楷模。他的散文流畅清晰、言简意赅、朴素精妙，很明显是受18世纪英国散文家艾迪生（Addison）和斯迪尔（Steele）的影响。

美利坚合众国建立后的第一个美国职业作家欧文就是一位著名的散文家。在他的《睡谷传说》（*The Legend of Sleepy Hollow*）中的一段：

It was, as I have said, a fine autumnal day; the sky was clear and serene, and nature wore that rich and golden livery which we always associate with the idea of abundance. The forests had put on their sober brown and yellow, while some trees of the tenderer kind had been nipped by the frosts into brilliant dyes of orange, purple, and scarlet. Streaming files of wild ducks began to make their appearance high in the air; the bark of the squirrel might be heard from the groves of beech and hickory nuts, and the pensive whistle of the quail at intervals from the neighbouring stubble—field.

林纾的译文是：

沇时为萧晨，秋色爽目：蓊苍穹，四面黄绿，曲绘丰稔之状。林叶既赭，时亦成丹，夜来霜气浓也。夜鹜作群，横亘天际而飞；松鼠盘枝，啧啧作声。金橘之根，鹌鹑呼偶，时时趋出树外。

对照译文，林以亮在《翻译的理论与实践》中做了这样的评价："这不是'意译'与'直译'的问题，这更不是'信、达、雅'的问题，而是翻译者的人生观和对文学的境界的体会和理解力的问题。"从人生观和文学修养上评价译文，本是不错。不过文字的雅洁流畅和简练缜密确能从林纾重雅驯的桐城笔调中露出不少消息。

（2）中期浪漫主义散文。南北冲突时期，散文依然是最重要的创作形式。这时期的代表作就是布莱特利（John H. Bradey，1815—1870）的散文集《幸福时光》（Hour in the Sun）。

2. 现代美国散文（18世纪—1960年）

现代散文最大的变化是改变了写作方式。莱维（Matthew Levy）在《消费性写作》中反对传统的生产性写作（productive writing），即所有的写作都有一个共同的过程，有一种千篇一律的"产品"。而"消费性写作"不讲究写作过程，觅材取材也不受限制，注重读者的感受，具有"消费观点"，读者需要什么就写什么。这种写作有点像超现实主义，不需要有经历或体验方面的常规。它讲究的是接受理论，注重读和写的关系。这种模式的倡导者认为，写作是一种神秘的和美学的文本消费，而不是一种肮脏的工业生产过程。

3. 当代美国散文（1960—　）

散文创作的当代性既体现在风格、语言、形式上的原创，也包括思想和精神的价值。具体地说，就是用作品对历史和现实的社会文化问题、对人的生存状态进行深刻的反思。在风格上，散文的现代性既有反传统、语言转型、情感的直接流露一面，更有社会改革的宏大背景，体现当代散文的后现代主义风格。这样的风格既有西方现代艺术的目标，又有"后殖民"的国际文化语境。主要作家有梅勒（Norman Mailer）、凯勒（Helen Keller）、卡森（R. Carson）、波兰德（Hal Borland）、怀特（Edward Brooks White）、萨尔顿（May Sarton）等等。主要作品有兰瑟姆的批评著作《新批评》《世界的躯体》，卡森的《海风下》《寂静的春天》《海之边》，波兰德的《大解冻》，萨尔顿的自画像文集《我认识的一只凤凰》、回忆录《梦幻的作物》以及日记等。

怀特是当代美国最优秀的散文作家，有散文集《天天都是星期六》《这儿就是纽约》《我罗盘上的方位》以及《散文选》等多部。怀特的散文有的描写乡村生活，再现田园景色和自然风光，抒情真挚，夹叙夹议，文笔优美。比如他的《再度游湖》（Once More to the Lake）写得情景交融，意境优美。《散文与散文家》是其《散文选》的前言，以风趣的语言阐述了他对散文的看法。

二、"散文"的英语表达

"散文"在英语中有两个词可以表达，一个是"prose"，另一个是"essay"。"prose"指广义的散文，相对韵文（verse）或诗歌（poetry）等讲究韵律的文体而言，包括文学体裁中的艺术散文和非文学体裁中的实用散文，除诗歌之外的一切非韵文体裁诸如小说、戏剧、传记、政论、文学批评、随笔、演说、游记、日记、书信等等。可见，prose 作为范围更加宽泛的散文，包括小说性散文（fictional prose）和非小说性散文（nonfictional prose），自然也包括 essay。黑格尔《美学》及苏联什克洛夫斯基的《散文理论》中所论散文即如此。从这个意义上看，"prose"是自有书面语创作以来始终不间断的语言活动，历史悠久，成就斐然。而"essay"指的是较狭义的散文，它在内容上指那些由一件小事生发开去，信笔写来，意到笔随，揭示出内中微言大义的文章，也指议论时政、评价文学现象的气势恢宏、洋洋洒洒的政论和文论。这些文字大多以严肃的论题，犀利的笔触和雄辩的论证为其特点，一般译为"随笔"。随笔散文历史较短，虽然西方随笔的起源，在古希腊和罗马时代即以正式和非正式的作品形式存在，像那些反对偶像崇拜和抨击教条的作品都是，但直到法国蒙田赋予这一名称，且以深沉、直率和恳切的文章为私人随笔创立了标准，才确立了这一文体。

三、散文的特征

所谓特征，指的是一事物区别于其同类事物的质的规定性，是共性与个性的统一。散文作为一种独立的文学体裁，作为一个集合概念，一方面其特征应是所有的散文个体所共有的，具有普遍性；另一方面应是其他文学品类所没有的，具有独特性。

（一）散文的文体特征

散文的特性主要表现在以下两个方面：

1. 讲究真情实感

散文的传统一般是说真话，叙事实，写实物、实情。因此散文多写真人真事，真景真物，而且是有感而发，有为而作。"真挚地表现出自己对整个世界独特的体验与感受，这确实是散文创作的基石。"散文中抒写最多的是作者的亲身经历，表达的是作者所见所闻，所感所触，富有个性与风采的生命体验与人生情怀。散文是作者发自内心的真情倾诉，是作者与读者之间一种推心置腹的交谈。

2. 选材广泛

散文选择题材有广泛的自由。生活中的某个细节、片段、某个侧面均可拿来抒写作者特定的感受与境遇，而且凡是与某一主题相关的材料，也均可拿来使用，因此散文所表现出来的内容是异常丰富多彩的。与其他文学体裁相比，散文选择题材几乎不受什么限制。比如，缺乏集中矛盾冲突的题材难以进入戏剧，缺乏比较完整的生活事件与人物形象的题材难以进入小说，而散文则不受这些方面的约束。事无巨细，上至天文地理，下至社会人生，小到花鸟虫鱼、身边琐事，大到民族命运、历史巨变，均可作为散文题材。但是，散文的题材广泛是从总体而言的，具体到一篇散文来说它的内容却是一定的、单一的，并不表现为"形散"。

3. 文体结构自由

一切文体都是没有固定章法的，而是贵在创新。开头结尾，层次段落，过渡照应，这些东西如果一味地追求章法，就毫无艺术可言了。散文的创作更是如此，散文的创作不像小说创作那样，要塑造人物形象，设计故事情节，安排叙事结构，也不像戏剧创作那样要突出矛盾冲突，要讲求表演的动作性。散文可描写，可议论，可抒情，灵活、随意是它最为鲜明的长处。不过，散文的结构尽管没有严格的限制和固定的模式，但其创作上的灵活、随意并不意味着散乱无序，其选择题材与抒情表意需紧紧围绕一根主线展开，这便是人们常说的散文需"形散而神不散"。也就是说，运笔自如，不拘成法，散而有序，散而有凝。

（二）散文的语言特征

与其他文学样式相比，散文没有太多的技巧可以凭借，因此在艺术表现形式上，主要依靠语言本身的特点。散文语言的特点主要体现在以下几个方面。

1. 节奏感强

散文向来讲究节奏感，在语音上表现为声调的平仄或抑扬相配，无韵有韵的交融，词义停顿与音节停顿的融合。在句式上表现为整散交错，长短结合，奇偶相谐。整句结构整饬，使语义表达层次分明，通顺畅达；散句结构参差不齐，使语义表达显得松散、自然。长句结构复杂，速度缓慢，可以把思想、概念表达得精密细致；短句结构简单，速度迅捷，可以把激烈活泼的情感表现得尤为生动。并且，奇偶相谐则使整散句式、长短句式经过调配后在行文结构上显得错落有致，在表情达意上显得跌宕起伏。

2. 简洁练达

林语堂曾说过："简练是中文的最大特色，也就是中国文人的最大束缚。"简洁的散文语言一方面可以传达出作者所要表达的内容，另一方面还能高效地传递出作者对待人情物事的情感与态度。它不是作者雕饰苛求的结果，而是作者平易、质朴、纯真情感的自然流露。散文语言的练达既指措辞用语运笔如风，不拘成法，随意挥洒；又指作者情感表达的自由自在，酣畅自如。学者林非论及散文语言时指出："如果认为它也需要高度的艺术技巧的话，那主要是指必须花费毕生艰巨的精力，做到纯熟地掌握一种清澈流畅而又蕴藏着感情浓度和思想力度的语言。"因此说，简洁与练达相辅相成，共同构建出散文语言艺术的生命线。

3. 口语化与文采化

散文一般多是写作者的亲身经历与感受，作者用自己的姿态、声音、风格说话，向读者倾诉，与读者恳谈，从而彰显出娓娓道来的谈话风格与个性鲜明的口语化特征。"口语体"的散文语言因其平易质朴而显得自然，因其便于交流而显得亲切，因其富于个性化而显得真实。但是，"口语体"的散文语言并非意味着没有文采，不讲文采，它往往有"至巧近拙"的文采。散文家徐迟认为："写得华丽并不容易，写得朴素更难。也只有写得朴素了，才能显出真正的文采来。……越是大作家，越到成熟之时，越是写得朴素。而文采闪烁在朴素的篇页之上。"

四、散文的类别分析

依据英语散文发展的脉络，散文通常被分为正式散文和非正式散文两大类。

现代散文题材广泛，内容涉猎市井生活、社会历史、政治斗争、人物速写、绘景议事等方方面面。表现形式不拘一格，可为杂文、小品文，亦可为随笔或报告文学等。而散文主要具有记叙、描写、说明、议论四大功能。

（一）记述

记叙文，顾名思义，记述本人的亲身经历或作者所见所闻的奇闻逸事，所记之事或为新近的事，或为陈年旧事。同时包括何时、何地、何人、何事等要素，但记叙文并非单纯地讲故事，而是通过叙述故事将自己的感受与体验传达给读者，使其如临其境，在不知不觉中体味其甘苦，接受作者对人生乃至对社会的见解。翻译时一定要译出原作的笔调和作者的个性。如史蒂文森的《骑驴旅行》（*Travels with a Donkey*），叙述了自己的一段亲身经历。

记叙中流露出自己对世界、对人生以致对政治的看法，描述的虽是细微的事物，却反映了深刻的社会现象。我们以其中的一段为例：

In a little place called Le Monastier, in a pleasant highland valley fifteen miles from LePuy, I spent about a month of fine days. Monastier is notable for the making of lace, for drunkenness, for freedom of language, and for unparalleled political dissension.There areadherents of each of the four French parties-Legitimists, Orleanists, Imperialists, and Republicans—in this little mountain-town ; and they all hate, loathe, decry, and calumniate each other. Except for business purposes, or to give each other the lie in a tavern brawl, they have laid aside even the civility of speech. This a mere mountain Poland. In the midst of this Babylon I found myself arallying-point ; every one was anxious to be kind and helpful to the stranger. This was not merely from the natural hospitality of mountain people, nor even from the surprise with which I was regarded as a man living of his own free will in Le Monastier, when he might just as well have lived anywhere else in this big world ; it arose a good deal from my projected excursion southward through the Cevennes.A traveler of my sort was a thing hitherto unheard of in that district. I was looked upon with contempt, like a man who should project a journey to the moon, but yet with a respectful interest, like one setting forth for the inclement Pole. All were ready to help in my preparations; a crowd of sympathizers supported me at the critical moment of a bargain; not a step was taken but was heralded by glasses round and celebrated by a dinner or a breakfast.

译文：在位于中央山脉 15 英里以外的风景宜人的高原山谷中，有一个名叫蒙纳斯梯尔的小地方。我在那里消磨了大约一个月的晴朗日子。蒙纳斯梯尔以生产花边、酗酒无度、口无遮拦和空前绝后的政治纷争而闻名于世。在这个山区小镇里，法国四大党——正统派、奥尔良党、帝制党与共和党——都各有党徒。他们相互仇恨、厌恶、攻击、诽谤。除了谈生意，或者在酒馆的口角中互相指责对方说谎之外，他们说起话来一点不讲文明。这里简直是个山里的波兰。在这个巴比伦似的文明之都，我却成了一个团结的中心。所有人都急切地想对我这个陌生人表示友善，愿意帮忙。这倒不仅是出于山区人民的天然好客精神，也不是因为大家惊奇地把我看成是一个本可以住在这一大世界的任何一个地方，却偏偏自愿选中蒙纳斯梯尔的人。这在很大程度上因为我计划好了要向南穿过塞文山脉旅行。像我这样的旅行家在全区内简直是一个从未听说过的怪物。大家都对我不屑一顾，好像一个人计划要到月球旅行似的，不过又带有一丝敬重和兴趣，就像我是一个将出发到严寒的北极去冒险的人。大家都愿意帮助我做各种准备；在讨价还价的关键时候，一大群同情者都支持我。在采取任何步骤之前都要先喝一顿酒，完了之后还要吃一顿晚饭或早饭。

（二）描写

在散文构建中，描写是一种将感知转变成言语的艺术。所有的描写都涉及两大要素，一是所见所闻之景物是何模样，二是所言之人的举止言行、外貌形象。在描写过程中，抒情浓烈，一切被描写的对象都是作者情怀的外在体现。作品写景为的是创造气氛，寄托作者的心境，抒发作者的情怀，写物为的是托物言志，寄寓自己的精神与志趣，写人为的是凸显形象，表达作者对生活的感受和认识。

比如高尔斯华绥的《开满鲜花的荒野》（The Flowering Wildness）：

She looked swiftly round the twilit room. His gun and sword lay ready on a chair! One supported disarmament, and armed children to the teeth! His other toys, mostly mechanized, would be in the schoolroom.No ; there on the window still was the boat he had sailed with Ding, its sails still set ; and there on a cushion in the corner was "the silver dog", aware of her but too lazy to get up.

原文的细节描写就是为了揭示女主人公观察事物细致入微的性格。"No"后面用两个"there"引导的分句，说明女主人公视线的转换。

（三）说明

说明文具有很强的实用性，在散文中占有很大比重。说明文通常直接或间接地回答How(如何)和Why(为何)两类问题。因此，主题的展开靠的是逻辑分析而非时空铺陈。说明的主题可以是人、事、物或某种观点概念，无论是什么内容，作者需要的是思考、阐释、分析、说理。并且为了将问题说明并使人信服，作者通常采用比较、对照、类比、分析、假设、推断、阐述因果等手法谋篇布局。故此，说明文通常结构严谨、措辞精当、逻辑缜密。这是译者必须关注的重点。

说明笔法就某一主题阐述和发挥，其结构严整，逻辑力强，文字精确。如纽曼主教的《绅士的界说》(Definition of a Gentleman)：

Hence it is that it is almost a definition of a gentleman to say he is not who never inflicts pain. This description is both refined and, as far as it goes, accurate. He is mainly occupied in merely removing the obstacles which hinder the free and unembarrassed action of those about him ; and he concurs with their movements rather than takes the initiative himself. His benefits may be considered as paralleled to what are called comforts or conveniences in arrangements of a personal nature ; like an easy chair or a good fire, which do their part in dispelling cold and fatigue, though nature provides both means of rest and animal heat without them. The true gentleman in like manner carefully avoids whatever my cause a jar or a jolt in the minds of those whom he is cast—all clashing of opinion, or collision of feeling, all restraint, or suspicion, or gloom, or resentment, his great concern being to make every one at their ease and at home.

He has his eyes on all his company ; he is tender towards the bashful, gentle towards the distant, and merciful towards the absurd ; he can recollect to whom he is speaking ; he guards against unseasonable allusions, or topics which may irritate ; he he is seldom prominent in conversation, and never wearisome. He makes light of favors while he does them, and seems to be receiving when he is conferring. He never speaks of himself except when compelled, never defends himself by a mere retort ; he has ears for slander or gossip, is scrupulous in imputing motives to those who interfere with him, and believe everything for the best. He is never mean or little in his diputes, never takes unfair advantage, never mistakes personalities or sharp sayings for arguments, or insinuates evil which he dare not say out.

显而易见，这是一篇典型的说明文，在这篇文章中既为绅士下了一个简短、精练的定义，又从各个具体方面来列举其表现，并且二者密切呼应。

（四）议论

议论文与说明文的相同之处在于两者都含分析推理，但最大的不同也在于推理，说明文中的推理是为了阐释说明主题，而议论文中的推理则是为了得出结论，为说服他人或读者。因此，议论文中的核心部分——推理由演绎和归纳两部分构成。总体而言，演绎是由普通到特殊案例的推演，由此得出特殊结论；而归纳则是由特殊案例总结归纳出普遍规律。

两者的结合通常可以收到较为理想的效果。比如，英国哲学家罗素的名篇《老之将至》（How to Grow Old）写道：

Some old people are oppressed by the fear of death. In the young there is a justification for this feeling. Young men who have reason to fear that they will be killed in battle may justifiably feel bitter in the thought that they have been cheated of the best things that life has to offer. But in an old man who has known human joys and sorrows, and has achieved whatever work it was in him to do, the fear of death is somewhat abject and ignoble. The best way to overcome it—so at least it seems to me—is to make your interests gradually wider and more impersonal, until bit by bit the walls of the ego recede, and your life becomes increasingly merged in the universal life. An individual human existence should like a river-small at first, narrowly contained within its banks, and rushing passionately past boulders and over waterfalls. Gradually the river grows wider, the bank recede, the waters flow more quietly, and in the end, without any visible break, they become merged in the sea, and painlessly lose their individual being. The man who, in old age, can see his life in this way, will not suffer from the fear of death, since the things he cares for will continue. And if, with the decay of vitality, weariness increase, the thought of rest will be not unwelcome. I should wish to die while still at work, knowing that others will carry on what I can no longer do, and content in the thought that what was possible has been done.

罗素劝导老年人不要害怕死亡，以自己为例，提出个人的感受："知道别人会继续我未竟的事业，再想到我已竭尽了所能，也就感到心满意足了。"这样用自己的心愿来打动读者，亲切感人，寓情于理，更具说服力。

第二节 小说文体

一、小说发展历程

（一）中国小说的发展历程

关于中国小说的起源，众说纷纭、莫衷一是，至今仍然没有定论。中国古代文艺理论史中，关于小说的认识经过几个典型的发展阶段。代表性的有这样几种：《庄子·外物篇》中最早出现"小说"一词，"饰小说以干县令，其于大达亦远矣"。此处的"小说"与"大达"相对，指的是琐屑的言谈、无关政教的小道理。东汉班固的《汉书·艺文志》中认为："小说家者流，盖出于稗官，街谈巷语、道听途说者之所造也。"这种观点认为：古代皇帝为了解民情风俗，让稗官在民间收集各种故事或传说，并在途中问清楚这些传言的褒贬倾向，稗官将这些"街谈巷语""道听途说"的民间故事和传说记录下来，并整理成书面文字，呈给上级，这就是最初的小说。班固关于小说的记载影响了后世很多人，但是班固所记载的"小说"侧重于"稗官"对故事或传说的记载，并没有准确反映出小说的概念。唐代著名史学家刘知几在其《史通·杂述》中提出小说是"史氏流别"的观点，同时他认为《吕氏春秋》《淮南子》《晏子春秋》《抱朴子》等散文多以叙事为宗，认为这些诸子散文含有小说因素。鲁迅在《中国小说史略》中则提出中国小说起源于神话，鲁迅这一论断在学术界极具权威性和影响力，很长时间以来，在小说起源问题上都是一种占主导地位的观点。也许是因为鲁迅在文学上的地位很高，鲁迅提出这个观点后，一般文学史、相关小说史论著等都采用这个观点。比如70年代北京大学中文系编写的《中国小说史》认为中国小说最早的起源，是"上古时代的，神话传说"。另外，关于小说的起源，也有学者认为，中国的小说起源于中国的史传。中国小说的正式形成应该是在唐代（公元618—907），其标志就是唐传奇的出现。唐传奇在情节结构、人物刻画方面更为成熟，是中国小说成熟的标志。唐朝以前的小说形态也不可忽略，其主要有以下几种形态。

1. 古代的神话

女娲造人、神农氏尝百草、夸父逐日等，这些神话有的与中国历史的起源发展相联系，有的展示出古代中国人与自然做斗争的面貌，含有很大的虚构和幻想成分。

2. 诸子散文和史传

春秋战国时期的诸子散文中有很多情节完整的故事，并初步刻画了一些人物形象。最后是汉代的史传文学。比如创作于西汉时期的《战国策》在记载战国时的政治局面中，穿插了"画蛇添足""南辕北辙"等现在仍广为流传的寓言故事。

3. 志怪小说

魏晋南北朝时期的志人志怪小说，这段时期的志人志怪小说不仅记载了当时的奇闻逸事，对后世小说产生重要影响，如明朝小说家罗贯中的《三国演义》

就受到志人志怪小说的影响。

4.宋元话本

宋代话本反映的主要是市民的意识形态，说话的底本自然是书面的，捏合"随意点染"等都是有意识地创作虚构。宋元话本是当时的"说话"（讲故事）人演讲说故事所用的底本，分为短篇"小说"和"长篇讲史"两种。这些话本多用接近口语的白话写成；发扬了志怪、传奇等古代小说的优良传统，在思想性和艺术性上都有突出成就；作品的描写对象扩大到社会各阶层。宋元话本是在唐宋说话艺术的基础上形成的最早的白话小说，它的产生是中国小说史上的一件大事，标志着中国小说进入了一个崭新的发展阶段，对明清章回小说的发展有重要影响。

到了明清时期，中国的古典小说发展到顶峰，出现了四大名著《红楼梦》《三国演义》《水浒传》《西游记》。近代后，中国的小说在西方影响下，艺术手法多种多样，题材也逐渐丰富。

（二）西方小说的历史渊源

西方文学受古希腊神话的巨大影响，几乎各个文学形式都可以追溯到希腊神话。希腊神话中的故事不仅情节完备，还有生动逼真的人物形象。《荷马史诗》中也有大量的故事存在，比如赫拉克勒斯建立了十二件大功的故事，伊阿宋夺取金羊毛的故事等等。公元前6世纪的寓言故事和历史散文都对西方小说的形成有重要影响，如《伊索寓言》《希腊波斯战争史》等。除此之外，这个时期还有长篇小说的雏形，即以古罗马作家阿普列尤斯的《金驴记》为代表的小说。在此之后，欧洲小说的发展趋于缓慢，直到14世纪文艺复兴兴起后，西方小说正式形成，并且快速发展起来。

14世纪前期，薄伽丘的《十日谈》采用了框架结构和短篇小说的形式，掀起了短篇小说创作的高潮。西班牙文艺复兴小说的顶峰塞万提斯的《唐吉诃德》是一部现实主义巨作，对西方后来的现实主义创作有重大影响。经过文艺复兴的召唤，西方文学进入一个新的发展时期，此后出现了风格多样的创作流派，有些流派的创作风格影响很大。虽然17世纪和古典主义时期的主要成就是戏剧，但仍有著名的小说创作：德国作家格里美尔豪森的《痴儿西木传》，班扬的寓意小说《天路历程》等等。18世纪文学和启蒙运动中的冒险游历小说作品很多，比如丹尼尔·笛福的《鲁滨逊漂流记》、斯威夫特的《格列佛游记》等，之后19世纪出现了浪漫主义小说、批判现实主义小说，20世纪的现实主义小说、现代主义小说等，涌现了大批的著名作家和具有世界力影响的小说作品。

综上所述，中西方小说的源头都可以追溯到神话传说，并且在后来的发展中逐渐完善。中国小说发源早，但在后来的发展中，在艺术手法方面没有重大突破，而西方小说在创作方面不断标新立异。所以，中西方在19世纪末、20世纪初开始频繁交流后，中国在西方的影响下，在小说创作方面积极吸取西方的创作手法，尤其是1978年中国实行改革开放政策后的小说，极为丰富多样，出现了各种形式的小说，如"寻根小说""新历史小说""意识流小说"等。

二、小说的类别

"小说"一词最早见于《庄子·外物》："夫揭竿累，趣灌渎，守鲵鲋，其于得大鱼难矣，饰小说以干县令，其于大达亦远矣。"但鲁迅认为《庄子》所用的"小说"一词指"琐屑之言，非道术之所在，与后来的小说固不同"。东汉初年，桓谭在《新论》中提及小说："小说家合丛残小语，近取譬论，从作短书，治身理家，有可观之辞。"恒谭此语为小说下了定义，并承认其是一种文体，但与今天"小说"的定义存在一定的差异："一种叙事性的文学体裁，通过人物的塑造和情节、环境的描述来概括地表现社会生活。一般分为长篇小说、中篇小说和短篇小说"。所谓长篇、中篇和短篇是就篇幅而言的。小说除了可以按照篇幅来分类，还可以按照文艺流派和题材进行分类。

就文艺流派而言，小说又可分为现实主义小说、浪漫主义小说、意识流小说和哥特式小说等不同流派。但不管是哪类小说，通常都具备"情节""人物"和"场景"三大要素。长篇小说因容量大、情节比较复杂，通常涉及开端、发展、高潮、逆转和结局五个阶段。复杂的情节自然会涉及众多的人物，因此，不同人物的语言特色也千差万别。就其话语的语体等级而言，可以是高等级，亦可以是低等级的。也就是说，可以是高雅华美的语言（如李汝珍的《镜花缘》），也可以是朴实无华的语言（如以赵树理为代表的山药蛋派的作品）；而就其话语多样性而言，小说令其他文学体裁难以望其项背。

如果就题材而言，小说则是通常分为历史小说、社会小说和传记小说。历史小说的中心人物、事件和背景都源于历史，有程度很高的史学性，如司各特的《艾凡赫》(Ivanhoe)、狄更斯的《双城记》(A Tale of Two Cities)、罗贯中的《三国演义》等。社会小说强调社会和经济状况对人物和事件的影响。社会小说时常蕴含显性或隐性的社会变革的主题，如H.B.斯托夫人的《汤姆叔叔的小屋》(Uncle Tom's Cabin)、斯坦培克的《愤怒的葡萄》(The Grapes of Wrath)、吴敬梓的《儒林外史》等。传纪小说系指记载演义真实人物事迹的小说，比如罗马尼亚作家雷安格的小说《童年的回忆》、D.H劳伦斯的小说《儿子与情人》(Sons and Lovers)、金敬迈的小说《欧阳海之歌》等。

对于长篇小说而言，其可以包括所有其他文学体裁的话语形式，而其他题材则不可能使用小说的所有表现形式。以长篇小说《红楼梦》为例，其中不仅有叙述，对话，而且还有散文，戏曲，同时还包括诗、词、曲、赋等多种表现形式。

因此，小说的翻译对译者提出了极高的要求：小说翻译要求译者不仅能译散文、对话，而且能译诗、词、曲、赋；不仅能赏识典雅华美之辞，而且能辨析粗俗龌龊之言。不同等级的词语在塑造小说人物形象时有不同的功能与作用，这一点对小说作者固然重要，但对小说译者更为重要。

三、小说的特征

小说讲究相对完整的故事情节，注重刻画人物形象，常用背景交代和环境描写来反映社会现实，表达作者的思想感情。

（一）小说的文体特征

小说与情节叙述、人物刻画、环境描写紧密相连。这里就从这几方面分析一下小说的基本特征。

1. 情节完整连贯

情节"是一种把事件设计成一个真正的故事的方法"。情节是按照因果关系组织起来的一系列事件。情节也是小说生动性的集中体现。与戏剧情节、叙事诗与叙事散文的情节相比，小说因其篇幅长、容量大，不受相对固定的时空限制，可以全方位地描绘社会人生、矛盾冲突、人物性格，其情节表现出连贯性、完整性、复杂性与丰富性的鲜明特点。

2. 人物刻画细致入微

人物描写是小说的显著特征，也是小说的灵魂。诗歌、散文可以写人物也可以不写人物，但小说必须写人物。着重刻画人物形象是小说走向成熟的标志。小说的容量较大，描写人物不像剧本那样受舞台时空的限制，也不像诗歌那样受篇幅的局限，更不像报告文学那样受真人真事的约束，它可以运用各种艺术手段，立体地、无限地、自由地对人物进行多角度、多侧面与多层次的刻画。小说可以具体地描写人物的音容笑貌，也可以展示人物的心理状态，还可以通过对话、行动以及环境气氛的烘托等多种手段来刻画人物。

3. 环境描写充分具体

小说中的环境主要包括人物活动的历史背景、社会背景、自然环境和具体生活场所。小说中的环境描写具有多方面的功能：它可以烘托人物形象，突出人物性格，通过环境描写，可以交代人物身份，暗示人物性格，洞察人物心理；它有助于展示故事情节，通过环境描写，可以随时变换场景，为故事情节的展开提供自由灵活的时空范围；它可以奠定作品的情感基调，具有象征等功能。比如，灰暗或明亮的环境描写可营构出作品沉闷压抑或欢快舒畅的情感基调。小说享有的篇幅与时空自由，使其可以充分发挥环境描写的艺术功能。

（二）小说的语言特征

在所有文学体裁中，小说的语言是最为接近大众语言，但又有区别于大众语言的方面，它是在大众语言基础上的审美艺术升华。其特点主要体现在这样几个方面：

1. 叙述视角

小说，通俗地说就是讲故事，因而小说语言就是一种叙述故事的语言。传统的小说理论注重小说的内容，最关心"讲述的是什么故事"，主要研究小说中故事的构成要素，即情节、人物、环境。现代的小说理论则关心"怎样讲述故事",研究的重心转向小说的叙事规则和方法及叙事话语的结构和特点。一般而言,小说中的"叙述者"可以采用第一人称,也可以采用第三人称。19世纪及其以前的传统小说基本上采取两种叙述视角:一种为作者无所不知式的叙述;另一种为自传体第一人称式的叙述,即用第一人称按"我"的观察进行叙述。现代小说创造了从作品中某一人物的视角叙述故事的技巧,即让作品的一切叙述描写都从这个角色的观察和认识出发。不同的叙述视角会产生不同的审美艺术效果。

2. 形象与象征

小说语言通常不是通过抽象议论或直述其事来表达内容,而是通过使用意象、象征等方法来形象地说明事理,表达思想观点和情感。小说语言利用形象的表达方式对关键场景、事件以及人物等进行具体、细致、深入的描绘,给读者以身临其境的感受,让读者从中去感知、体会与领悟。小说描绘具体的人物与有形的事物,在语言的运用上往往以具象表现抽象,以有形表现无形,从而让读者在潜移默化中受到感染。小说中经常用到象征这一文学手段。象征可以说是小说的灵魂所在,它并不明确或绝对地代表某一观念或思想,而是以启发、暗示的方式激发读者的想象来表情达意,其语言上的特点是以有限的语言表达丰富的言外之意与弦外之音。

小说通过运用形象和象征来启迪暗示,来表情达意,大大增强了小说语言的文学性与艺术感染力,这也就成为小说语言的一大特点。

3. 讽刺与幽默

"形象和象征启发读者沿着字面意义所指的方向去寻找更丰富、更深入的含义,讽刺则诱使读者从字面意义的反面去领会作者的意图。"讽刺是指字面意义与含蓄意义的对立,善意的讽刺,通常会产生幽默的效果。讽刺可以强化语篇的道德、伦理等教育意义,而幽默则有助于增强语篇的趣味性,两者在功能上虽有差异,但又可融为一体,合二而一。讽刺与幽默可以通过语气、音调、语义、句法等各种手段加以实现,其产生的审美效应主要由作者所创造的情景语境来决定。小说语言中讽刺与幽默的表现形式多种多样,它们是表现作品思想内容的重要技巧,也是构成小说语言风格的重要因素。

4. 词汇与句式

小说语言中的词汇选择与句式安排是作家揭示主题和追求某种艺术效果的主要手段。小说语言中的词汇在叙述和引语中有不同的特点。叙述中所用的词汇通常趋于正式、文雅，有着较强的书卷味。引语来自一般对话，但又有别于一般对话，它承载着一定的文学审美价值。小说中的引语"首先要剔除一般对话中开头错、说漏嘴、由思考和搜索要讲的话所引起的重复等所用词汇和语法特征"。小说语言中的句式一方面具有模式化的特点，如排比、对称、反衬等，另一方面有些句式又会与常用句式"失协"。不同的句式会产生不同的审美艺术效果，作家正是通过创造性的运用不同的句式，来实现其创作意图的。比如，运用圆周句可以创造出悬念的氛围；而运用松散句可以取得幽默、讽刺或戏剧性等各种效果；运用一连串并列的短句可以显示一个连续而急速的过程；运用长句可以表现一个徐缓而沉思的过程，等等。与其他文学题材相比，小说受到的篇幅限制较小，因而享有更为充分的自由来选择与调配各种句式，为艺术的表情达意服务。

第三节 诗歌文体

一、诗歌的社会功用

诗歌，以极为凝练的语言表达人们或豪放，或细腻的感情。有些诗歌记录了人类历史发展中的重大事件，有些诗歌则是个人感情的浅浅吟唱。自古以来，无论是有着五千年灿烂文明的中国，还是历史悠久的西方，诗歌都是在人民需要的时候出现了。人类文明的起源几乎都与劳动生产密不可分，在劳动过程中人们随意表达自己的心声，而不必依靠文字记录，这就使得诗歌成为所有文学形式中起源最早、历史最悠久的一种形式。并且，诗歌作为一种最为古老的文学形式，其具有不可估量的作用。孔子作为我国杰出的思想家、教育家曾总结过诗歌的社会功用。

子曰："小子何莫学夫诗？诗可以兴，可以观，可以群，可以怨；迩之事父，远之事君；多识于鸟兽草木之名。"(《论语·阳货》)因此，兴、观、群、怨是孔子对于诗歌艺术社会功用的概述。

孔子的所谓"兴"不同于诗歌创作手法"赋""比""兴"中的"兴"。兴、观、群、怨中的"兴"读平声，"赋""比""兴"中的"兴"读去声，表达不同的概念。兴、观、群、怨中的"兴"表达的是"起"的意思，是指对道德情感的激活。《论语·泰伯》：子曰："兴于诗，立于礼，成于乐。"这里的"兴也是用'起'的义项，讲的是人格培育过程：诵习诗歌，使人奋起，产生向上的志向；熟悉和遵循礼制，使人在社会上能够安身立命；最后，在诗歌、舞蹈、音乐的结合中，在艺术与伦理、与礼仪的结合中，使人格达到成熟和完善。"在所有的艺术创作中，诗歌与音乐是最需要激情的，因此，诗人与音乐家往往会在其作品中唤起曾经体验过的情感，并将其化作诗句和旋律，用以传递这种情感，使读者和听众也能体验到相同的情感。这便是移情，艺术上也称共鸣。

对于"观"的理解，班固理解为"盖以别贤不肖而观盛衰焉"，即"了解诗者的个人之志，并进而窥察该国政治、外交等方面的治礼盛衰"。郑玄注为"观风俗之盛衰"，朱熹注为"考见得失"。可见"观"的词义是"观察"、"考察"。在孔子看来，诗歌、音乐等艺术不仅能够展示诗人、艺术家的心理、情感，也能反映当时群体的心理、情感，社会的风俗盛衰。这与《礼记·王制》中所说的天子"命大师陈诗以观民风"；和《汉书·艺文志》所云"故有采诗之官，王者之所以观风俗，知得失，自考正也"完全一致。

"群"，作为动词，是合的意思。《荀子·非十二子》有"群天下之英杰"之说。孔子的"诗可以群"指的是人可以通过赋诗来交流与沟通彼此的想法，从而协调人际关系，国家内部可以团结起来，国与国之间可以联合起来。比如叔孙豹赋《鹊巢》(《召南》)，奉承赵孟善于治理晋国；杜甫的《梦李白》《天末怀李白》，毛泽东的《蝶恋花·答李淑一》《七律·和柳亚子先生》等均有同声相应、同气相求的诗人之间相互了解、增进友谊之意。

"诗可以怨"意指诗歌可以用来发泄怨恨、排解忧愁。孔安国将"怨"解释为"刺上政也"，意思是说诗可以用来针砭时弊，确认了诗的批判作用。社会的不公需要批判，民众的忧烦必须舒散，否则会积淀成不稳定因素。"诗可以怨"一则是给当政者的警示,而另一方面也不失为一种统治策略,让不定因素在诗歌等文学艺术中得以释放、化解。

二、诗歌的文体特征

诗歌作为文学的一种形式,具有其他文学形式的普遍特征,都是语言的艺术,都反映人们的思想感情,都具有感染力等。但是,诗歌也有跟其他文学形式不同的地方,其主要表现在以下几个方面。

(一)形式独特

诗歌区别于其他文学形式最为显著的外部特征是分行及其构成的诗节、诗篇。诗歌的分行并非随意而为,而是颇富理据性的。一般来说,除非是散文诗,诗歌都是分行排列的。一首诗由并列的诗行组成,若干诗行组成一个诗节,若干诗节形成一个整体。传统的诗歌,在形式上要求比较严格。中国的律诗、绝句都有非常工整对仗的结构特点,每一诗行都有具体的字数规定,都有一定的韵脚安排,具有非常严整的形式结构。英国的十四行诗、英雄双韵体等,也都具有固定的形式特点,对音步的数量和格律的要求都非常严格。分行具有凸显意象、创造节奏、表达情感、彰显形象、营构张力、构筑"图像"、创造诗体等多种功能。诗歌的诗行包括煞尾句诗行和待续句诗行。前者指一行诗就是一个语义完整的"句子";后者又叫跨行,是指前一行诗语义还未完结而转入下一行表述的"句子"。诗歌最为直观而独特的外在造型美与建筑美是由这两类诗行构建而成的。

(二)格律鲜明

诗歌具有鲜明的格律要求。诗歌的格律是诗歌最显著的特点。传统诗歌,经过长期的发展,形成了形式多样的诗体形式。比如,中国有五言律诗、七言律诗、绝句和古体诗等,英国诗歌有民歌体、十四行体、英雄双韵体、斯宾塞体、颂歌体以及自由诗等,不一而足。而在这些诗体形式中,都有一整套内在的格律。比如,莎士比亚十四行体由十四行抑扬格五音步的诗行组成,四句一个诗节,分成三个诗节,最后两句作结,一般的韵脚安排是:abab cdcd efef gg;英雄双韵体是由两句对偶的抑扬格五音步的诗行组成,适用于长篇史诗;斯宾塞体是九行一节的诗体形式，前八行为抑扬格五音步，第九行为抑扬格六音步，每节诗的韵式结构是：ababbcbcc。

（三）结构跳跃

相比较于其他的文学式样，诗歌篇幅通常相对短小，往往有字数、行数等的规定，而要想在有限的篇幅内表现无限丰富而深广的生活内容，诗歌往往摒弃日常的理性逻辑，遵循想象的逻辑与情感的逻辑。在想象与情感线索的引导下，诗歌常常由过去一跃而到未来，由此地一跃而到彼地，自由超越时间的樊篱，跨越空间的鸿沟。但是这种跳跃性并不会破坏诗歌意义的传达，相反会大大拓展诗歌的审美空间。

诗歌跳跃性结构的呈现形态，随诗人所要反应的生活和表达的思想感情变化而变化。诗歌跳跃性的结构形态多种多样，有过去、现在与未来之间的时间上的跳跃，有天南地北、海内海外空间上的跳跃，有两幅或多幅呈平行关系的图景构成的平行式跳跃，有由几种形成强烈反差的形象组成的对比式跳跃，等等。有时结构的跳跃也体现于诗人的思维空间，比如济慈（John Keats，1795—1821）的（Ode to Autumn）。

Ode to Autumn

I

Season of mists and mellow fruitfulness,

Close bosom-friend of the maturing sun;

Conspiring with him how to load and bless

With fruit the vines that round the thatch-eaves run;

To bend with apples the moss'd cottage—trees,

And fill all fruit with ripeness to the core;

To swell the gourd, and plump the hazel shells

With a sweet kernel; to set budding more,

And still more, later flowers for the bees,

Until they think warm days will never cease,

For Summer has o'er-brimm'd their clammy cells.

II

Who hath not seen thee oft amid thy store?

Sometimes whoever seeks abroad may find

Thee sitting careless on a granary floor,

Thy hair sort-lifted by the winnowing wind;

Or on a half-reap'd furrow sound asleep,

Drows'd with the fume of poppies, while thy hook

Spares the next swath and all its twined flowers.

And sometimes like a gleaner thou dost keep

Steady thy laden head across a brook;

Or by a cyder—press, with patient look,

Thou watchest the last oozings hours by hours.

III

Where are the songs of Spring? Ay, where are they?

Think not of them, thou hast thy music too,

While barred clouds bloom the soft-dying day,

And touch the stubble-plains with rosy hue;

Then in a wailful choir the small gnats mourn

Among the river sallows, borne aloft

Or sinking as the light wind lives or dies;

And full-grown lambs loud bleat from hilly bourn;

Hedge-crickets sing; and now with treble soft

The red-breast whistles from a garden-croft;

And gathering swallows twitter in the skies.

秋阳杲杲，果实累累，葡萄藤下，打谷场上，收割一半的田间，诗人的思绪正在秋天的时空里徜徉，却突然发问：春之歌在哪里？它们在何方？（Where are the songs of spring? Ay, where are they?）思维突然跨过夏天，由秋天跳回春天。自古文人多悲秋，诗人在最后一节里出现许多不祥的词语，如 barred clouds, dying day, rosy hue, wailful choir, mourn, sinking, dies 等，这或许是因为诗人预感自己来日不多的哀叹（济诗此诗作于 1819 年 9 月 19 日，距其逝世不足一年半时间）。

（四）注重韵律

韵律有广义和狭义之分。广义的韵律是对诗歌声音形式和拼写形式的总称，它包括节奏、押韵、韵步、诗行的划分、诗节的构成等；狭义的韵律是指诗歌某一方面的韵律，如押韵、韵步等，它们可以单独被称作韵律。狭义的韵律有助于增强诗的节奏感，它和节奏一起共同服务于诗作情感的抒发与诗意的创造。

（五）表述凝练

佳酿为五谷之精华，诗歌乃语言之结晶，诗歌的语言是日常语言的提炼和浓缩，是日常语言的创新。它要求精选生活材料，抓住感受最深、表现力最强的自然景物和生活现象，用极概括的艺术形象达到对现实的审美反映。诗歌反映生活的高度集中性，要求诗歌选词造句、谋篇布局必须极为凝练、精粹，用极少的语言或篇幅去表现最丰富而深刻的内容。名诗佳作能以只言片语容纳高山巍岳，宇宙星空，似奇特的晶体，显耀万千景象。"大漠孤烟直，长河落日圆"中的"直"与"圆"若脱离诗句，极其平常，但嵌在诗句中，极具张力，仿佛强大的电流短路，立刻放射出耀眼的火花，迅即激活读者的想象空间。这便是诗歌的魅力。诗歌的魅力凝聚于诗歌的焦点，即"诗眼"。诗眼犹如芯片和浓缩铀，具有极大的能量和信息量，通常是诗人"炼意""炼句""炼字"的结果。古人常说，"诗以一字论工拙"，如"红杏枝头春意闹"(宋祁:《玉楼春》)中的"闹"字，"春风又绿江南岸"（王安石:《泊船瓜洲》）中的"绿"字，"云破月来花弄影"（张先:《天仙子》）中的"弄"字，"穿花蝴蝶深深见，点水蜻蜓款款飞"（杜甫:《曲江二首》之二）中的"穿"字和"点"字，皆因一字而成千古名篇，为后人铭诸肺腑。炼辞得奇句，炼意得余味，"炼字""炼句""炼意"三者密不可分，诚如刘勰所言："夫人之立言，因字而生句，积句而成章，积章而成篇。篇之彪炳，章无疵也；章之明靡，句无玷也；句之清英，字不妄也。"（刘勰:《文心雕龙·章句》）无字不成句，无句难成章，文章如此，诗歌更不例外。并且，古今中外，大凡名诗佳作都经过字句的锤炼。比如，意象派诗歌的代表作庞德的《地铁车站》第一稿有 30 多行，最后浓缩到如下的两行：

The apparition of these faces in the crowd ;
Petals on a wet, black bough.
（Ezra Pound, In a Station of the Metro）

第四节　戏剧文体

一、戏剧的分类与性质

（一）戏剧的分类

戏剧是演员扮演角色、在舞台上当众表演故事情节的一种艺术形式。在我国，"戏剧"一词有广义和狭义之分，广义的戏剧是戏曲、话剧、歌剧的总称，狭义的戏剧专指话剧。戏剧是由古代各民族民间的歌舞、伎艺演变而来，后逐渐发展为由文学、表演、音乐、美术等各种艺术形式组成的综合艺术。戏剧按作品类型可分为悲剧、喜剧、正剧等，按题材可分为历史剧、现代剧、童话剧等，按情节的时空结构可分为多幕剧和独幕剧。

（二）戏剧的性质

现存文献在戏剧的性质上存在一定争议，具体表现为对戏剧体裁属于文学还是表演艺术的看法并不一致。学者苏姗·巴斯奈特（Bassnett）首先宣称，戏剧属于表演艺术，因为戏剧译本是为舞台演出服务的，所以在翻译过程中允许译者根据舞台演出的需求对译文进行适当的修改，无须对原文保持字斟句酌的忠实。但在后期的论著中，她放弃了原有的观点，将戏剧看作表演艺术"仅仅是译者篡改原作的理由"，认为"翻译应回到其起点，它的体裁从根本上说还是文学"。"戏剧"这个词本身就具有双重性，英语既可以用 drama 也可以用 theatre 来表示"戏剧"。drama 侧重对戏剧理论、戏剧文学和戏剧美学等的研究，而 theatre 着重有关表演理论的探讨。戏剧的双重性还在于戏剧处于文学系统和戏剧系统两个不同体系的交汇点。《四角号码新词典》中对"文学"的释义是：

以语言、文字塑造形象、社会生活的艺术。基于此，在剧本创作或翻译完成的初期，戏剧就如同诗歌和小说一样，是符合文学艺术的定义的。但是，戏剧这一体裁本身具有特殊性，它的生命有两个阶段。在剧本的创作或翻译完成后，它还要走上舞台，通过演出将戏剧的情节传递给观众。

当戏剧文本走上舞台时，作者和受众的关系就发生了变化。换句话说，戏剧就是供读者阅读的文本，同时又是供演员演出的文本，让观众通过视听来感知、了解剧情和剧中人物。戏剧剧本具有阅读文本所要求的可阅读性及表演艺术所需的可表演性。所以说，文学性与可表演性是戏剧的特征，戏剧有两个生命，起初是文学，然后是艺术。二者是一个接续的整体，不可分割。一个优秀的戏剧译本，应兼备文学性与艺术性。

二、戏剧的基本特征

戏剧作品可以供人阅读，但其更主要的价值与作用是供舞台演出。戏剧作品演出的成败得失，既与其创作质量密切相关，也与演员在舞台上的演出效果以及服装、道具、布景、灯光、音响等的设计与配置紧密相连。戏剧主要具有以下特征：

首先，戏剧是现实生活的浓缩反映。戏剧作品主要用于舞台演出，而舞台演出只能在有限的时间（一般最多三个小时）和有限的空间（舞台）内面对观众完成。为了在有限的舞台时空内表现无限丰富而深广的社会生活内容，并始终吸引着观众的审美注意，剧作家必须把生活写得高度浓缩、凝练，用较短的篇幅、较少的人物、较简省的场景、较单纯的事件，将生活内容概括地、浓缩地再现在舞台上，以达到"绘千里于尺素，窥全豹于一斑"的效果。

其次，以台词推进动作。剧本中的人物语言，即台词，是用来塑造人物形象，展示矛盾冲突的基本手段。台词包括对白（对话）、旁白和独白等基本表达形式，其中对话形式占据主导。剧本不允许作者出现，一般也不能有叙述人的语言，只能靠人物自身的语言塑造形象。离开了人物的台词，就没有了戏剧文学。这是戏剧有别于小说等艺术形式的地方。人物台词应具有引出动作和有利于动作的可能性，能够推进戏剧动作向前发展。

最后，戏剧具有紧张、冲突的情节。没有冲突就没有戏剧，构建戏剧冲突是戏剧作品的基本特征之一。所谓戏剧冲突，就是作品中所反映的矛盾和斗争，它包括人物与人物之间的冲突，人物与周围环境的冲突以及特定环境下人物自身的冲突。戏剧冲突应当集中、紧张、激烈，富有传奇性和曲折性，力求在有限的舞台时空内取得引人关注、扣人心弦、引人入胜，甚至出奇制胜的强烈艺术效果。戏剧冲突源自生活冲突与性格冲突，是对两者艺术的转化。生活冲突主要又是人的矛盾，是人的性格冲突的结果，因此，戏剧冲突既表现为外在的生活冲突，又表现为内在的性格冲突。

三、戏剧语言的特点

戏剧是一种特殊的文学形式，它的语言既有一般文学语言的共性，也有戏剧语言的特殊性。戏剧语言是戏剧的基本材料，是戏剧展开情节、刻画人物、揭示主旨的手段和工具。戏剧是"说"与"表演"的艺术，所谓说是指演员通过台词向观众传达戏剧内容并塑造人物个性。另外，戏剧表演要求在有限的时间和空间尽可能地展现人物个性、突出矛盾冲突，因而戏剧语言必须精练。总体而言，戏剧语言具有以下特点：

（一）戏剧语言极具个性化特点

戏剧语言是塑造人物性格的重要手段，凡是性格鲜明的人物都具有个性化的语言。戏剧语言要符合人物特征。清代戏剧家李渔主张戏剧语言"语求肖似"，"说一人，肖一人，勿使雷同，弗使浮泛"。换而言之就是"言为心声"，人物的身份、职业、气质、性格不同，说出的话也不一样。要求人物语言要符合人物性格，要彼此各不相同。舞台上戏剧人物语言的个性化，表现在要符合其所处的时代、生活环境、身份和人生阅历，要反映他的心理活动和思想习惯，还表现在要揭示人物性格的发展变化。人物语言是个人的"口语"，而不是剧作者的代言，更不是千人一腔的模式化语言。个人的口语虽有大众化、生活化的特点，但并不会趋于简单化，均有着鲜明的个性化艺术特色。

（二）戏剧语言具有动作性特点

戏剧（drama）一词在希腊语中即表示动作（action），因此，动作性是戏剧人物语言的基本特征，是人物语言戏剧性的体现。戏剧的动作性包括两个方面：一是指与对话相伴随的动作，如表情、手势、语调、内心活动等；二是指对话引起的行为，如因争执而互相厮打，合谋共商之后采取的行动等。人物语言的动作性，除能体现人物的性格，表达人物的思想感情之外，还能推动戏剧情节的发展，戏剧语言要启发演员的表演，同演出时人物的行动相配合，暗示和引起角色的动作反应，并推动戏剧情节的发展，为演员留下表演的余地。

（三）戏剧语言具有节奏性特点

戏剧语言要想在舞台上打动观众，就必须讲究韵律和节奏，这样演员读起来才能朗朗上口、铿锵有力，观众也才能从对话中得到愉悦。戏剧的语言在听觉上要诉诸美感，起伏变化、抑扬顿挫，才能符合视听艺术的特点。比如：

Puck：How now spirit! Whither wander you?

Fairy：Over hill, over dale,

Through bush, through brier,

Over park, over pale,

Through flood, through fire.

I do wander every where,

Swifter than the moon's sphere；

And I sever the fairy queen,

To dew her orbs upon the green.

The cowslips tall her pensioners be：

In their gold coats spots you see；

Those be rubies, fairy favours.

In those freckles live their savors：

I must go seek some dewdrops here,

And hang a pearl in every cowslips' ear.

Farewell, thou lob of spirits；I'll be gone：

Our queen and all her elves come here aron.

（William Shakespeare, A Midsummer Night's Dream）

朱生豪译文：

迫克：喂，精灵！你飘到哪儿去？

小仙：越过了溪谷和山陵，

穿过了荆棘和丛薮，

越过了围墙和园庭，

穿过了激流和爝火：

我在各地漂游流浪，

轻快得像是月光：

我给仙后奔走服务，

尊环上缀满轻轻露。

亭亭的莲馨花是她的近侍，

黄金的衣上饰着点点斑痣；

那些是仙人们投赠的红玉，

中藏着一缕缕的芳香馥郁；

我要在这儿访寻几滴露水，

给每朵花挂上珍珠的耳坠。

再会，再会吧！你粗野的精灵！

因为仙后的大驾快要来临。

通常就语言形式而言，戏剧可分为诗剧和散文剧，上述例子属于诗剧，原文节奏明快、结构工整、抑扬顿挫、音韵和协，具有典型的诗歌语言特色，易于上口，便于与演员动作协调一致。译文对原文的戏剧语言特色给予高度关注，较好地体现了戏剧语言风格。

（四）戏剧语言具有简洁明晰的特征

戏剧作为表演艺术，有其独特的传播媒介。这个媒介不仅仅是纸张和文字，还包括舞台这一戏剧独有的场合。这就要求在演出过程中，演员必须做到在短暂的时间内对观众清楚、明白地表达剧情，所以剧本语言要简洁明晰，从而避免重复、冗赘。

（五）戏剧语言具有抒情性特征

戏剧语言是剧中人物表达思想感情的媒介。戏剧语言有两种：一种是舞台提示性语言，用于简单说明戏剧中的时间、地点、人物动作和心理等；另一种是人物语言，即台词，用于塑造人物形象，展示矛盾冲突。戏剧语言的抒情性在不同类型戏剧作品中有着不同的体现。在以诗歌体写成的戏剧中，其抒情性体现在语言的诗韵、诗味等诗性特点上，中外戏剧中都有用韵文写成的戏剧。在以散文体写成的戏剧中，其抒情性体现在具有日常口语特点，经过润色提炼的散文化语言上，近代戏剧常用散文写成。戏剧语言的抒情性有助于丰富人物形象，推动情节发展，表现戏剧作品的诗意力量，它是戏剧人物舞台魅力的重要表征。

第四章 英美文学的创新

第一节 大数据背景下英美文学研究

在信息快速发展的今天，大数据的出现为英美文学研究提供了新的研究视角并开辟了新的研究领域。以大数据这个时代背景作为关照，拟从大数据对英美文学研究的影响和大数据背景下英美文学研究的措施两个方面来进行研究，其目的在于为英美文学研究创造新价值，为相关领域研究提供参考和借鉴。

1936年，梁实秋撰写的《怎样研究英美文学》认为，"所谓研究文学，异于欣赏，绝不是读几部作品之谓，研究文学须要像研究其他学科一样，须要深入，须要有新的发明或理解"。也就是说英美文学研究不应循规蹈矩、踌躇不前，而应与时俱进、不断发展。在这个图文并茂、大数据、云计算充斥的万花筒般的多元化社会，英美文学研究应冲破历史的局限性，跨越地域、种族、文化差异的鸿沟，以海量数据为参照，从而为英美文学研究开辟新的研究空间和提供新的研究思路。

一、大数据对英美文学研究的影响

大数据是一把双刃剑，它给英美文学研究在带来正面影响的同时，也附带了潜在的负面影响。因此，英美文学研究界的学者不能再固封自守，要迎接大数据时代对传统的英美文学研究所带来的冲击，并寻求新的研究对策。

一方面，大数据时代让旧的传统文学研究蒙上了新的面纱，为英美文学研究创造了新的神话。学者们可以轻松地跨越时空，寻求独特的信息，尼葛洛庞蒂说，"有空间的地方大数据时代将消除地理的限制，就好像'超文本'挣脱了印刷篇幅的限制一样。数字化的生活将越来越不需要仰赖特定的时间和地点，现在甚至连传送'地点'也开始有了实现的可能。假如我从波士顿起居室的电子窗口（电脑屏幕）一眼望出去，能看到阿尔卑斯山，听到牛铃声，闻到（数字化的）夏日牛粪味儿，那么在某种意义上我几乎已经身在瑞士了"。在这个文图并茂、大数据、云计算充斥的社会，英美文学研究者获取信息的渠道也在不断地转变。英美文学经典不再是书本上几行干瘪晦涩的文字，图文加上影像艺术的出现，让文学经典展现了无限的风光，同时也为英美文学的研究者提供了绝无仅有的研究思考空间。此外，文学的研究也不用紧紧地抓住旧的方法、旧的思想不放，可以通过大众传媒这个"超级大的食堂"消费阶段后，逐渐转变研究的方法转向"开小灶"的方法，为自身量身打造、汲取营养液及丰富英美文学的研究作料。因此，英美文学研究要具有创新性，就必须借助大数据技术，获取足够的数据。

另一方面，大数据时代英美文学研究走向了多元化，但是由于网络技术及数据统计的主观性，文学研究在大数据的影响下并非一直处于信息的高度精确化状态，数据的挖掘并没有想象中的那样彻底和全面。因此，在享受大数据带来的蜜汁的同时，也要对其潜在的负面影响造成的恶果做出可行的对策，所以在积极汲取大数据带来的光环效应的同时，也要采取合理的措施来应对其负面影响。

米勒最著名的论断是"在西方，文学只是最近的事情，开始于17世纪末、18世纪初的西欧。它可能会走向终结，但这绝对不会是文明的终结。事实上，如果德里达是对的（而且我相信他是对的），那么，新的电信时代正在通过改变文学存在的前提和共生因素而把它引向终结。……在特定的电信技术王国中（从这个意义上说，政治影响倒在其次），整个的所谓文学的时代（即使不是全部）将不复存在。哲学、精神分析学都在劫难逃，甚至连情书也不能幸免"。米勒的上述解说告诉我们：大数据时代的到来，曾一度为英美文学研究注入新鲜血液。随着技术的不断娴熟，大数据同时也带来了负面影响。因此，文学正在经历着一场生死攸关的考验。

文学研究的大数据分析从学理上为研究者带来了思考的空间：英美文学研

究能不能在数据化时代被完全数字化？大数据的存在究竟对英美文学研究的意义有多大呢？当我们完全信服数据分析结果的时候，真正的审美标准是否存在？在大数据、云计算产生之初，一些学术界的有为学者已经尝试把它与英美文学研究融合，试图获得新的成果。其他的行业也不甘落后，如"医疗健康、交通规划、公共管理、教育培养等领域都在你看不见的地方悄悄运作着大数据分析"，大数据处理信息的能力在此已完全发挥积极作用。对于文学作品的分类处理大数据也能做得很完美。例如，我们可以通过数据分析学术期刊上英美文学作品的类型、男女作者的比例、哪些作家最受读者欢迎等。但是，我们不能因为大数据的优势所在就完全相信文学作品的研究可以被数据化。在某种程度上，文学作品的研究在多个维度上是不能被量化的。比如，研究者的学术能力、研究者的人文关怀程度、文学美感的体会程度等。

二、大数据背景下英美文学创新性研究的措施

在信息技术高速运转的今天，英美文学的研究也要与时俱进：不仅要不断地更新现有的研究方法、研究理论，还要转变墨守成规的思维方式，要用批判的眼光对待万花筒一般眼花缭乱的信息，要用全面发展的战略要求自己掌握各个学科的基本知识，从而使英美文学的研究具有更高的内涵和说服力。

（一）英美文学创新性研究可以通过转变思维方式实现

思维是人脑对客观事物间接的、概括的反应。间接性和概括性是思维过程的重要特征、根据思维的凭借物和解决问题的方式，大数据时代的到来给英美文学研究者的传统思维带来了巨大的挑战。面对如此巨大的信息流，如何转变思维方式是当下需要着重解决的问题。作为人文学科研究者的英美文学界人士，因长时间地关注语言领域的知识，因此具有一定的语言天赋。经过长时间的观察，有些学者发现当下的文学研究者的思辨能力远远地落后于搞科研的大家。爱因斯坦说："没有思辨精神，就没有创造新科学的能力。"他还说："要创立一门理论，仅靠收集一下记录在案的现象是远远不够的，还必须有深入事物本质的大胆的创造型的思维能力。"而大数据恰恰对英美文学研究者在思维方式上提出了挑战。

（二）英美文学的创新性研究可以通过跨学科研究实现

大数据要求学者不仅要懂得本学科领域的知识框架，还要大量地涉猎其他学科的基本知识。较之那些跨学科领域的学者来说，人文学科的学者一般缺乏思辨能力。因此，为了提高学术修养，要适当地补充下数学方面的知识，即要具备归纳、概括、分析问题的能力。就跨学科研究而言，作者把它分为两类，即同一学科门类间的跨学科研究、不同学科门类间的跨学科研究。此外，语料库技术的出现又为英美文学研究打开了一扇明亮的天窗，如建立不同的文学语料库可以为英美文学研究者提供重要的数据资源。心理学、医学、建筑学、哲学等对于大数据时代下的英美文学研究同样具有重要的作用。有效地融合这些学科知识，基于海量数据的英美文学研究成果才更具说服力。

（三）面对海量的数据，学者难免会不知所措，这就要求学者在面对不同的观点时要结合实际，用批评的态度看待问题、思考问题

作者认为在大数据时代背景下，英美文学研究应该坚持求新存异，而不是一味地总结前人的观点，寸步不前。作为科研的引领人，要寻找创新的突破口，从不同的视角去收集数据、处理数据，就会有新的收获，要做到在做学问时既要看到森林也要看到树木。同时学者要善于不断地调整自己的视角，与新的理论、新的研究方法接轨。只有新的观点、新想法才能在学术界发出自己的声音，才会创作出新的成果。

在大数据的帮助下英美文学研究得到了进一步的扩展，同时也受到了一定的挑战。研究者可以通过转变思维方式、批判地对待海量数据和跨学科研究来增加个人的甄别能力，从而使海量数据发挥应有的积极作用。尽管我国对大数据和大数据英美文学研究领域应用和探索才刚刚起步，但相信随着信息技术的不断进步、研究人员和专业人士的不懈耕耘，大数据必将在未来开启一个英美文学研究的新时代。总之，大数据的存在一定程度上推动了英美文学的传播，从而使其达到与时俱进的效果。

第二节　中国文学视野中的英美文学

随着全球经济化的快速发展，中西方文化的交流、碰撞日渐增多，特别是英美文学正在深深地影响着中国文学，甚至也在影响着新一代年轻人的人生观、价值观、世界观。在分析英美文学的魅力和我国文化的特点之后，把握英美文学作品与中国文学作品的主题思想中的差异，取其精华去其糟粕，有助于提高学者的跨文化交际能力，避免交际障碍的干扰；同时，有助于我们更好地理解新形势下建设和谐社会的意义。

随着我国全方位、宽领域改革开放的不断发展、深入，以及世界经济、文化全球化的逐步扩展，使不同地域、不同民族的文学相互交流、相互碰撞。中国文学是历经中华五千年悠久、灿烂的文化历史积淀下来的，现在正承受着外来文学的冲击和影响，而这些众多的外来文学中，特别是英美文学对中国文学造成了巨大的冲击、影响。

一、文学的内涵

文学，就是人类以语言文字的形式来表达人类社会的基本生活状态及人类心理活动的一种表现形式，是为人类的社会生活服务的。人民的日常劳动是人类文学创作的源泉，如中国的《诗经》、美索不达米亚的《吉尔伽美什史诗》和古希腊的《伊利昂纪》等现存的有记录的优秀文学作品。文学，利用不同途径的表现形式来表达一段时期人类的社会生活状况及人民内心思想感情活动的艺术。

（一）中国文学

中国文学，是以汉民族文学为主体部分，与各个少数民族文学相互融合、共同创造出的有中华民族特色的文学。就中国文学来说，拥有五千多年的灿烂文明，有着悠久的历史，有着自己特殊的思想内容、表现形式和文学风格，构成具有中国特色的理论批判、文化传统和审美理想的中国文学体系。与世界其他各国文学相同的，中国的文学最初也是附属于宗教之内，用于祭祀、祈祷、卜筮之时。后来由于社会形态的演变，民智的开化，种种因素的影响，渐渐地使文学脱离宗教，而成为一门独立的艺术。有了独立地位的文学大抵可分为两大派别，即一般习称的"言志派"和"载道派"。言志派主张"诗言志"，认为文学当是"抒一己之情，写一己之志"，以其无所为而为，具有游戏的兴味。又有人认为，言志的文学是"甘美"的文学，以其讲究美而不讲求实用之故。载道派主张"文以载道"，认为文学作品的产生当是有其严肃而实用的目的，而不仅是用以抒发个人情感，以其强调文学必须是有用的、有益的，讲求实用过于讲求美之故。

（二）英美文学

英美文学，即英国人民和美国人民长期使用英语语言，用英语来描述表现其时代生活的审美观念和思想所创作的产物。其基本精神就是科学和民主。英国文学经历了长期、曲折、复杂的发展演变历程。英国与美国语言因为都同属英语体系，长久以来，人们都认为美国文学是英国文学的一个分支。英美两国文学在历史发展进程中，由于受各自国家的各种现实、历史、政治、文化等因素的共同作用，以及为了遵循文学内部自身的发展规律，两国的文学发展历经不同的历史发展阶段，在众多不同发展阶段中，英国文学历史上被认为最辉煌的时期之一——维多利亚时期。在此期间，小说以其最具活力和最具挑战性的方式来揭示人们在思想方面的进步，大部分小说作品着力表达对广大平民百姓命运的关注，深入表达人们对现实状况的态度及人物的内心情感，该时期文学作品为今后英国文学的多元化发展奠定了基础。

二、中国文学与英美文学的探究

（一）二者区别、差异

中国文学在表现形式上显得较含蓄、委婉，竭力体现意境美，格式上多表现在辞藻、修辞及意境等方法的大量使用；英美文学表现形式则显得比较直率、大胆、豪放，并没有过多地加入大量修辞方法。这与中国人民与英美人民的生活方式不同有关，造成这种不同的原因是：文学源于劳动，有什么样的劳动环境就有什么样的文学作品与之相匹配。虽然中国文学在不断地向前发展进步着，特别是在新中国成立后，但中国文学还是表现出稳定、凝固化的特点，这与英美文学相比较，在统一性和单一性上还是表现出比较明显的差异。这与中国社会的历史进程是紧密相关的。从体裁和创作方式来看，中国文学比较倾向于表现的特点，英美文学则比较倾向于写实的特点。从体裁上来看，中国文学比较侧重抒情的表达，中国文学重视在意境上的刻画，而不重视真实；从中国文学的理论体系方面来讲，随着中国文学自身的不断进步、发展，也逐步形成了自己独特的理论体系，拥有与英美不同的整套体系范畴。中国文学的理论体系，不是虚构的，而是微妙的，在经过数千年的不断演变和完善，整套范畴体系的内涵也不断丰富、发展，在各个不同范畴体系相互间交叉的基础上，正在逐渐形成独特的网络理论体系。

（二）英美文学的气质特点

英美文学的文化气质特点，不是能简单地用某一个概念就可以详细概括的。英美文学的主要特点之一是文化气质的多元化、文学内涵的丰富多彩性。纵观英美文学发展史上的著名作家和作品，结合英美文化和民族的发展历史，可以大致提炼出以下几点突出的文化气质。

1. 对人类的解放和启蒙的追求

英美文学的审美传统可以追溯到古希腊罗马时期，大多数的文学作品中都具有强烈浓厚的人文主义色彩。尤其是在西方文艺复兴时期创作的英美文学作品，都在强调对人的解放和启蒙的追求。例如，著名的戏剧家作家莎士比亚，文学家雪莱等人的文学作品中，都在呼吁对人性的解放和启蒙，是对被黑暗中世纪压迫中的人的人性反击，发出了解放人性的时代最强音。

2. 最能提供语言需求的作品，常常被称为语言大师

英美文学利用简洁生动的语言，虽不能完整地反映历史的真实性，但给人一种更加真切、更加深刻的感觉，可以给人带来一种很强的激励感，产生强烈的共鸣。随着对英美文学特点的深入学习，可以学到要用理性的态度去思考问题，对综合能力的提高会大有裨益。

3. 勇于批判、善于质疑和深入反思的文化传统

与中国文学相比，英美文学中的一大特色就是勇于反思和敢于批判，敢于发表自己的内心情感。例如，美国文学的一大特色就是批判性。美国文学作为世界上最年轻的文学种类之一，从它诞生之初，就以尖锐的批判性而成为独树一帜的文学种类。从美国独立革命时期充满战斗性的文学作品，到废除农奴制时期人民对自由的渴望、追求的小说文学作品，再到马克·吐温和菲兹杰拉德等人的创作讽刺小说作品，无不透露出一种强烈的批判意识。

4. 重视现实、胸怀天下苍生的文学追求

在众多的古希腊古罗马文学作品中，虽然多数作品都以神明和英雄的事迹为写作题材，但文学内涵都是在关注现实、批判和反思现实的生活。而英美文学在漫长的发展历史中，受古希腊古罗马时期作品的影响，也呈现出对现实有着浓厚的兴趣和批判反思现实、心怀天下苍生的特有的文化内涵气质。例如，英国著名作家毛姆的代表作品——《人性的枷锁》，是以第一人称的角度，叙述主人公菲利普的迷惘、探索、悲观和苦痛的前半生，是一部充满现实关怀的文学作品。小说以质朴无华的文体将社会的人情冷暖，残酷的现实栩栩如生地展现在读者面前，出色地表达出了一种深沉的悲剧性的情感。

对英美文学作品的分析，可以帮助人们了解文化的差异，提高跨文化交际能力，学习英美文学就要对文学作品的思想、内容、主题进行充分的理解、分析，能帮助人们拓宽视野，了解外国文化，增加知识，启蒙智慧，繁荣我国的文学作品和丰富文学的创作方法。可以品味更多的外国文化，了解中西方文化差异，理解文化差异才能消除沟通障碍，以便更好地与人沟通，融入多元化的世纪和文化一体化发展的潮流中，促进不同文化间人们的交流，提高跨文化交际的能力，从语言学习者蜕变成语言的使用者，以达到语言学习的最终目标。

英美文学对中国文学的影响是多方面的，在其影响下，后者发生了前所未有的变化。从文学观念、思想意蕴、艺术形式、文学语言到传播方式，都发生了变化。对英美文学的介绍、评论、研究，不仅可以扩大自己的文化视野，还可以为中国文学的深入发展与创作提供有价值的参考依据和理论研究学习方法，启发人民群众的智慧。同时，也为我国文学研究提供参考，而且，可以增强中国文学与英美文学的交融，有助于我国的文学研究，实现理论观念的转换，促进我国文学艺术追求和表现手法的多样化发展，为中国文学的发展进步起到重要的推动作用。

第三节 人文主义教育与高校英美文学教学

人文主义教育有助于高校实现其培养综合全面的高素质人才的目标。英美文学课程具有独特的人文学科优势，强化高校英美文学教学可以强化人文主义教育，对于大学生情操的培养以及思维能力的塑造具有很大的帮助，值得我们予以充分的重视并对其进行深入研究。

人文主义教育基于人文主义思想，它给予受教育者足够的理解与尊重，关注受教育者的情感、素养和潜能，有助于把受教育者塑造成有理想人格、情操高尚的人。人文主义教育和高校培养综合全面的高素质人才的目标不谋而合。在高校内开设传统英美文学课，不但可以有效地帮助高校提高人文素质教育的水平，让学生对英美等国家的文化知识、风俗民情有更多的了解，大幅提升学生的人文内涵，还可以提供丰富的文化知识背景等来帮助学生提高综合素质。

一、高校英美文学教学发展现状与大学生人文素质现状

（一）高校英美文学教学发展情况

英美文学是我国高等院校英语专业的一门非常重要的专业课，其主要目的是对当代大学生的英语阅读能力以及对英美文学作品的赏析能力进行培养，从听、说、读、写、译这五个方面对大学生的英语水平进行锻炼，以提高学生的综合素质。如今我国高校开设的英美文学课程已经取得了良好的发展，课程在高等教育中实现了高度的普及，而英美文学课程的重要性也同样渐渐得到了社会各界的认可和肯定。

但是我国高等教育体系中还存一些问题，这些问题对英美文学教学产生了一定的影响，这些影响具体来说包括以下三个方面。一是认识不明确。没有认

识到英美文学的重要性。一些高等院校在设置学科的过程中，由于对英美文学的认识不足，没有充分认识到其重要性，将英美文化这门专业课设置成为选修课，从小班变成了大班讲座。二是师资力量仍需强化。比起中国古代文学这类的课程，英美文学教师队伍在综合素质方面需要提高，在专业知识方面需要不断积累。三是教学方法需要创新。英美文学专业的教师授课方式多是填鸭式或是讲座式，没能将学生的主观能动性调动起来，学生在课堂上没有什么主动参与的兴趣，课堂氛围也非常沉闷无趣。英美文学教师在上课的过程中，主要是分析这些作品的文法以及语言知识等，没有去挖掘、分析文学作品中蕴含的人文内涵，这是我国高校英美文学教学中最突出的一个问题。教师在授课过程中不经意就把英美文学课看成了一门语言课，主要对英语的词汇、语法等进行讲解，而文学作品中的西方文化精神以及蕴藏其中的人文知识却没能解析到位，教师在教学过程中忽略了对学生人文素质的培养。所以，目前高校英美文学教学改革的首要任务就是打破原有的传统教学模式，真正强化培养大学生的人文素质，将英美文学课程设置的意义和价值体现出来。

（二）目前我国高校大学生的人文素质

对于"人文素质"这个概念，古往今来有着各种各样的理解。历史文化、地域情况以及风俗民情的不同，会导致在理解"人文素质"的内涵时产生差异。但是通过比较这些观念我们发现它们还是有共同点的，即都对人的生命以及意义非常重视，而且主要集中在情感、知识和意志这三个方面。所以我们这里所说的人文素质，是大学生拥有的人文知识结构、自身的道德情操以及对问题进行判断和思考能力的综合。

随着教育水平的不断提升，大学生拥有越来越丰富的专业知识以及越来越高的综合素质，但是他们的人文素质水平尚不能达到社会发展的要求。越来越激烈的人才竞争要求英语专业大学生的人文素质要和我国社会的环境相适应。高校英美文学课程的一个重要任务就是将英美国家的风俗民情、价值观念等基本知识传播出去。

二、强化高校英美文学教育对强化人文主义教育的作用

（一）提高道德情操，加强道德素养

大学生在大学学习的过程中会逐渐形成自身的道德观，这个阶段非常重要。如今各种社会问题频发，这些都会对大学生的世界观、人生观和价值观造成潜移默化的影响。如果没有正确的引导，必然会影响到大学生的健康成长。所以在英美文学课程中，我们主张从"以人为本"的视角出发，利用英美文学课程将精神文明建设的缺失补足。如果说社会主义精神文明的建设离不开继承和发扬传统文化这种途径，那么对于高素质综合型创新人才的培养来说，英美文学课程可以有效地提高其思想道德以及科学文化素质。狄更斯创作的小说《双城记》里，主人公卡尔顿在死前有过一段催人泪下的内心独白。卡尔顿感受到了自我牺牲这种行为中潜藏的意义，所以坦然地面对了死亡，同时其也找到了永恒的爱情和友情。这本小说中包含的人道主义思想主要是由人性和道德构成的，人可以将自己的一切甚至是生命奉献给所爱的人，所以卡尔顿的行为正好表现了人性最完美的一面，这种精神被长久地传承了下来，形成了典型的献身精神。大学生在读完这个故事以后，可能会意识到最没有价值的事情就是悲观而消极的情绪，生命的价值就在于那些崇高事业。大学的道德教育如果只有理论知识支撑的话会显得非常空洞，且没有充分的说服力。仅仅给大学生讲些大话、空话是没有用的，还需要引导他们在文学作品中去体会这种精神。大文豪马克·吐温曾塑造过一个儿童形象哈克，在美国文学史上都非常有名。他具有十足的叛逆精神以及正义感，最开始他经常捉弄并且看不起逃犯吉姆，但是后来吉姆却用自己的言谈举止教育了哈克。在这个故事中学生可以感受到的一个思想就是，人和人之间都是平等的，种族歧视思想是非常狭隘的，从而能更加正确地理解和认识人文主义的精神内涵。这些英美文学名著不仅揭露了一种社会本质，也是作家自身的情感以及道德理想的体现，对其中合理成分的吸收和改造，对建设社会主义道德是非常有帮助的。

对大学生的道德素质进行强化，可以让学生在不断的痛苦和磨炼中成长起来，最终拥有高尚的心灵以及坚强的意志。人文主义视角下的英美文学教学，

可以对学生进行引导,通过作家的视角来对其作品中的艺术世界进行观察,让学生明白作家在创作时候的内心感受以及作品中人物的内心情感,更好地去把握这些作品的内涵以及其发展脉搏。这样大学生才能用更正确、更丰富的态度来看待人生。但是养成良好的道德素养的过程是比较缓慢的,不可能一蹴而就。

(二)培养审美能力

在我国高校中,美学在人文学科中是超越了本学科的,正因为这种特殊的地位以及带来的影响而使它成为"显学"。审美批评纠正的是意识形态批评,其通过非功利性的审美以及情感作用,使文学的主体地位得到了恢复,还原了文学本来的面目。我们可以将英美文学经典作品看作是美好、珍贵的艺术品,可以以它们为对象来进行审美。但是我国高校在研究英美文学以及教学的过程中,却没有有效地阐释其美学意蕴,纷繁的文学史知识以及理论分析将其审美教育方面的功能以及美感完全遮蔽了,大学生无法准确把握作品中特有的审美意义和价值,作品中蕴含的人文主义精神对他们的熏陶作用自然也就弱了很多。

审美教育的教学方式有很多。首先,可以让学生在英美文学作品阅读的过程中感受美,把作品中蕴含的美挖掘出来,这样学生的审美能力自然能得到提升。为了更好地感受和理解作品,学生可以在作品中融入自身的情感体验等,这样不仅能了解许多相关知识,还能培养人文素质和人格。其次,可以通过作业的形式来创造审美。为了保证学生文学作品阅读的效果,应检查其阅读情况。可以列出至少十本英文名著由学生选择,要求学生进行精读并完成读书笔记。这个过程中可以有效地将学生学到的知识内容与自身的认知和鉴赏水平等结合起来,起到提高学生审美水平的效果。

第四节 网络环境下英美文学自主学习

英美文学作品浩如烟海,教师在课堂教学中教授的内容相对有限,英语专业的学生要系统全面扎实地掌握英美文学知识,就必须具备一定的自主学习能力。本节将从英语专业学生学习英美文学的症结入手,分析英语专业学生利用网络平台学习英美文学的必要性,探索并提出在该环境下学生对英美文学课程的自主学习策略，从而激发学生对英美文学的学习兴趣，提高其学习效率。

自主学习，顾名思义是以学生作为学习主体，通过学生独立地分析、探索、实践、质疑、创造等方法负责、管理自己的学习、自主选择学习目标、内容、策略，从而获得有效学习的认知能力，这是与传统的接受方式相对应的一种现代化学习方式。学习者充分发挥个人的主观能动性而进行创新性学习。当然，"基于网络环境的大学英语自主学习并非意味着不受任何约束的自由学习，而是在教师、学习同伴和教务管理部门等外部力量介入下的'自我导向、自我计划、自我激励、自我监控'的学习"。英美文学课程学习过程中，由于历史跨度大，作家及作品繁多，加上学生自身英美文学基础知识薄弱，需要学生在老师的引导和帮助下，借助网络这一有利的学习平台，更加系统全面有效地自主学习掌握文学作品的相关知识等。学生通过网络进行英美文学自主学习研究，不仅能有效地建构一个较为完整的文学知识结构，更能进一步增强文化素养、强化文学赏析水平、培养理性的文学评论能力以及提高同学们进行文学研究及创作的主动性和自觉性。此外，还有助于我们形成科学的、全面的、开放的世界观和人生观。

一、英语专业学生学习英美文学的"症结"

英美文学是高校英语专业学生的一门必修课，旨在加强学生的文学素质，增强其跨文化学习和交际能力。但由于受实用主义教育思想的影响，我们英语专业学生的人文教育精神和价值理性呈衰落趋势。所以，英语专业学生在学习英美文学课程时会出现一些症结，可以归纳为如下几点：

（一）文学学习无价值论

随着经济全球化的发展，国门日益打开，国家和社会需要大量实用型的英语人才。再加上近年来我国加大文化建设的力度，使得中国文化名扬海外，随后国内掀起一阵"英语热""留学热"。因此，我国高校为培养与时俱进的人才，便开设了一些"英语+专业"课程，如"英语+商务""英语+经管""英语+新闻"等。但在培养与时俱进的复合型人才的同时，也给英语专业的学生埋下了追求物质和功利的"手雷"。经调查，部分学生认为在经济快速发展、物欲横流的时代,我们在大学里应该把重心放在有务实性的、具实践性的课程上,如商务英语、外贸英语、英汉互译等,认为这些课程至少在毕业后会对自己从事相关工作有所帮助。而英美文学认为实用价值不大,甚至毕业后能记住的少之又少,从而忽略了英美文学这类文学性的课程重要性,使该课程逐渐走向边缘化。

(二)文学学习焦虑论

首先,经问卷调查,极少有学生从小阅读西方经典文学;换言之,大多英语专业的学生文学基础较差。正如前言所说,英美文学历史跨度大,作家及作品繁多,加上学生自身英美文学基础知识薄弱,会给学生造成精神上的压力。沃尔德(Renee von Worde)从学生角度出发,分析学生学习外语的焦虑并指出:"要从以下三个方面努力,才能有效降低学习焦虑:第一,让学生对焦虑有一个基本的认识;第二,让学生明白教师的意图和态度;第三,创造轻松的学习环境,运用以激励为主的教学方法。"从中我们可以知道,正常的焦虑心态有助于激发我们对英美文学学习的紧张感,改变我们对该课程可有可无、不紧不松的学习态度,而目前大多学生对该课程的学习自信心不足,担心上课学不会,考试考不好,从而使学生产生焦虑心理;其次,纵观现在的英美文学课堂,大多学生没有积极配合老师的上课进度提前做好课前预习,也没有在课上根据老师划出的重点难点进行深入思考;最后,在课堂上对于老师提出的开放式问题,出于害怕说错或漏说的心态而不敢畅所欲言,致使课堂气氛极度沉闷,无法和其他同学就不同看法进行交流,从而产生焦虑甚至自卑的心态。

二、英语专业学生利用网络自主学习英美文学的必要性

分析了英语专业学生学习英美文学的"症结"后笔者发现,传统的英美文学课堂已经不能满足学生多元化知识的需求,我们必须借助网络资源进一步优化学习方法,改变传统的学习方式。下面笔者将简要分析英语专业的学生在网络环境下进行自主学习英美文学的几点必要性。

(一)该课程课时量相对较少

经了解,普通高校英语专业英美文学课程大都只在大三年级开设,上学期

学习英国文学，下学期学习美国文学，同学们一周只上两至三节课。然而英美文学作品浩如烟海，老师在课堂上教授的内容十分有限，需要同学们在课外进行大量的自主阅读，这样才能对英美文学和作品有较好较全面的了解。

（二）学生是教学和学习的"双主体"

在现代课堂教学中，学生逐渐成为教学的主体，旨在培养学生的独立思考和创新性思维能力。英美文学课程是提高英语专业学生专业知识"广度"和"精度"的一门十分重要的专业课程。然而，"超过60%的教师仍然沿用比较传统的教学模式"，教师教学形式单一，传输的仅仅是表面层次的知识，无法激起学生的学习兴趣，学生不能广泛地涉猎文学作品，也无法进行系统深入的学习。因此，学生利用网络平台自主学习英美文学知识成为可能。

（三）除教科书外，同学们手头的资料有限

教材上只选取部分作家作品，且知识较为陈旧，学生仅通过教材对其背景知识等信息知之甚少，无法领会作家作品的创作背景及深层含义。再者，"英美文学历史跨度大、文学流派多、作家风格迥异"，增加了学生学习该课程的难度。而随着互联网的普及和发展，学生利用网络环境汲取大量的相关资源进行自主学习，已成为一种常态化的趋势。

基于以上三点，笔者认为英语专业学生借助网络平台阅读和分析大量英美文学作品，不仅可以更为深入地了解西方文化和价值体系，增强自己的文化底蕴和文学修养，还有助于开拓自己的独立思维并拓宽自己的眼界，培养自己自主实践学习的成就感，因此，学生在网络条件的帮助下进行英美文学自主学习是很有必要的。

三、网络环境下英美文学自主学习策略

随着计算机网络技术的发展，新时期网络环境下的英美文学学习策略应充分利用网络资源，以培养学生独立思考、拓宽学习视野，增强文化素质。应用正确的学习策略有时可以让学习事半功倍。

（一）利用网络查找电子书资源

据了解，英语专业学生手头上的文学书籍非常少。一方面，因平时课程繁

多，学习任务繁重，图书馆书籍种类繁多，查找起来相对费时费力。另一方面，学生也没有太多闲钱去购买更多文学书籍，因此，大多同学选择在网上寻找相关英美文学原著电子书进行下载，并存放于手机内，这样在课外便可以随时随地进行阅读，既方便快捷，又省下不少买书的费用。

（二）利用网络赏析作家作品的纪录片或电影

现如今电影技术发展相当成熟，很多名家名著被改编制作成电影或者拍成纪录片形式。为加深对英美文学作品的了解，学生可以在课前或者课后自主观赏相关作品的视频。例如，在老师重点讲解简·奥斯汀的作品《傲慢与偏见》之前，学生可以在网上观看《傲慢与偏见》电影，通过这种视觉冲击，让学生在上课前对作品内容有所印象，随后在课堂上才能更好地吸收所学知识。

（三）采用合作互助学习模式

"在网络技术所创建的虚拟环境中，学习者即使在不同时间、不同地点，也可针对英美文学这一相同的学习内容进行交流与合作。"所以，同学们可以借助网络设立英语聊天室，进行网上英美文学讨论，共享学习资源。其次，同学们还可就英美文学问题与外教老师进行网上交流探讨，或与外国网友进行网上在线文学合作互助。

（四）借助网络平台分享创作成果

前言中提到，英美文学课程可以在一定程度上提高学生进行文学研究及创作的主动性和自觉性，培养学生的创新创作能力。"文学的最终培养目标是培养学生的写作能力，在课堂上老师要尊重和鼓励学生的任何的'奇思异想'，努力激发学生的想象力和创造力，鼓励学生尝试文学创作。"英美文学课堂上我们接触不少不同流派、风格迥异的诗歌散文及小说。在学习了19世纪湖畔派诗人威廉·华兹华斯代表作 The Daffodils 之后，同学们可以自己模仿创作一些浪漫主义风格的诗；在赏析了美国散文家华盛顿·欧文的 The Legend of The Sleeping Hollow 后，尝试创作一些幽默、风趣、讽刺类散文，以培养自己的创新和批判精神。随后把自己的作品分享到博客、文学论坛等交流平台上进行，与共同有文学爱好的人相互学习、探讨、交流。

大三阶段是我们作为英语专业学生提升自我专业水平和能力的最佳阶段。

而英美文学课程肩负着使学生深入了解西方文化和价值体系,增强学生文化底蕴和文学修养,开拓学生独立思维与拓宽眼界的使命。"当前信息科学技术的迅猛发展为英语自主学习提供了全新的平台。而我们所熟知的语言习得表明,语言学习成功的关键在于语言学习者必须达到明显的自主程度。"借着互联网时代的春风,学生应在积极配合任课老师的新型教学模式和教学计划,弘扬学生主体性的主旋律,不断培养自己的自主实践学习的能力,成为时代和社会发展需要的专业知识能力高、独立创新能力强、自主性能力好的专业人才。

第五节 比较文学理念下英美文学的批判和认同

我国在学术研究领域早就从国内的著作转向了国外的文学作品,在大量的研究参考中,英美文学在一定程度上体现出了一定的求同思想,其产生的理念便是比较文学理念。在比较文学的影响下,英美文化作品中的认同与批判逐渐地清晰起来,并为研究学者提供了一定的研究范畴。本节将比较文学作为英美文学研究的基本依据,将英美文学中的普适特征进行把控,对英美作品中的批判与认同进行手法上的分析,以便形成对比较文学以及英美文学更加明晰的认知。

文学交流具有一定的同质性,但是不同文学背景下的文学却是异质的。文学在交融的时候是不具有明显的边界的,其能够通过正确的翻译工作,实现不同背景、不同文化下的文学作品的交流。并通过相应的方法,将文化具有差异的作品进行分析研究。比较文学之所以能够将不同文学进行比较,是依靠其本身能够实现的跨越性、可比性特征,在分析比较文学下的英美文化作品时,可以利用其可比性,进行批判与认同的内容分析,并进一步的发现公共语义中,英美文学存在的批判认同规律。

一、比较文学理念概述

可比性是能够将比较文学理念进行支撑的重要特性,在英美文学中,其不同的文化差异是能够支持比较文学开展的依据,著名的美国学者雷马克曾经在其书中指出了比较文学的可比性,并进行了相关的界定:首先比较文学主要研究的是在不同文化影响下的不同文学作品,并分析其中的关系;其次是将文学以及跨学科之间的不同联系纳入比较文学中。这两种研究能够为学者研究异质文学提供一定的角度,从文学写作风格、故事构架、文学思想以及文学主体等方面进行不同文化背景的文学研究,同时又能够分析并寻找出文学思潮以及文学规律上的普遍性和差异性。

二、思想观念的批判与认同

在将英美文化中思想观念的批判与认同进行分析的时候,可以将能够影响思想观念的普适性特征进行把握,并将其作为研究的入手点,而非直接将英美作品进行举例来分析其中的批判观点与认同思想,首先进行文化思想上的普适应研究,才能够更好地将文学作品中的批判与认同进行更加完整的分析研究。

(一)婚姻、爱情观的批判与认同

在大多数的西方英美作品中,对婚姻爱情中的忠贞与性欲的描写,展现出了相对矛盾的状态,这也正是对爱情观、婚姻观的批判与认同。在文学作品中,一方面将爱情描写至高无上,对于勇敢追求爱情的人表示高度的赞赏并认同,其次在性欲沉沦的人性中,又进行深刻的批判,但这种批判和认同在一定程度上属于同一个领域,爱情和性欲是不能够独立成两个毫不相关的个体的,因此在部分文学作品中,其对立性不是太过明显,这是在社会文化不断发展的过程中实现的文化开放现象。但是在早期的20世纪,英美文化作品中将爱情与婚姻进行了明显的区分。在部分作品中,大力宣扬女性在追求爱情的过程中表现坚强、勇敢精神,如著名作品《飘》,但在当今的英美文学中,爱情与婚姻的界限已经被模糊化,在一些西方作品中,曾经出现三人的婚姻关系,这种爱情观在崇尚爱情自由的前提下,又展现出一种畸形的爱情观,在正常的婚姻生活之外进行了批判描写。这种矛盾的划分方法将批判与认同糅杂在一起,更大程度上反映了社会的矛盾现象。

(二)亲情观的批判与认同

在西方社会中,亲情观在一定程度上彰显了其相对的独立性,父母与子女的关系并不能形成长时间的依存关系。在子女成年之前,父母才具备责任与义务,成年之后的个人发展更为重要,这使亲情所占的比例大大减少,这种亲情观在西方社会中是很常见的。在众多的文学作品中,也将亲人之间的冷漠进行了批判,如《欧也妮·葛朗台》中,将不对等的父女关系进行了批判,对葛朗台的所作所为进行了严厉的斥责,并使其在故事结尾不得善终。这种亲情关系上的认同与批判,在一定程度上是社会物质贪婪的一种反映,将资本社会的恶劣现象进行了批判。

三、自我文化的批判与认同

在一定程度上来讲,社会经济能够对社会文化产生一定的影响,经济发达的社会能够带给自身的国民以强大的文化自信,这种自信是能够体现在文学作品中的。在文学作品中对自身的文化进行高度的赞扬,这是一种强烈的自我文化认同,但是在过于自信的同时,便产生了排外的现象。

这种极度的文化自信以及人性光辉,能够在诸多的作品中彰显出来,如《追风筝的人》等,但是由于这种自我高度认同导致的批判也更加强烈。在《汤姆叔叔的小屋》中,外来文化面临着发展极度艰难的局面,黑人的生存环境恶劣,待遇不高,这使得人性不堪的一面被揭露出来,并进行深刻的批判,同时文化自信在一定程度上将使自身的文化走向衰落。

四、人物形象塑造的批判与认同

(一)人物价值取向的批判和认同

在西方文学作品中,人物的价值取向塑造具有一定的定式,在女性主人公的塑造方面上,往往将其追求自由、勇敢坚毅以及善良的品质进行标签化,对于男性主人公,则将塑造成坚强无畏、公正正直的形象,在故事发生的过程中,人物的形象被标签化严重,大部分的作品都套用此种价值取向模式。在故事的塑造中,男性往往被赋予丰富的形象,以便进行情节的推进,故事的框架广泛,涉及的领域比较丰富,这较女性作品而言具有一定的优势,同时女性故事发生领域往往涉及爱情、家庭、伦理等。

这种即定性的故事框架在西方文学作品中是十分常见的,以女性为核心的故事框架在一定程度上涉及了生活的琐碎,将爱情、家庭作为女性生活的大部分;而男性为核心的故事中,往往将其与社会的发展结合起来,在将故事的框架抛开进行人物性格分析时,发现其主要宣扬的是一种坚韧不拔、不屈意志的形象认同,但在一定程度上,这种即定性的形象框架将男女的社会地位以及社会分工进行了折射,在性别平等以及人权平等方面,又蕴含着一定的批判意味。

(二)人物形象塑造情感的批判和认同

在英美文学的创作中,其主流的情感宣扬自由热情、活力充沛,这种情感认同在一定程度上,是与心理学领域相关的,并在认同倾向上具有一致性,在情感的塑造上面,人物的积极旺盛的情感能够将希望彰显出来,这与西方文学主流的创造理念是相辅相成的。西方社会善于将人文思想进行极度的渲染,并通过其影响力引起读者的情感认同。在部分英雄主义作品中,英雄故事情节能够将读者的英雄情感带动起来,并在一定基础上达到文化影响社会发展的目的。同时在人物的情感塑造方面,善于将消极情绪进行弱化,在一定程度上转变为积极的情感,使文学作品的情感塑造始终保持在一定的领域上。这种对正面情感高度认同的现象,则是对消极情感的一种批判,同时也正是因为这种批判,使人物形象的对立面更加明显。

综上所述,在进行西方文学认同与批判的分析时,将比较文学作为基础的分析依据,从内容框架上入手进行思想、文化的认同分析,同时将人物形象的正反两面进行阐述,这三个方面能够将英美文学中的认同和批判清晰地体现出来。文学的批判和认同是建立在社会发展背景以及文化环境上的,在文化环境不断改变的过程中,其认同和批判的内容也会随之变化,两者之间进行转变的情况也时有发生,这种现象是文化发展的必经之路,同时也是认同与批判在文学作品中不断演变的推动力。

第六节 英美文学在英语教育中的渗透路径

经济全球化的不断深入发展,社会主义的经济建设发展,需要更多优秀的复合型人才。高校英语教学活动，是提高我国人才英语使用能力的主要路径。本节将简要分析英语文学在英语教育中的积极影响，并论述英美文学在英语教育的渗透现状及渗透路径。通过本节的分析及研究，旨在促进高校英语教学质量的切实提升。

知识经济时代背景下，市场经济的发展对于人才的能力有着更高的要求，不仅需要学生掌握优秀的英语实践能力，还需要具备跨文化交际能力。在大学英语新课程标准之下，培养学生的英语基础及英语交际能力，是高等院校英语教学活动的主要任务。随着教育大众化的不断深入发展，高等院校每年毕业的学生数量逐渐增多，就业市场出现了巨大的就业压力，因此，高等教育提高英语教学质量及水平，将有助于学生提高自身的就业能力，缓解当代青年大学生的就业困难压力。

一、英美文学在英语教育中的作用

（一）有利于提高学生的英语能力

将英美文学结合渗透至英语教学活动中，通过英美文学知识，有助于提高学生的语言运用技巧。英美文学作品之中，具有大量丰富的词汇，蕴含着各种语言表达技巧，通过文学著作有助于拓展学生的英语文学知识，且借助文学作品阅读及学习，丰富学生的词汇储备量及语言表述方式。英美文学作品是英美文化的有机组成部分，学生通过英美文学作品，将有效地提高学生跨文化交际的能力及素质。借助英美文学作品中，生活、文化、社会等内容，学生将加深对英美文化及社会习俗的了解，在英语实际运用过程中，学生将充分感受到英美文化的魅力，加深学生学习英语知识的兴趣及热情，提高学生英语知识学习的效率。

（二）有利于培养学生的文学素养

新时期社会背景下，对于社会主义建设人才的能力有着更高的要求。需要学生掌握一定的英语交际能力，并要求学生具备文学素养，将英美文学结合渗透至英语教学活动中，将有助于提高学生的文学素养与综合素质。英美文学作品中有大量优秀的著作，如《老人与海》将培养学生勇敢坚毅的性格，给学生的成长发展以积极的影响。《呼啸山庄》《傲慢与偏见》《简爱》《德伯家的苔丝》《了不起的盖茨比》等,为当代青年大学生必读的英美著作。将英美文学结合渗透至英语教学活动中,将通过英美文学作品熏陶学生的艺术气质,培养学生的想象力、鉴赏能力、审美品位。教师在教学活动中,与学生一起深入挖掘文学作品中的思想内涵及人文精神,并了解英美国家的文化历史及社会人文,提升学生的英语能力及个人素质。

(三)有利于调动学生的学习兴趣

传统的英语教学活动中,主要围绕教材中的知识点开展,学生处于知识的被动接受地位,因此,英语知识的学习热情及积极性较低。将英美文学结合渗透至英语教学活动中,有效地调动学生的英语知识学习兴趣,提高英语教学的质量及有效性。英语教学活动具有一定的枯燥性,过于重视听力、阅读、翻译、写作等内容的教学,学生的学习主动性与积极性将有所降低。英美文学作品,通常为反映社会时代生活,展现人与社会之间的作品,在文学作品中具有不同的人物形象及故事情节,通过文学作品的学习,将保证学生在轻松的学习活动中,掌握大量的英语知识,有助于激发学生的学习热情。将英美文学结合渗透至英语教学活动中,将使英语教学活动事半功倍。

二、英美文学在英语教育中的渗透现状

(一)教师教学目标待明确

传统的英语教学过程中,教师普遍处于教学活动的主体地位,学生的英语知识学习为被动接受。相关的调查结果显示,高校英语教师的英美文学渗透能力不足,自身的英美文学素养有待提升,英语教学内容主要以课本知识为主。将英美文学结合渗透至英语教学活动中,需要高校英语教师明确英美文学渗透的目标,制定出科学合理的教学模式。高校英语教师受传统应试教育理念的影响较为深刻,在教学过程中,更加关注学生的学习成绩及英语实践能力的提升,忽视了英美文学对学生的积极影响,将英美文学结合渗透至英语教学的目标有待明确。

（二）学生的学习热情待提升

调动学生学习的热情与积极性，是提高教学质量的有效路径，传统英语教学模式中，教学模式缺少趣味性及创新性，学生的英语知识学习兴趣较低。互联网时代背景下，当代青年大学生可接触到丰富多样的网络内容，网络平台的普及化发展，为学生提供了休闲娱乐项目，也有效地拓展了学生的学习渠道。由于我国的互联网发展起步较晚，针对网络平台及网络内容的规范性较低，学生在网络平台中将接触到良莠不齐的网络内容，错误的价值观念及低俗的网络内容，将影响大学生的价值观念及学习热情。部分大学生出现过度沉迷网络世界的问题，对于文化知识及能力提升的专注度有所降低，大学生的学习活动受互联网的影响较为深刻。

（三）渗透教学方式待创新

将英美文学结合渗透至英语教学活动中，需要高校英语教师找到科学合理的教学方式，为学生营造良好的学习氛围，充分调动学生的英语文学了解兴趣及热情。现阶段，高等院校英语教学活动中，英语文学的渗入方式有待创新。首先，高校教师在英美文学作品的选择中，存在一定的普遍性及盲目性，并未充分结合学生的兴趣爱好及学习需求，文学作品内容选择的针对性较低。其次，高校英语教师将英美文学作品渗入英语教学的方式有待创新。普遍的高校英语教师，会引导学生阅读英美文学作品，通过阅读提升学生的文学素质。针对英美文学作品与实际教学内容及生活的联系性较低，并且缺少英美文学实践活动。

三、英美文学在英语教育中的渗透路径

（一）明确渗透教学目标

将英美文学结合渗透至英语教学活动中，需要高校英语教师树立明确的教学目标，针对英美文学作品教学活动形成准确、客观的认识，依照教学目标制订相应的教学计划。首先，高校英语教师应基于大学英语课程的建设目标，将培养学生的英语综合素质及实践能力作为核心内容，以增强学生的跨文化交际能力为重点要求。英语文学课的教学活动，着重培养学生对英美文学的鉴赏能力及理解能力，丰富学生的词汇量及表达方式，提升学生的文学功底。其次，高校教师的英美文学渗透教学,应制订出具有针对性及实效性的教学目标,充分了解当代青年大学生的兴趣爱好及学习需求,选择适合学生学习,且学生喜闻乐见的英语文学作品,如《简爱》《瓦尔登湖》《人间喜剧》《双城记》《哈姆雷特》等。

(二)创新渗透教学方式

高校教师应创新英美文学渗透教学方式,对将英美文学结合渗透至英语教学形成清晰的教学框架。首先,高校教师应立足于高校英语教材内容,将教材内容作为文学作品渗透的基础,在保证原有教学体系的基础上,结合英美文学作品内容,实现对教材内容的延伸及拓展。将英美文学结合渗透至英语教学,教师应选择学生感兴趣及熟悉的作品进行分析。例如,雨果、莎士比亚、狄更斯、海明威等著名作家的经典著作。其次,将英美文学结合渗透至英语教学活动中,应保证教学内容的连贯性,实现文学作品与英语学习的无缝衔接,帮助学生对英语知识建立整体的理解框架,提高学生的英美文学鉴赏能力。最后,将英美文学结合渗透至英语教学活动中,教师应积极创新渗透的方式及路径,调动学生的学习热情及积极性。例如,组织学生进行角色扮演,通过演出的形式复盘文学作品等。

(三)提高教师的渗透能力

信息时代背景下,将英美文学结合渗透至英语教学活动,对教师的教学能力有着更高的要求。高校教师应积极提高自身的教学能力,巩固英语教学的方式及手段,打造出有序、高效的英语教学课堂。首先,教师可在课前通过多媒体教学形式,将英美文学内容结合自教学内容中,并通过视频、音频、图片的形式呈现出来。教师还可将文学作品改编的电影桥段,结合至教学内容中,充分调动学生的学习热情,营造良好的学习氛围。其次,教师应积极转变自身的教学理念,认识到英美文学对学生的积极影响,并明确培养具有综合素质的复合型人才目标,充分借助英美文学资源,提高学生的英语实践能力及跨文化交际能力。

大学时期的学习活动,是培养学生正确价值观念的重要时期,经典的文学作品中,蕴含着丰富的文学内涵,以及作者对人性的深刻思考。将英美文学作品与英语教学活动相结合，将有助于弥补英语教学中存在的不足，并通过英美文学作品的欣赏，提高学生英语知识的理解水平及掌握能力。新时期的英语人才培养，不仅需要学生具备英语知识的使用能力，并且需要学生具备一定的跨文化交际能力。通过英美文学作品与英语教育的有效结合，将有助于提高学生的文学素养，以及跨文化交际能力，将当代青年大学生培养成优秀的复合型人才。

第五章　当代英美生态文学

第一节　英美生态文学中的回归主题

一、英美生态文学强调"回归本性"

英美文学中提到的回归本性，也是作家喜爱宣扬的。英国写实主义代表作家杰克·伦敦在其创作的畅销小说《野性的呼唤》中描写了一只名字叫巴克的狗的变化。巴克是官宦家庭中的一只狗，生活非常惬意，后来接受了文明的教化，然而，随着当时阿拉斯加地区盛行的淘金热，完全改变了这只狗的命运，它被偷盗者卖掉，成为北方地区的一只雪橇狗。在这种恶劣的条件下，巴克逐渐学会了适应，懂得了生存，学会了战斗，唤醒了体内的野性，并加入了狼犬，成为它们中的领头者。作者认为，狗的野性是本性的使然，应回到真实的生活场景中，这样才能获得最终的价值和意义。如果巴克没有经历那次改变，也不会唤回内在的本性，本性的回归也无从谈起，这就是作者创作的巧妙之处。

二、英美生态文学重视"回归自然"

回归自然是指感受自然的美好，享受自然赐予的生命，这也是生态文学所提倡的，英国浪漫主义诗人华兹华斯，就是这样一位自然派的诗人，对山川河流和鸟语花香等自然景物的描写有自己的独到之处，将儿童和农民的生活场景真实地再现出来，将一幅美妙的自然画卷呈现在读者面前。他曾经描写了这样一种场景"我好似一朵孤独的云朵，飘荡在山谷间，然后我看到了大片金色的花朵开满了山野，和湖畔相依，与树木为伴，随风飘扬"。当读者读到这里，感受到的是水仙花的美好，如同进入了一个诗情画意般的境界，令人流连忘返，不禁感慨道，这是一种怎样惬意的生活呀！美国冒险主义代表诗人艾默生在自己所著的《论自然》中将对自然的热爱推向了更高的境界。在其眼中，世间万物都是由灵魂和自然构成的。他有一句经典的独白："当我在空旷的原野里，享受着和暖阳光的照射，呼吸着新鲜的空气，仰望无边的天际，感觉自己是如此渺小。我变成了一个晶莹剔透的眼球，事实上，这也是不存在的，仿佛我看到世界万物，感受到上帝的存在。在这里不仅欣赏到自然的美好，同时也让我看到生命的本源，它是一种和大自然的融合，在它的怀抱中，我仿佛顿悟了佛的真谛。"

另外，当代美国小说家在创作的《白噪声》中体现了浓厚的现实主义色彩，主要是这部小说倡导对自然的回归。小说中的主人翁杰克和妻子害怕死亡，希望自己能长久地活下去，为了实现这个目的，妻子宁愿出卖自己的肉体，也要换取正在开发阶段的长生不老药，杰克因为报复奸夫，在开枪的那一霎而良心发现，并最终将其送往医院。这种延年益寿的药富有戏剧性色彩，向读者展现了三个层面的人性回归：首先是回归人体正常的生命规律，为了延长寿命，而不惜使用任何手段，这就缩短了生命的宽度，这是一种毫无意义的交换。其次是人性善良的回归，帮助他人，能够充实自己，远离功力，重新找回内心的充实和安宁，小说中提到的杰克夫妇的死是因为受到波的辐射，这种毒雾带来的污染，正是人类一手造成的结果。最后是回归价值判断标准，为了不效仿别人，找寻自己，小说的题目巧妙地运用了隐喻，是指各种传播媒体，这种噪声充斥着人们的生活，让人们在无意识中接受这种思想，从而失去判断的能力，如同行尸走肉一般。作者将现代危机呈现给读者，产生这些问题的原因就是要提醒人类尊重自然，顺应自然本性，这样地球上的各种生物才能和谐共处，人类也应如此。

三、生态文学的近况

1949年年初，徐迟翻译的《瓦尔登湖》出版，梭罗的生态思想植入中国文坛的土壤。这是关乎中国生态文学影响源的重要事件。20世纪70年代，世界生态文学里程碑一般的杰作《寂静的春天》中译本问世，震撼了并一直震撼着一些中国作家的心。80年代，罗马俱乐部的思想被译介引入，为刚刚兴起的我国生态文学提供了另一重要的思想资源。21世纪初，欧美生态文学、生态哲学的成就被系统介绍进来，为我国生态文学走向深入提供了重要参照。从20世纪80年代至今，中国生态文学的成就主要表现在感悟自然、展现危机和反思根源几个方面。但中国生态文学远未成熟，甚至在生态问题日益引起各界的重视下，文学对生态还显得较为冷漠。

第二节　英美文学中的生态批评认识

生态批评是随着人类文明程度逐步增高、社会逐渐发展导致生态环境遭到破坏，从而引发学者重视而产生的文学批评。生态批评的主要目的是讨论人类与大自然的关系、人类与动物的关系，重点关注当代人类社会高速发展对生态环境的影响。生态批评是一种文学批评形式，其有着独特的属性与价值，研究文学创作是如何影响人类对生态文明的态度以及行为方式。生态批评可以说是一场具有建设意义的潮流或是运动。

一、生态批评发展的背景、发展与现状

生态批评始于20世纪六七十年代的欧美文学批评，在短短几十年的时间里迅速发展起来，并慢慢成为具有影响力的文学批评潮流。近几年来生态问题不断演化、发展，以其严重性被称为"生态危机"。曾经全国性爆发的"非典"引发国内恐慌，前几年的禽流感以及前段时间在全球范围内扩散的"H1N1流感"病毒，这些不断爆发的生态问题让人类对当前环境的演变越来越担忧。

生态批评理论作为一种文学理论的分支，在不断发展的文学领域，从另一个角度变换传统思维研究文学的创作，探讨人类自身的生存方式以及对待生态环境的态度。与各种各样的生态主义批评思想相比较而言，文学上的生态批评的发展要晚很多。生态批评理论的建构不断趋于完善，应用面越来越广，逐渐应用到了文学批评理论的实践，为文学批评注入了新的血液。生态文学代表人物、美国哈佛大学的劳伦斯·布依尔在《生态批评暴动》一文中说，融入了自

然环境的文学作品创作成为一场大规模运动的发展时间很短，而在此之前，发达国家对生态环境的批评性阅读已经持续很久。对人与生态环境的关系的研究，文学创作者对其的关注度越来越高，逐步将其应用到作品之中。有些生态学者在作品中阐述：生态问题是唯一值得我们奋斗的事情，没有了地球，就没有我们人类的一切。对环境的不断透支、不断索取，迟早会报复在人类自己身上。美国后现代理论家大卫·格里芬指出："现代性的危机持续危及我们星球上的每一个幸存者。人类对世界观与现代社会中存在的军国主义、核主义和生态灾难的关系认识的加深，极大地推动人们去查看后现代世界观的依据，去想象人与同类、人与自然甚至整个宇宙之间关系的后现代仿真。"

二、生态批评在文学中的表现

（一）自然环境

国内生态学者王先霈在运用以及构建生态批评理论时指出：生态学所关注的不只是人与生态环境的关系，还要关注人与人的关系、人与动物的关系，重要的是人的物质生活与精神世界的关系。人类对待生活环境的行为，也同样能代表人类如何对待同类以及自身。杰克·伦敦是美国文学史上公认的具有重要地位的作家，其动物小说《野性的呼唤》是广受好评的作品。在文学创作领域，对于《野性的呼唤》这一动物作品的理解与分析也更加积极。一篇动物小说可以受到如此重视，在文学史上实属罕见。小说主要讲一条名为巴克的狗由于各种原因逐步从人类文明社会回归狼群、重归自然的故事。杰克·伦敦当时所处的年代是资本主义对于生态环境大肆破坏，对动物疯狂捕杀、不计后果的年代。杰克·伦敦控诉文明的罪恶，也诉说着人类的残暴。人类的发展不应凌驾于自然之上，而是应该尊重动物、尊重自然，让人类与自然和谐发展。

（二）精神内蕴

西方著名思想家欧文·拉兹洛曾说："人类的最大局限不在外部，而在内部。不是地球的有限，而是人类意志和悟性的局限，阻碍着我们向更好的未来进化。"在精神方面的生态意识不仅存在于人自己的大脑中，还存在于人与自然甚至与宇宙的关系之中，并对生态系统产生干预。例如在小说《雪虎》中，残忍的斗狗场面让参与者与看客们都撕下了伪善的面具，把血腥的厮杀与搏斗看作是日常的消遣，他们冷眼旁观，不停地笑着。这些人的价值观已然扭曲，也暗示当时美国社会的冷漠、暴力、残忍血腥的画面。

（三）社会层面

社会生态学家默里·布克钦曾在《什么是社会生态学》一书中指出："几乎所有的当代生态问题都有着更深层次的社会问题根源。如果不能彻底解决社会问题，生态问题就不能被正确认识，更不能被妥善解决。"这也体现了文学家对生态理想社会的希冀：拥抱自然，回归人类的自然本性。可是，人类文明已经走远，人类真的能放弃现代的生活回归自然吗？社会文明程度越来越高，我们应该对一场地震、一场海啸表现出重视的态度，否则等到高楼大厦轰然倒塌，车辆无限制地排放尾气，地表温度逐渐升高，北极冰雪不断融化，海平面不断升高，可能大自然会让人类的一切归于平静了。

三、文学生态意识的发展方向

生态批评是一种全新的文学批评理论，随着人类社会面临的环境恶化、物种灭绝、全球变暖等问题的凸显，以研究自然关系与文学为己任的生态批评会更加瞩目和被大家接受，从而有更多话语权。在美国，已经有很多大学为学生开设有关于生态批评的课程，这将在更大程度上改变人们对大自然的态度，及时为我们敲响警钟。生态批评是有可挖掘性的文学批评理论，从生态批评的角度重新审读文学创作者的作品，在理论与实践中都有重要意义。

第三节　英美文学课程生态课堂建设

在外语专业教学中，英美文学课程经常出现生态失衡情况。现如今我国正处于微时代，要想有效地解决英美文学课程生态失衡的问题，就必须将课堂看成一个具有互动性和完整性的生态环境。建构互联网教辅模式并转变模式化教学方式，能够为生态课程的构建实现提供帮助。本节分析了生态课堂的特性，并对英美文学课程生态失衡从课程因子、师生因子以及教学设施因子三部分来进行分析，最后对英美文学生态课堂的建设提供建议措施，希望具有借鉴意义。

目前，外语专业教学取得了较快的发展，人们对其中具有较高实用价值的课程加强了重视。然而英美文学课程在课堂教学中容易出现较多的问题，如学生学习激情不足、师生缺少互动、课堂娱乐性太强以及多媒体教辅系统功能不够多样性等。这些问题的出现究其原因主要是由于课程、教学设施以及师生三部分因子存在失衡，三者在绿色生态课程的构建中发挥着重要的作用。本节立足于生态课程特性分析，对互联网环境下如何构建英美文学课程的生态课堂提出建议措施。

一、生态课堂的特性

所谓教育生态学，指的是对教育生态系统中的三个重要组成部分，即教育双方（师生）、教育环境以及教育活动三者之间关系的研究，将生态学和教育学结合起来能够让课堂教学研究提升一个高度。从教育生态学视觉方面来看，过去的课堂教学只是对课堂的教学内容、课堂教学活动以及教学方法加以重视，从而让教学行为连贯性不足，由于其指包含教与学的单一关系，难以形成一个具有互动性和完整性的生态环境。其实在实际上，课堂还需要涵盖学生与教师在课前和课后的教学活动，并关注对教学效果产生影响的相关因素。从广义上来看，课堂应该是一个完整的系统，教学主体即师生之间应该是互相平等的关系，此外课堂应该和课前、课后充分联系起来。从该层面上来看，课堂就形成了一个具有特殊性的生态系统，其充分遵循一定的生态学规律。课堂是对教育生态系统的微观反映，课堂教学是一种生态过程，需要教师、学生以及课堂环境等元素的互相交互。那么生态课堂就必须遵循某些生态规律。

第一，生态环境是否良性发展，与超过生物耐受限度或者是低于临界线的限制因子有着重要的关系。如果从生态层面来看教育环境，每一个生态因子都有成为限制因子的可能性。所以要想保证课堂教学的效果和质量，就必须对在生态课堂中的每一个限制因子加以分析，明确这些限制因子中的主导部分，继而保证课堂教学能够实现良性发展。

第二，生态课堂必须要贯彻适度原则。也就是说生物在生长中会有自身的耐度，如果超过这个耐度值的话，生物的性质就有可能改变，情况严重还可能出现生物灭绝情况。因此，课堂教学生态环境必须严格控制各生态因子量的大小，让他们能够充分适应学生接受水平，从而让课堂教学产生最理想的效果。

第三，在相同的生态群体中，众多子群体相互间存在着相辅相成的关系。如果其中一个物种出现变化，生态网络关系也会发生变化，从而让其他的物种也发生变化。生态课堂必须遵循这个规律，师生之间必须加强沟通和交流，学生之间在学习上必须要互相帮助，从而保证课堂教学产生一个理想的效果和质量。课堂生态系统由教学设施、学生以及教师三个因子共同组成，课堂环境中的所有因子应该形成对话机制、互动机制以及平等机制，从而保证课堂生态系统能够持续稳定发展。

二、英美文学课程生态失衡分析

首先，从课堂因子上来说。课程因子在英美文学课程教学中是最能体现优质教育质量的因素。它在对课堂生态现状进行反映的过程中发挥着关键作用。课程因子主要包括课时、设置以及评价等相关内容。如果课时安排过少，相关教学内容的开展会很困难。英美文学课程能够帮助学生对文学发展史进行梳理，选读课程能够帮助学生对英美文学各时期的代表作家加以了解，如果在设立英美文学课程的同时没有设置选读课程，教学效果将难以达到理想状态。

其次，从师生因子上来说。师生因子指的是教师与学生两者之间的角色关系，两者之间的关系融洽度决定着教学效果的好坏。其中教师教学方法最为关键，如果教师采用了过去的填鸭式方式，学生只能被动地接受知识，难以达到理想的课堂教学效果。就英美文学课堂教学上来看，很多教师一味地根据时代背景、作者生平的顺序进行授课，授课模式过于死板，课堂氛围死气沉沉，学生的学习兴趣深受影响。

最后，从教育设施因子上来说。目前我国计算机网络技术得到了极大的发展，就英美文学课程而言，其教学环境、学习模式以及教学方式都得到了极大转变。但我国目前很多教师对多媒体设备的应用只处在初级阶段，大多教师没有经过计算机培训，在剪辑音频和视频中常常出现问题。

三、构建英美文学生态课堂的建议策略

要想对英美文学课程建设生态课堂的方法进行研究，就必须对该课程的教学目标进行明确。我国大学英语专业的教学大纲就明确指出：开展文学课程的目的就是为了提高学生阅读英文作品的能力，培养他们欣赏和理解英语文学的技能，让他们掌握文学批评的相关知识，通过对英美文学作品进行阅读分析，从而提升学生的人文素质以及语言基本功底，促进学生了解西方文化和文学。英美文学课程包括以下子课程：文学批评、美国文学概况、英国文学概况以及文学导论等，该教学大纲对合理应用教辅设备并增强师生之间的配合进行了强调，需要规避传统课堂教学的不足，才能有效建立其生态课程。

第一，建构出微博等互联网教辅模式。在英美文学课程课堂教学中广泛存在着课堂教学和课后学习脱节的情况。师生互动不足，学生在课堂上主要是记笔记。在课后也难以与教师沟通，不能针对某问题与教师深入讨论，从而影响教学效果。教师应该充分将社交媒体作为教学辅助工具应用于课堂教学的外延部分以解决课堂教学因子的失衡问题，如QQ群、博客等。现代工具因为操作简单、交流时效且传播迅速，不会被时空限制所影响，是课堂外延阶段的有效教辅模式，能充分改善过去课程因子与师生因子失衡情况。教师应用其发图、分享音视频等多样性的功能对课程设计加以完善，学生从不同角度掌握所学内容。另外，教师可以应用链接和转发等功能帮助学生有趣味性地获取知识。这些网络社交工具为师生提供了便捷的交流平台，学生在课外可不受时空限制通过留言、发问就学习疑难问题与师生展开讨论，教师也能便捷回答问题并参与学生讨论，从而改善师生因子，拉近师生距离。在该生态系统中，师生皆处在主体地位，教与学的模式更加丰富。例如教师建立QQ群，将学生拉入群里，将作家生平和时代背景内容用于课前预习，课堂赏析作品，在群里布置思考问题，上传代表作品供学生下载，在群里定期组织学生读书讨论。学生也可以借助私聊功能与教师探讨重难点问题。该网络教辅模式调动学生视觉听觉等器官，教学形式与内容更加丰富。

第二，模式化课堂教学方法的转变。过去的英美文学课堂中，教师按照时代背景、作者生平以及创作生涯顺序展开教学，学生偏向于知识点的识记，教师将自身观点强加给学生，无法实现对文本的鉴赏。课堂环境中师生丧失了对话、互动机制，不符合生态课堂的相关原则。课堂生态环境的塑造需要转变过去模式化的教学方法，实现"读文—网络交流—心得体验"的新模式。读文部分要求教师通过网络教辅手段把文学史纳入课前预习中，课堂中重点赏析作品，教师引导学生完成作品阅读，指导学生分析文章主题和情节并品析人物形象，鼓励学生间相互分享阅读体验，转变传统的知识灌输模式。知识学习过程的平衡需要做到知识输入环节与输出环节之间的平衡。在英美文学课程中，知识的输入输出环节分别是读文和心得，学生在课堂讨论之后将自己的思想写下来，深化自身对文学作品的理解。不仅如此，学生在阅读之后进行写作，语言应用能力也得到提升。此外，将阅读和写作相联系的训练方法，能防止死记硬背这种只重视输入的问题发生，对知识的输入输出有效平衡，学生能够养成良好的学习习惯，对课堂绿色生态环境的建设大有裨益。

在英美文学课程教学中充分贯彻教育生态学理论，为知识型课程转变教学理论以及改革教学手段和方法提供理论基础。充分探索生态课堂建设方式能够充分锻炼学生的实践能力和创新精神并实现教师价值，课堂生态系统整体效应能够极大发挥，课程、师生和设施三因子失衡问题得以解决，英美文学课程的教学目标能够充分实现。

第四节 跨文化视域下英美文学教育生态模式

近年来，我国对教育体系的要求也是越来越高，这也是我国对高素质综合型人才需求的体现，因此，高校教育就需要转变教学的观念和模式。在新时期环境下，跨文化的交际已经成为时代发展的趋势，在高校英语专业教学中，就可以讲跨文化的特点其有效地引入英美文学教育中。下面，本节就针对跨文化视域下英语专业中的英美文学教育生态模式构建进行研究，希望对英语专业教育提供一定的帮助。

随着国际交流的逐渐增加，国家间的文化交汇也愈加频繁，英美文化在我国环境中的传播也更加便捷，这也形成了国际文化的跨地区发展。在跨文化视域下，为英语专业中的英美文学教育也提供了良好的条件，英语专业学生能够更好地实现对英美文化的掌握，促进其跨文化交际能力的提升，因此，高校就需要在跨文化视域下进行英语专业中英美文学教育生态模式的构建，这对英语专业学生文化素养的提高以及长远的发展都有着重要的意义。

一、跨文化和英美文学教育的关系

在英语专业中的英美文学教育中，主要是进行学生跨文化交际能力的培养，通过对不同文化内涵的认识而提高学生综合交际能力，在跨文化的英美文学教育中，能够有效地培养学生跨文化交际意识、跨文化的情感能力以及跨文化的交际技能等。跨文化的交际意识也就是促进学生对文化差异的认知，跨文化的情感能力就是对文化差异进行了解和掌握，跨文化的交际技能就是以跨文化环境中提高交际行为的能力。在英美文学的教育中，需要鼓励学生从多元化文化角度进行学习，培养学生多元文化的意识，而跨文化教育就体现了这一教学理念，但跨文化的英美文学教育并不是单一地让学生进行文化知识学习，还需要于文化基础上，进行学生自主文化学习和理解能力的培养。

在英美文学中，鲜明反映出英美不同时期社会发展的变迁以及文化内涵的沉淀，是一种对人类自身文化和思想的描述，同时学习英美文学也能促进学生跨文化思想意识的培养。在新时期环境下，高校专业英语教育需要突破其传统授课理念和模式的限制，培养学生跨文化的学习和交际意识，才能够促进英美文学教育效果的提升，将文化教学和英美文学教育进行有效的融合，可以帮助学生多角度地进行文化知识获取，进而深入对英美文化进行了解，通过将英美文化引入英美文学的教学中，实现教学朝着高级文化教学的方向发展，有效拓宽学生文化视野，培养学生的跨文化意识以及交际行为能力。

二、英语专业中英美文学教育中存在的问题

（一）跨文化间缺乏相应的交流和对比

语言是文化的一种表现形式，同时语言能够有效地进行文化的描述，同时通过对文化的了解也能够促进语言更好的应用，因此，英美文学教育就需要注重对英美文化的了解。在高校英语专业英美文学教育中，不仅需要重视学生对英语语言技巧的学习和掌握，更重要的是为学生提供文化交流平台，促进他们跨文化意识的培养。通过中西文化差异的对比与交流，能够有效地促进学生综合交流能力的培养，但是在实际的英语专业英美文学教学中，还普遍存在对英美文化教育的不重视，其教学内容以及教学模式对英美文化内涵并没有进行过多的体现，还是比较注重语言知识和技能的教学，对文化建设比较忽视，面对这种情况，学生就不能有效地提高跨文化语言交流的能力。

（二）语言训练与文化内涵存在不协调

在新时期环境下，高校英语专业需要重视语言训练和文化内涵的协调教育，这也是时代发展对英语教育提出的新要求。在实际的高校英语专业英美教育中，还存在一定的应试教育影响，还没有进行教育理念以及教学模式的及时有效转变，比较注重课文编排以及学生的语言技能培养，课程中对英美文化内容教学比较少，英美文学教育中过于注重语言技巧教学，既使学生掌握了一定的语言技巧，但并没有充分掌握其在不同文化环境中的应用，这也就影响英语语言应用的效果。一些高校也一定程度地认识到了文化教育的重要性，逐渐将英美文化引入到英美文学教育中，但还没有形成规范的英语文化训练方法和模式，这也导致英美文化不能和语言教学活动实现有效的结合，无法发挥其对学生语言综合素养的提升。

（三）英语英美文学教学系统性不足

文化教育对语言学习具有积极的作用，尽管文化教育对语言教学影响很大，但在高校英语专业英美文学教学中，其教学大纲并没有将英美文化当作教学的任务，其教学的任务主要还是英语词汇、语法以及语言结构技巧等内容，比较重视英语语言的技能掌握，对英美文化相关内容并没有进行详细规定，一般采

取强调的方式进行英美文化融入教学，这种强调是没有严格的考核的，比较缺乏长久融入的效果，导致实际英美文学教育中，对学生的文化综合素质并没有持续进行培养。另外，在一些高校跨文化课程教育中，对于跨文化的理论内容十分注重，也是提倡文化教育，但是在实际的教学中比较缺乏实践性，导致并没有切实实现对学生跨文化语言应用能力的培养。

三、跨文化视域下英语专业中英美文学教育生态模式的构建

（一）强调学生的跨文化意识

跨文化意识在英美文学教育中具有重要的意义，想要在英美文学教育中有效地培养学生跨文化的交际能力，首先就需要在教学中注重对学生跨文化意识的培养。对于跨文化的意识来说，主要是学生具有良好的文化知识储备以及文化适应能力，当他们在面对不同地域文化的现象、特征、模式等，能够对其文化内涵进行有效的理解，并对和本地域文化之间具有的差异以及文化冲突等具有充分的认识，这能够促进他们对语言更加深入的学习和准确的应用。教师在英美文学教育中，就需要对这种跨文化的意识进行强调，不断将跨文化意识和教学内容进行融合，从而让学生了解到英美文化对语言表达和交易的作用，促进他们跨文化意识的形成，这对后期的学习以及跨文化的交际具有积极的意义。

（二）引导学生进行英美文化内涵学习

文学是语言发展到一定程度的体现，同时文学又是文化的体现，则语言、文学和文化具有密切的关系，不同民族和地域具有不同的文化内涵，因此，想要有效地提高语言学习和应用的能力，文化教育发挥着重要的作用。在高校英语专业英美文学教育中，教师就需要采取有效的方法引导学生进行英美文化内涵的学习。比如，在进行《傲慢与偏见》英美文学的教学中，教师不仅注重引导学生进行语言表达特点以及结构方式的赏析和学习，同时还要将作品作者的创作背景、内容主题的思想以及人物的分析等，进行有效的讲解和传授，还可以有效地穿插一些对英国本土继承法相关规定的介绍，让学生了解当时继承法

对其国家女性婚姻具有的影响，这对引导学生进行文学语言以及文化内涵的挖掘具有重要的意义。英美文学作品不仅是一种语言教材的体现，还实现了对其语言文化内涵的深入挖掘，有效拓宽学生的文化视野，促进他们跨文化交际能力的培养。

（三）利用多媒体设备深入文化教育

随着信息科技技术的快速发展，越来越多的信息科技设备也逐渐地投入了教育中，这也为高校英语专业英美文学教育提高了良好的条件，多媒体设备有效地丰富了教育的手段和形式。多媒体设备具有直观化和形象化的特点，其能够将文化知识的抽象化向具体化转变，还能够实现教学过程的交互性，将课堂内容与师生进行有机的结合，促进学生更好地进行文化知识的理解和感受。比如，在进行《简爱》英美文学的教学中，关于《简爱》所改编的影视作品也有很多，教师就可以将这些影视材料当作教学的辅助手段，来促进学生进行英美文学作品的学习，通过这种直观化的呈现方式能够给予学生一种直观情境的感受，从而促进他们更好地理解文学作品中的文化内涵。另外在进行文学作品的教学前，还可以收集一些关于作品文化背景的视频资源，来引导学生体会作品中的文化氛围，从而促进他们更好地理解文学作品。

（四）丰富学生的跨文化实践活动

在高校英语专业英美文学教学中，教学的主要任务是促进学生对跨文化知识与技能的学习，目的是实现英语交际能力的提升，因此，这就需要学生对英语学以致用，在不断的学习中进行应用实践，来提高跨文化的交际能力。在英美文学教育中，教师可以丰富教学的方式，来促进学生跨文化的实践。比如，在进行《哈姆雷特》英美文学教学中，教师可以通过组织学生进行文学角色扮演，来让他们参与到实践表演中体会文学作品中的文化内涵，还能够在实践中提高他们的语言交际能力。另外，教师还要鼓励学生参加一些跨文化的交际活动，组织学生和英美国家留学生定期进行文学交流，还可建立一些英美文学的论坛和讨论组等方式，来加强学生对英美文化的交流，同时还可举办跨文化的交际比赛，来促进学生对跨文化相关知识的积极学习和掌握。通过这些实践能够形成良好的文化学习氛围，学生会逐渐进行跨文化知识的积淀，这对学生跨文化的交际能力锻炼和培养具有积极的影响。

综上所述，文化教育对英语专业英美文学教育具有重要的作用，在跨文化视域下，高校就需要重视英美文化内涵和英美文学教学的结合，并进行英美文学教育生态模式的合理构建，这对培养高素质英语专业人才具有重要的社会意义。

第五节　教育生态学的高校英美文学教学模式

高校英美文学教学对于提高学生的英语口语能力和鉴赏能力具有重要意义。英美文学涉猎内容较为广泛，包括哲学、心理学等学科知识，提高英美文学教学水平能够帮助学生提高语言综合素质。然而目前，英美文学逐渐被边缘化，如何走出危机，在教育生态学的基础上创新英美文学的教学模式是英美文学教学面临的重要课题。本节指出了教育生态学理念下英美文学教学的依据，对英美文学的教育现状及其问题进行了剖析，针对创新高校英美文学教学模式提出了几点有效的措施，旨在为英美文学教学开辟崭新的路径。

目前高校英语专业教学中英美文学课程呈边缘化的趋势，面对这种形势，高校必须转变观念，以教育生态学为出发点，完善英美文学教学体制，结合英美文学的教学实践，对存在的问题进行分析和研究，明确教学目标、加强对课程的调整、改革教学模式，为英美文学教学找到科学的道路。英美文学教学对于提高学生的英语素养和西方开放式思维有着至关重要的作用，尽管目前，英美文学教学仍存在诸多问题，通过高校教育工作者的努力，加大教学改革力度，创新教学手段，逐渐摸索出教育新途径。

一、教育生态学指导英美文学教学的理论依据

教育生态学是一门运用生态学原理去研究和推动教育的科学，通过教育生态学的运用，能够为其他学科的教学过程增添助力。教育生态学是当下很流行的教育研究方法，为教育科研提供了崭新视角。国外学者将教育生态学分为微观生态学、宏观生态学和教育生态因子生态学。微观生态学主要针对学校本身而言，研究学校思维环境、课堂环境对教学和学生的影响；宏观生态学是把教

育作为一个生态系统进行研究，重点研究它的构成、特点、原理等；因子生态学主要针对教育生态系统进行研究。

近些年教育生态学理念备受关注，构建生态化课堂也是高校追求的教育成果，教育生态学主张构建生态课堂，将教师、学生、课堂环境三者有机结合，形成微观环境，再将教学目标、内容、方法、课堂氛围构成课堂的物理环境。在微观生态课堂中，三个因素相互独立又相互联系，共同构成一个不可分割的整体，任何一个因素出现问题，都会破坏课堂的生态系统，影响教学质量和效果。

二、英美文学教学的现状

英美文学自20世纪初期在高校教育中占有一席之地，已经有100余年的历史。但由于种种原因，近些年英美文学教学的现状不容乐观，高校英美文学课程设置不合理，课时安排较少，课程内容不够科学，教学方法落后单一。高校英语专业虽纷纷开设英美文学课程，但其重点放在语言学习和翻译上，忽视了对西方文学的教育，忽视了学生能力的培养，如何定位英美文学课程，如何让英美文学教学适应高校英语专业学生能力提升的要求，是目前英语教育工作者面临的一大难题。

提升英美文学教学质量有助于提高学生的人文素质，有利于提高学生的修养，因为文学作品是人类智慧的结晶，一部好的文学作品除了反映出作者的思想和心境之外，更深刻地反映了当时社会的发展状态和政治文化的成分，也体现了当时的艺术水平，学生通过学习和鉴赏英美文学作品，可以逐步提高自己的审美能力。其次，文学是历史和政治的产物，从文学作品中我们可以看到一个国家的历史发展轨迹，可以看到人民的生活情况，高校学生通过对西方文学作品的感知，了解当时别国的社会生活场景，了解作者国家的历史沿革。最后才是提高学生的英语水平，学生通过文学作品的积累，逐渐扩大词汇量，掌握语言修辞的使用，逐渐提高自己的英语口语表达能力和写作能力。

三、高校英美文学教学中存在的非生态问题

（一）课程内容设置不够生态化

我国部分高校重视专业教学，对于英美文学教育不够重视，现在很多高校都有《英美文学史》和《英美文学选读》两门课程，但教学内容单一，大多数院校只是将《英美文学选读》作为选修课对学生进行讲解。即使一些院校将《英美文学史》作为专业课程，但课时安排较少，课程内容安排也不够科学，教学深度不够，浅尝辄止，学生英美文学意识没有被提升起来。其次，社会对英语专业毕业生的专业需求导致部分院校功利化，对提高学生的文学素养不够重视，高校较重视实用英语的教学，注重英语语言知识的掌握和翻译技能的训练，忽视对学生人文素养的培养，导致英美文学课程教学边缘化，教学设置非生态化。

（二）英美文学教学的非生态化

英美文学教学课堂就是一个完整的生态系统，其中的生态主体是教师和学生，教师在课堂中充当教育的实施者，学生是教学针对的对象，发挥着重要的主体作用。英美文学教育必须要以生态学为基础，但目前，存在这样一个问题，教学课堂生态系统失衡，主体作用不明显，导致英美文学课程边缘化。其次，传统填鸭式的教学方法相对滞后，已经不适应教育发展，落后的教学模式使学生处于十分被动的状态，课堂气氛枯燥，学生的积极性大打折扣，学生的创新能力难以提高。

（三）教学评价与考核的非生态化

部分高校缺乏完善的英美文学教学的考核和评价机制，针对课程的考核只重视学生的成绩，过于强调语言方面的基础知识，没有将课堂表现和教学活动参与表现以及人文素养水平纳入考核体系中，学生为了提高成绩，死记硬背，创造性思维被严重打压，学生的学习热情难以被调动起来，英美文学教学发展受到一定的限制。

四、基于教育生态学创新英美文学教育的措施

（一）改善英美文学教学的自然环境

生态环境中最基础的就是自然环境，我们也可以称之为物理环境，指的是教学所需的硬件，包括教室布置、设备设施、光线、噪声等，这些都是构成课堂自然环境的因素。英美文学是充满艺术气息的课程，对于提高学生的审美能力有着重要的意义，首先高校要加大投入完善教学条件，保障学生学习的环境，如在教室挂上油画等等，提升教师整体的美感，也为学生营造良好的学习氛围，陶冶学生的情操。

（二）按照生态学的理念调整座位

横平竖直的桌椅布局是学校一般的教室布置形态，但这种布局过于拘谨和单一，几十年如一日，教师处于较高的位置，居高临下，学生有一种压迫感，不利于师生互动的实现，弱化了学生的主体作用。因此，教师在进行英美文学教学时可以要求学生变换位置，重新摆放桌椅。例如，将桌椅摆成圆形，教师在中间讲课，可以留出文学作品角色扮演的表演场地，为学生提供展示的舞台。这种相对这种位置安排可以拉近教师与学生的距离，有助于加强师生之间、学生之间的交流和沟通，对于建立和谐师生关系，强化教学效果有着重要的作用。

（三）运用现代教学手段，营造审美意境

英美文学课上，教师可以利用多媒体为学生形象的展示文学作品，包括介绍作者时，将作者的图片展示给学生，将当时的社会形态用图片、音频、视频的形式播放出来，学生可以深入了解文学作品诞生的社会背景，对加强教学效果很有帮助。教师还可以充分运用网络技术，搜索相关知识，在课堂上扩充知识面，使学生打开视野，了解更多的英美文学知识。其次，教师可以搭建网络互动平台，在平台上师生交流更方便，还可以在上面布置学习任务，可以让学生找到文学作品的电影版，在业余时间观看，深入理解作者的思想情感和主张。

（四）建立生态和谐的教学评估体系

以往英美文学教育水平难以提高的一个重要原因就是缺乏完善的教学评价

体系，高校管理者和教师必须要建立一套规范的、系统的英美文学教学评估体系，将教学课程安排、学生成绩、日常表现、文学素养的提升、教学活动的参与情况统统纳入评价体系当中，按照生态和谐的要求，实现全面的评估，对教师、对学生都要加强评估，进而提升英美文学教学的质量，提高英语专业的教学水平。

（五）建立良好的师生关系，注重人文教育和情感

任何学科的教学都是通过教师完成的，教师在教学中起主导作用，而学生是学习的主体，是教师教育的对象，师生关系是否和谐直接关系教学的质量，因此，英语教师必须与学生建立良好的关系，进而提升英美文学的教学质量。其次，文学作品在全世界是共通的，文学是一种艺术形态，是人们真情实感的流露，有的主题在于对社会阴暗面的批判，有的是对勤劳人民的歌颂，有的是对魅力景色的感叹等等，英美文学就是这样一门课程，不但可以提高学生英语知识的掌握，更有利于提高学生的审美素养和人文素养，提高学生的综合素质。

综上所述，高校英美文学教学存在一些亟待改进的问题，将教育生态学的理论引入英美文学教育当中有利于教学模式的创新，有利于提高教学整体的效果，生态教育理念是时下流行的先进教育理念，在经济全球化对教育带来巨大冲击的今天，改变传统的英美文学教学方式是时代发展的必然结果。

第六节 生态语言学视域下的英美文学教育

英美文学教育是高校语言专业课程体系的重要组成部分，对于学生文学鉴赏能力、文学素养的提高有很大的帮助。当前国内高校英美文学教育存在着诸多问题，对生态语言学概念的起源及发展以及国内英美文学教学现状进行了剖析，并提出生态语言学视域下构建英美文学教育体系的新思路，旨在提高英美文学的教学质量及教学水平。

随着科学技术的发展及人类社会的进步，自然资源被不合理地开发和利用，世界人口的急剧膨胀导致能源的过度消耗，人类赖以生存的环境遭受到了前所未有的破坏及污染，这些成为导致全球生态系统不平衡的主要人为因素。同时，

一系列的生态危机问题也越来越多地引起人类对生态环境、生态文明的重视，由此，研究生态发展规律及其调节机制的生态学学科应运而生。生态文明的建设深切地呼唤着各个领域的深层次变革，各领域的专家及学者开始逐渐关注自身学科的生态平衡与发展问题，将生态学中的一些研究原理及方法，广泛地用于相关领域。语言学的教育专家也开始从生态学的角度来探讨语言教学模式的创新，逐步形成了建立在生态学理论基础之上的生态语言学教育理念。英美文学是人类语言学与国际文化的重要组成部分，其生态语言环境呈现出多样性与多元性，为进一步推动英美文学在我国高校的教学，从生态语言学视角转变英美文学教育形式，建立生态语言学教育理论体系，进一步推动英美文学在我国高校的教学。

一、"生态语言学"概念的起源与发展

《语言与逻辑词典》中，将"生态语言学"定义为在人种语言学、人类语言学和社会语言学这些领域中对语言和环境之间相互作用的研究。1966年，德国著名哲学家黑格尔在达尔文进化论的基础上，在其有关哲学与生物学的著作中，首次提到了Ecology这个词，并将生态学定义为：自然界中作为生存竞争条件的所有有机物之间，以及它们与自然环境之间的复杂关系所进行的研究。此后，各领域的科学家及学者分别从不同的学科角度出发，对"生态学"进行了全新的研究与诠释。1959年，英国剑桥大学学者特里姆在《语言与言语》杂志上发表了题为《历史的、描述的与能动的语言学》的文章，首次从生态学的角度阐述了语言学发展的历史与变化。1971年，美国斯坦福大学著名语言学家豪根将生态学与语言学联系在一起，提出并使用了"语言生态"这一概念，为"生态语言学"的研究与发展奠定了基础。到了20世纪80年代，德国比勒费尔德大学的学者将生态学的原理和方法进一步应用于语言学研究，同时涌现了很多以"生态语言学"为主题的论著，逐渐确立了"生态语言学"这一学科理论框架。

纵观"生态语言学"的发展进程，所有研究者都将研究对象比喻成生态系统，从生态学的角度揭示了语言学与生态学之间互变互动的过程，强调自然、社会、价值、人文等方面在语言学中的影响及作用，运用生态系统、生态平衡

的原理与机制，研究各种语言教学现象，包括构成教学生态系统的要素之间的关系，揭示了语言教学发展的生态趋势，对语言学产生了深远的影响。将生态语言学引入高等教育，是社会可持续发展及生态文明建设对高等教育的必然要求，它不仅批判了传统教育观念存在的弊端，而且为高等教育展现了广阔的视野，为现代语言教学理念提供了全新的研究视角和教学思路。

二、高校英美文学教育中的非生态现状

无论从文学还是从语言学的角度来讲，英美文学教育所体现出来的都是一种语言教学与西方文化的深度融合。我们将英美文学教育看成是一个微观的生态系统，其核心要素主要包括教学主体、教学活动及教学环境，各个要素之间相互依赖、相互影响，当某个或多个要素发生改变时，均会对生态系统的平衡造成严重影响。英美文学教育是高校语言学专业课程的一个重要内容，目前，我国高校英美文学教学过程中尚存在一些非生态现象，主要有以下几点：

（一）重视程度不够，逐渐被边缘化

当前国内高校对英美文学课程体系的设置大致雷同，主要有两门课程：《英美文学选读》及《英美文学史》，课程设置过于单一，教学内容更新缓慢，并且大多数高校将《英美文学选读》作为选修课，对其重视程度可见一斑。学生也普遍认为对此类课程浅尝辄止即可，不求甚解，对文学作品内涵的理解和把握不够透彻。

（二）教学观念陈旧，教学模式单一

传统的英美文学教学目标的定位及内涵过于单一，大多是通过教师课堂讲授和学生课后大量阅读，使学生掌握鉴赏及表达的语言技能，增强他们对西方文学及文化的理解；英美文学教学多数授课教师仍以传统的填鸭式、满堂灌式的教学方式为主，教学方法多为对文学作品枯燥的长篇大论的讲述，课堂气氛不够活跃，学生不能够很好地参与到课堂教学中，注意力不集中，学习兴趣不高，缺乏主观能动性，学习效果不明显；考核方式多以传统的"一锤定音"的终结性闭卷考试为主，只注重对学习结果的考核，忽略了对学习过程的评价，考核成绩不能够真正反映学生的学习状态，考核的信度与效度较低。

（三）教学环境有待改善，资源配置不合理

从生态学角度对教学环境的理解，除了自然环境还包括教学资源、学习氛围等。自然环境主要是指教学活动场地的设施装饰、光线、噪声、舒适指数等是否符合生态学的标准；据统计，目前多数高校的英美文学教育均采用合班授课方式，学生人数过多，导致教学资源配置不合理，生均占有率下降，教学场地及空间有限，学生学习环境的舒适程度大打折扣。

三、高校英美文学教育语言生态化体系的构建

生态文明建设呼唤高等教育的深刻变革，英美文学教育是我国宏观生态教育系统中的一个微小生态体系，如同自然界中生态系统的存在方式一样，高校英美文学教育生态系统同样具有关联性、整体性、动态性及平衡性等特征，积极创造并构建适合高校自身发展特点的英美文学教学体系，做到具体问题具体分析，使英美文学教学工作变得生机盎然，是教学工作者应该关注及探讨的热点问题。在生态语言学视域下，我们对英美文学课程教学模式以及生态语言环境进行细致的深入研究，力求探索提高英美文学教学质量及教学水平的有效途径。

（一）提高重视程度

英美文学教育是学生对英美文化进行认知和了解的重要载体，高校在大力倡导素质教育的过程中，英美文学教育受到的重视程度也应不断提高，英美文学课程作为高校英语专业的主干课程，在课程体系中应占有重要的地位，它不只是单纯的语言专业基础课，更不是一门专业技术课，而是一门锻炼学生语言技能和文学修养，塑造健康的人格和品格，增强文学鉴赏能力，提高审美情趣，培养跨文化交际意识的综合性课程。从学校的角度，可采取以下措施全面提高对英美文学课程的重视程度，如将考查课改为考试课，合理安排授课时间，合理分配授课班级，取消合班授课形式，改为自然班授课；在教学资源建设方面，加大经费投入力度，同时加大对语言实验室的建设，为学生搭建优越的语言实践平台；加大师资引进及培养力度，鼓励教师外出交流学习，多种渠道支持教师进行课程教学方面的探索及研究。

(二)构建生态化教学模式

1. 教学理念生态化

生态化的教学理念,实际上是将生态学理论作用于教学过程,它强调教学运行过程的整体性、系统性、和谐性。该理念是把教学过程看成教师引导学生自主学习的一个过程,强调以学生为主体、教师为主导的教学模式,在课堂教学中,教师把主动权交给学生,突出学生的中心地位,教师运用现代化教学手段,帮助、培养、锻炼学生自主学习的能力,教师成为学生学习活动的引导者和帮助者,把握学生的学习方向和主题,引导、启发、点拨学生掌握知识要点,引领学生学会独立思考和自主学习。

2. 教学目标生态化

教学目标是教学过程所要达到的预期效果,是教学工作全过程的"指挥棒"。教学目标生态化就是指教学目标应该呈现出生态系统所具有的多元化特征,要求教学过程不仅包括基础知识、基本技能的讲授,还应包含对学生创新精神以及人文素质的培养。高校英美文学课程是一门语言教育、人文教育及素质教育相结合的综合性课程,学生通过学习,不仅要能够掌握阅读、理解英文文学作品的能力,促进语言基本功的提高,还应该通过对文学作品的欣赏,开阔学生视野,增强学生对西方文学及文化的了解,从而提高学生的文化涵养和人文素质。

3. 教学方式生态化

生态化教学方式是构建生态化教学体系的需要,它主张尊重学生的内心需求,遵循生态学的发展规律,顺其自然,因势利导地开展教学活动,注重教学设计从单一的传递到多元的互动,将传统的以教为中心转变为以学为中心。我们用生态学的角度去审视英美文学教育,不难发现,其课堂教学实质上是教师与学生的互动、学生之间的互动、学生与语言文学作品间的互动等多种关系共同交流、沟通、碰撞的过程。同样的教学内容,以不同的教学方式呈现,其教学效果是不一样的。我们所提及的教学方式生态化,是指教师围绕学生的兴趣爱好和理解能力,合理把握教学进程,采用互动式、启发式、情景式等多种教学方法,通过角色扮演、电影赏析等形式,增加课堂教学环节中的趣味性,开展个性化教学,活跃课堂氛围,吸引学生的注意力,维持课堂旺盛的生命力,使学生充分感受到丰富的文学世界给他们带来的乐趣，提高学生对文学作品的见解和思考，提升学生对文学作品的鉴赏能力及兴趣。

4. 考试维度的生态化

考试在整个教学环节中发挥着极其重要的作用，是对教师教学效果及学生学习成果的检验，高等教育课程的考试，多以终结性结业考试为主，考试成绩对学生未来的发展有着至关重要的影响，因此，合理地制定考试政策，多维度地进行考试改革，也是高等教育生态化建设的重要内容之一。考试是一个多维度的生态工程，基于生态学的理论，生态化的考试维度应具有多样性的特征，英美文学教育的生态化考试改革，可以从以下三个维度谈及：第一个维度是改革考试命题，坚持语言的发展观，树立生态命题观，从考试命题出发，积极倡导语言学习生态化，不断加强学生对语言知识点掌握和文学鉴赏能力的提高。第二个维度是改革考试内容，考试内容应涵盖从语言技能到文学素养的综合考察，注重工具性与人文性的统一。此外，还要增加有利于促进语言文化生态平衡的考试内容，增强学生的跨文化认同感。第三个维度是改革考试方式，语言学习是一个日积月累的过程，语言学专业的考试也一样，既要重结果，更要重过程，应积极完善考试制度和多元化评价体系，改变单一的终结性考核方式，采用形成性考核与终结性考核相结合的方式，采用课堂测试、课堂提问、课后作业等形式，注重对学生平时学习效果考核的积累。

（三）营造良好的生态语言环境

教学环境是教学运行的保护伞，优美的教学环境、浓厚的学习氛围，能够让整个微观的教学生态系统得到健康、快速的发展，教学效果事半功倍。因此，我们要积极探索、营造和谐教学生态语言环境的有效途径，努力打造符合英美文学课程特色的教学环境，可以从以下几个方面入手：

1. 创造良好的自然环境

良好的自然环境，可以使人心情愉快，精力充沛，思维活跃，灵感闪现。例如，教室光线的明亮程度会影响学生的视觉感受，室内外的噪声会影响学生的阅读效率，因此教室的光照、温度、噪声等自然条件均对学生的学习行为及心理活动有着重要的影响。在绿色生态的自然环境下学习，学生的身心均处于最佳状态，更加乐于接受新事物。英美文学课程是集文学作品鉴赏与审美能力培养为一体的文艺理论课，文学作品美感的体会以及情感的共鸣都需要课堂自然环境的配合、室内的布置以及教学资源的分配也影响着教学活动的开展。例如，采取小班授课的方式，学生人数相对较少，教学场地较为宽松，教学器材及教学资源的生均占有率便会大大提高，为教学运行的顺利开展提供了很好的物质方面的保障。

2. 营造良好的语言氛围

从生态学的角度来讲，生命体的生存离不开特定的生存环境，英美文学教育是一门语言学与文学交叉的综合性课程，因此我们在对学生进行文学素养培养的同时，同样要注重语言学习环境的设立和改善，特别要重视跨文化语境下的文学作品的理解。比如在英美文学作品的讲授课堂，就可以结合生态语言学的基本理念，在教学过程中，采用情景式教学、朗读式教学等，运用现代教育技术等方法培养语感、创设语境，引导学生代入角色，让学生充分地领略作品中描述的意境，领悟主人公的真实情感，从而对作品有更深层次的理解，进而提高学生对语言的接受能力、理解能力以及口头表达能力。

3. 搭建语言学习兴趣平台

教学过程是师生共同体现生命价值的载体，兴趣是最好的导师，是学生学习知识的主要原动力所在。英美文学教育工作者在教学内容的选择方面，应尽量筛选和甄别一些学生感兴趣的文学作品，避免学生因为教学内容枯燥乏味而产生厌学情绪。同时教师在知识的讲授中，也应注重对文学作品的内涵挖掘，帮助学生更好地感知学习的乐趣，将讲堂变为学堂，让学生兴趣盎然地参与到学习活动中，引导学生自主查阅资料，增加学生间的交流互动，广泛地调动学生的学习热情和积极性，激发学习兴趣和求知欲望，使整个课堂教学富有生机与活力，增强课堂教学的感召力和凝聚力。

当前我国各高校的英美文学教育在某些方面还存在一定程度的缺失，大多数高校依然沿用较为传统的教学模式，课堂气氛沉闷，学生的学习热情不高。因此需要构建一个生态的英美文学教学体系，在这个体系中，以生态语言教学观为指导，从教学理念、教学目标、教学内容、教学方式、考核形式五个方面构建英美文学教学的生态化教学模式,使课堂教学处于一个和谐统一的生态系统中,以保持其旺盛的生命力,从而促进英美文学课堂教学生态系统的良性循环和可持续发展,同时为语言文学专业教育教学的改革提供新方法和新思路。

第六章　英美文学作品的实践应用

第一节　哥特因子与英美文学作品

哥特式风格的英美文学作品，近年来很受人们的追捧与热爱，其独有的风格展现在文学作品当中，使得作品拥有莫大的吸引力，并被部分学者视为"欧洲文学的第三源头"。通过分析哥特风格存在的特性及发展，从哥特式小说的故事背景、人物及情节主题上来分析，并以此来对英美文学作品中的哥特因子进行探讨，揭示哥特文学在英美文学中的作用。

哥特式风格的英美文学作品，自诞生开始就受到人们的唾弃，甚至一度被认为是"低端、非主流"的作品。至18世纪末期，哥特式小说才得到了广泛的推崇，近年来更是受到人们的追捧与热爱，并被誉为"欧洲文学的第三大源头"。为什么曾经一度被视为低端风格的哥特式小说，却在很大程度上影响着西方文学史坛，甚至直至今日依然得到人们的推崇？纵观众多的英美文学作品，不难发现，这些作品正是由于其存在着哥特因子而得到广泛的流传。例如英国著名文学作品《呼啸山庄》，以及戏剧大师莎士比亚的《哈姆雷特》《罗密欧与朱丽叶》《李尔王》，再到美国文学史中的《献给艾米丽的玫瑰》《厄舍古屋的倒塌》以及《红字》等等，这些作品中都蕴含着哥特风格，故事背景阴森、恐怖，人物性格扭曲、癫狂，故事情节上神秘、悬疑，让人始料未及。在英美文学中，相当一部分作品采用这种方式，不同的作者在对于哥特因子在文学中的运用也各有不同，但无论是故事的背景、情节设置，以及人物和主题都会运用哥特式来进行描述。

一、哥特式的起源及特点

哥特式最早是用于形容当时中世纪欧洲的一些城堡建筑，这些建筑的特点往往都充满阴森、恐怖的特点，给人的感觉就有些偏向于邪恶。至18世纪初，霍勒斯·沃皮尔的作品《奥特兰托城堡》问世，作品风格充满神秘、阴森，这是哥特因子正式被用于文学创作当中并呈现在世人的眼前。也正是因为哥特风格的诡异等特性，哥特式风格的作品并没有在文坛上取得很高的地位，那种神秘、阴森是早期哥特式文学作品不受欢迎的最主要原因。尽管如此，哥特文学的流传并没有受到影响，这种风格的作品逐渐在英美文学中占据重要地位。18世纪末期，哥特式风格文学的影响到达了一个相对强盛时期，诸多英美文学因其蕴含的哥特因子而被当时的流浪诗人所歌颂、传播，现在众所周知的英国文学作品《呼啸山庄》正是当时哥特式作品的代表之一。那时涌现出了不少的名著为后世流传，哥特式文学也是在那个时期奠定了其后期兴盛的基础。

哥特式文学有着非常明显的特点。无论是小说中的人物描写、背景叙述、故事情节的设定，还是全文的风格及结构都反映了超自然的力量，这类小说以其恐怖、惊悚而为后人流传。其主要的特点首先是对环境的描写以阴森、恐怖为主，比如中世纪的欧洲古堡的形象常常被运用在小说的建筑物当中，与中世纪欧洲的社会背景有关，当时整个社会充满着杀戮、黑暗，古堡的形象也一度黑暗、阴森。长时间无人居住的古堡，长满青苔的外表，腐烂的内部结构，甚至于古堡前道路都被黑褐淤泥所覆盖，给人的整体感觉就是偏向于阴暗、恐怖；在故事情节方面更是出人意料，整体结构表现得非常离奇，充满悬疑、神秘、恐怖灵异的事件层出不穷，扑朔迷离的结局，各种晦暗的线索，引导着故事的发展；而在人物角色上则常常描写得与众不同，将人性的丑陋负面统统加到人物身上，并进行细致的描述，让人悚然。主人公常常遭遇非人的待遇，从而性格及心理上发生扭曲。在非哥特小说中坏人的形象被充分地运用到哥特式小说的主人翁身上，变态、心肠狠毒、疯癫、痴狂等一系列负面元素毫不忌讳地运用。哥特式文学正是以这种独具一格的特点，为英美文学注入了新的血液，使其充满生机，吸引着人们瞩目。

二、哥特因子在文学作品中的作用

（一）哥特式的故事背景：营造神秘感

哥特式小说中，对环境的描述，通常以秽暗、阴森为主。破旧不堪的中世纪欧洲古堡建筑，颜色暗淡的灯光，空气中腐朽的气味等等。一系列偏黑暗、污秽、难闻的色彩、气味充斥于作品中。这些环境描写模式被广泛运用于作品的气氛渲染中，给读者营造一种神秘、悬疑的感觉，并以此展开故事情节。

以美国作家霍桑的《红字》为例，小说一开头就大量描绘监狱中的环境，通过监狱中特有的阴暗、暴力、阴森等特点展示给故事营造一个哥特式开局，同时全文整个故事的场景也多数发生在监狱以及地下室当中。小说情节的转折点也通常是在监狱之中，在地下室则留下足够的悬疑，小说特意通过描写陌生的恐怖叫声，以及监狱的肮脏来渲染气氛。同时地下室里会出现一些让人沉思的线索，如某些东西被烧毁而留下的痕迹……更甚者就连主人公的居住地也是一座古老神秘的破旧城堡，长满青苔的城堡外表，充满发霉气味的室内，给人的第一感觉就是这是一个很久没人居住甚至被遗弃的城堡，但作者却把主人公安排在这个城堡中居住，使读者很容易产生关注的兴趣。

再如《带有七个阁顶的房子》这一小说最显哥特风格的就是其阴森、恐怖黑暗的故事背景。街道旁的木质建筑物十分阴森和黑暗，外面看似完好的房子，其实内部已经破败，甚至腐烂，房屋的七个阁顶分别指向不同的方向，与中世纪欧洲的古老城堡如出一辙，阳光无法充足照射房子的内部，使房子内部充满着阴冷、秽暗。阳光与阴暗的反差非常鲜明。

哥特式的文学作品中，为了使故事更加诡异、神秘，很多作家在处理故事背景上手法相当独特。英国文学中，具有代表性的哥特式作品《呼啸山庄》，其故事背景就发生在中世纪的欧洲，在荒野的山庄里。作者艾米莉·勃朗特为了给故事情节做铺垫，对背景的描写呈现出相当诡异的特色，小说中的建筑物除了呼啸山庄，周围都是荒芜的荒原，阴暗无尽头，甚至于窗户的描写都显得独特，深深镶嵌于墙皮内的狭小窗户，使整个呼啸山庄给人的感觉就是缺少阳光，并且阴冷和昏暗。

这种对背景氛围的描写，在哥特式小说中很常见。对于营造神秘感这一哥特因子的运用已经渗入西方文学中，成为哥特式作品不可或缺的一部分，甚至还影响到了后来的小说创作。风靡当今的小说《哈利·波特》系列，其故事场景就是以一个破旧的城堡展开，神秘古老的城堡、穿着奇特的人、城堡内神秘的构造、错综复杂的过道以及昏暗的地下室和充满恐怖惊悚气息的长廊，这一系列描写都淋漓尽致地展现了哥特式的风格，而这也是其风靡全球的一个重要原因。

（二）哥特式人物形象：扭曲的内心世界

纵观英美文学作品，可以发现其中很多的人物描写都充满着哥特式的风格，这些人物有着共同的哥特特点：有不一样的生活环境、不一样的人生际遇，却都有扭曲的癫狂的个性，或神秘，或狠毒，或阴暗的性格特点，经历着或者经历过非常人的痛苦及变态的生活与过往等等。这些哥特式的人物，受到读者的广泛关注，成为吸引读者的一个非常重要的因素。其中最具代表性的关于哥特人物描写的当数18世纪的著名英国作家艾米莉·勃朗特的《呼啸山庄》。小说中的人物，大多都具有矛盾复杂的心理特点。他们有着与常人不一样的深色皮肤以及健硕的身躯，却受到了不公平的待遇，从而导致心理的扭曲、性格上的变态。在仇恨的支配下，带着疯癫的复仇精神，常常做出一些惨无人道的举动。文中的主人公西斯科立夫就是一个非常具有哥特风格的人物。在爱情上受到的不公平对待和情感磨难，使他经历了非常人的痛苦与折磨，导致整个人性格以及心理上的扭曲。当西斯科立夫得知幼年时期的爱人凯瑟琳背叛了他之后，心中的怒火被点燃，并且把怒火发泄在周围的人身上，对他们都产生了深刻的怨恨，癫狂地进行报复，而且报复手段极其变态残忍，如把伊萨贝拉的狗吊死等一系列变态行为。作者以哥特方式把西斯科立夫这一形象展现在人们面前，让人看后震惊、震撼。

在美国文学中也存在这样非常具备代表性的哥特人物，其中威廉·福克纳的《献给艾米丽的玫瑰》中的艾米莉就是哥特人物的典型代表。艾米莉与工头霍默·巴伦相爱，但不知为何情人霍默·巴伦突然无故消失，失去恋人的艾米莉伤心欲绝，生活在与外界脱离的世界里，直至其死后，人们发现她装饰得非常干净漂亮犹如新房的房间内，却存放着一具骨骸，躬着身躯，龇牙咧嘴地躺着，而艾米莉则一直安静地睡在尸骨旁边，而这尸骨就是她的情人霍默·巴伦。艾米莉性格极端，以这种恐怖的方式生活着，试图以这种奇特的方式留住曾经的爱人。干净的房间与情人的尸骨形成鲜明的对比，这些淋漓尽致地表现出了艾米莉的性格。这当中所蕴含的哥特风格展露无遗。同样是美国文学的小说《红字》，其主人公罗格乞灵罗斯，个性无情无义，浑身充斥着怨恨愤怒的复仇情绪，对待自己的妻子海斯特犹如陌生人一般，不带一丝感情，从而导致海斯特与他人偷情。当他知晓妻子的背叛后，就开始了步步惊心的报复，并通过伪装成一名私人医生去接近阿瑟，并以制造良药为借口，窥探他人隐私，并在阿瑟胸口上撒盐，以此来获取变态的快感。作者以哥特因子注入这样一个无耻无情的主人公形象的塑造中，使其个性突出，充满神秘。这样一个矛盾的人物角色，极大地吸引着读者的眼球。

（三）哥特式故事情节及主题：凸显暴力美学

哥特式小说的特点就是充满恐怖、悬疑，并且以恐怖、阴暗贯穿全文，构成了文学作品的基调。早在1765年，恐怖与惊悚就被界定为另一种美学，因此，哥特式作品在整体上都是充满艺术美学的，从而能得到人们的热情推崇。

在故事情节上，《献给艾米丽的玫瑰》的情节曲折多变，出人意料，写法上更是把时间错乱，作为没落贵族的艾米莉与工匠霍默·巴伦突破禁忌的爱恋，离世的艾米莉，都给人一种神秘的感觉。同时古屋中腐烂的尸体味道、房间的整洁……这一系列的描写都充分让整个故事充斥着恐怖及神秘的色彩，在故事情节上可以算得上是典型的哥特式。《红字》从一开始就给读者展现出监狱的特殊环境，让人难免去猜测其中的故事，故事基调以黑色为主，情节以监狱和地下室为场所铺展开来。整部小说情节的展开都是在肮脏、破旧不堪的环境中进行的，而且通过各种隐晦的线索推动故事情节的发展。

在故事主题上，英国戏剧大师莎士比亚的多部作品都充斥着这种哥特艺术，如《罗密欧与朱丽叶》中，罗密欧与朱丽叶之间的真挚爱情，却被两个家族之间不可调解的仇恨割裂着，致使最后不得不以悲剧收场；《李尔王》中主人公在荒野中的歇斯底里的嘶吼；《哈姆雷特》中的主题则充斥着暴力、欲望、杀戮等一系列负面元素,哥特式风格得以淋漓尽致的展现。尤其是其中的一些细节描写,给读者无与伦比的震撼,莎士比亚充分地运用哥特因子展现其生存的时代现象,使得作品影响深远。

对于英美文学中存在的哥特因子,各地学者都进行了深入的研究探讨。这些哥特式风格的作品,充分地利用了哥特因子,表现各种复杂情绪和心理,展现人性上的扭曲,人们对于未知世界的恐惧与向往,直抵人的灵魂。这种充满矛盾色彩的作品,虽然在其面世后一度受到部分人的质疑,但这恰恰也是其流传至今并影响深远的最主要的因素。哥特式文学之所以被推崇,在很大程度上由于其艺术上的表现,以恐怖、惊悚的场景,仇恨杀戮主题,表现哥特式的痛苦与现实的巨大反差,凸显暴力美学,通过另类的美感方式带给人们不一样的阅读快感,对于现实中的读者起到一种无形的安慰作用,甚至引导读者走出现实中的痛苦。

从哥特式文学出现到如今,已有几百年的历史。在经历了初期的唾弃排斥后,一直被人们追捧、推崇,现在的英美文学中,无论是小说的背景、人物形象的塑造以及情节结构,都融入了哥特因子,从而展现着独有魅力的作品。哥特式写作手法为西方文学作品蒙上了一层神秘的面纱,使得作品更具欣赏性,更能激发读者的探求欲。总体来看,哥特因子在英美文学作品中起着非常重要的作用,扮演着推动西方文学流传的角色。

第二节 交际翻译与英美通俗文学作品

以英美通俗文学作品中的一些文段作为研究对象,采用彼得·纽马克提出的交际翻译理论,对文本的具体翻译过程进行分析,对这种理论在英美通俗文学作品翻译中使用的必要性和重要性进行研究,并对其在此类文学作品翻译中的具体应用策略进行探讨。

彼得·纽马克(Peter Newmark)是英国杰出的理论语言学派的代表人物之一,著名的语言学家、实践型翻译理论家。他在多年翻译实践的基础上,提出了许多有影响力的翻译理论,形成了纽马克翻译理论体系,交际翻译理论就是其中具有代表性的一种理论。

交际翻译（communicative translation）是"为译文读者制造近似于对原文读者所产生的效果"。交际翻译理论是与语义翻译理论相对应的，它侧重以翻译作品的读者为中心，注重读者对文本的理解与感受，所以相对来说是一种比较主观的翻译原则。因此，在翻译的过程中它会更多地运用意译的手段，致力于用目的语的语言和表达方式去传递文学作品中意义和情感。

在纽马克看来，不同的文本类型要采用不同的翻译方式。根据捷克语言学家布勒（Buhler Czech）对语言功能的划分，文本类型有表达型（expressive）、信息型（informative）和呼唤型（vocative）三类。本节研究的文本英美通俗文学就属于呼唤型文本，它以读者群为中心，注重可读性，要求做到通俗易懂。所以在翻译过程中要采用交际翻译策略，而不仅仅是对原文进行一字一句的直译，而要选用恰当合适的词语，适当调整语序等，重现作品内容与作者所要表达的意思和情感，以引发读者的共鸣，达到较好的翻译效果。只有这样，才算是比较成功的翻译。

一、交际翻译理论在翻译中词汇层面的翻译

词是最小的能够独立运用的语言单位，是组成句子的基础。词虽小，但是在翻译中的地位和难度却毋庸讳言。这不仅是因为一个词往往具有多个对应的指称意义，同时还因为在不同的社会文化历史环境中，词语具有不同的文化含义。例如，英语中的cowboy在汉语中通常被翻译为"牛仔"或"牧童"，实际上前者指的是"传奇式的浪漫型的美国西部骑士，他们常常穿着牛仔裤"，后者是指"放牛娃"，二者之间有一定的差异。

从上面可以看出，词语虽然很小，但是只有下功夫才能翻译好。尤其是要从多方面入手，采用多种手段处理好词语的翻译，使其能够传神达意。

（一）转换词性

翻译的最终目的是为了实现译文和原文在内容和信息上的功能一致，并不是表面上的结构完全对等。所以在翻译的过程中常采用词性转换的方式，如将英语中的名词、介词、形容词、副词等转换为汉语中的动词，或者将英语中的

动词、形容词、副词、代词转换为汉语中的名词等,从而用表面表达形式上的偏离换取内容或信息上的一致。所以在英美通俗文学作品的翻译过程中也要借用这一策略,在忠实于原文的基础上注意词性的转换,使翻译出来的语句通顺自然。

例1.I say to my friend, because I'm afraid if the sniper knows I've been hit, he'll want to finish me off.(Jesse Lee Kercheval:Alice in Dairyland)

译文:我对我朋友说,因为我害怕如果那个狙击手知道我被射中,会想要杀死我。

分析:上例中的"afraid"原本是形容词,意思是"恐怕、害怕的、担心的、畏惧、害怕",常在句子中做表语,比如"She did not seem at all afraid"。但是在上例中如果直接将其翻译为形容词,译为"我是害怕的",读起来就会怪怪的。"害怕"在汉语中是动词,后面可以直接带宾语的。所以在翻译的时候,将其转换为动词,译为"我害怕"就比较符合汉语的表达习惯,读起来就会顺畅得多。

例2.So you'll hop on a train and come down, and when you get to Baltimore it will be this peaceful summer afternoon and these dusty rays of sunshine will be slanting through the skylight in Penn Station.(Anne Tyler:A Spool of Blue Thread)

译文:你跳上火车,然后下了火车,到达巴尔的摩时,那将是夏日一个宁静的午后,尘埃下的阳光透过宾州车站的天窗斜射下来。

分析:上例中"through"原本是介词,意思是"透过;经由;通过,穿过;凭借",如果直接将其翻译为"从",便不能体现出其动作意味。如果将其转换为动词,译为"透过",就突出了其动作性,非常形象地表达了阳光穿过窗户照进车厢的情况,一幅优美的画面就出来了。

因此,在实际英美通俗文学作品的翻译过程中,不能仅看单词的字面含义,需学会变通,尤其是对其词性进行转译,使译文更加通畅、易懂。

(二)联系文段

词语的含义都是在句子中固定下来的,同一个词语,在不同的语境中具有不同的含义,所以在翻译的过程中,一定要注意联系上下文。

例 3."All right", Abby said, turning practical. "Where was he calling from?"(Anne Tyler：A Spool of Blue Thread)

译文："好吧", 艾比冷静了下来说, "他从哪儿打的电话？"

分析：在这句话中，"turning practical"的翻译相对比较困难。我们知道，"practical"是形容词，意思是"实践的，实际的；可实现的，实用的；注重实际的；可用的"，而"turn"做动词时既可以是及物动词，"使转动、旋转、使改变方向；使不适"，也可以是不及物动词，"使变酸、使变换、使变为"，另外其后面加形容词的时候是系动词。但是尽管如此，还是很难确定"turning practical"的意思。通过联系上下文可以发现，这实际上是 Abby 对这件突发事件的一个表现，所以用"变得冷静"这个意思，能够看出她心态的变化过程，更符合文章的总体叙事逻辑。

因此，在实际英美通俗文学作品的翻译过程中，针对一词多义的情况，一定不能脱离上下文，要将其放到文章整个大背景中考虑，选择合适的对应词语，只有这样才能顺理成章。

（三）考虑母语

前面已经论述，交际翻译理论是以读者为中心，英美通俗文学翻译作品的读者为中国人，所以在翻译过程中，要考虑汉语的表达习惯。比如汉语作品较注重成语的运用和句式的对仗工整，强调句子的整齐对称美。尤其是在文学作品中，更是强调词语和句式的整齐。下例就是一个关于成语使用的翻译。

例 4.I sat down quite disembarrassed.A reception of finished politeness would probably have confused me：I could not have returned or repaid it by answering grace and elegance on my part.(Charlotte Bronte：Jane Eyre)

译文：我坐了下来，一点也不窘迫。礼仪十足地接待我，倒反会使我手足无措，因为在我来说，无法报之以温良恭谦。

分析：上例中"confused"是动词，是"confuse"的过去式，本来意思是"使困窘、使混乱、使困惑、使更难于理解"。如果直接译为"使我困窘"就不能突出简·爱这样一个平民出身的人在所谓的礼节面前的窘迫现状，而且也失去了文学韵味。相反，将其译为成语"手足无措"就能非常形象地突出简·爱的窘迫状况。同样,将"grace and elegance"译为"温良恭谦"便与中国传统文化接轨,不仅增强了作品浓浓的文学性,而且很容易引起中国读者的心理共鸣。

综上所述,在英美通俗文学作品的翻译中,如果照顾阅读者母语的表达习惯,就会让读者读起来没有隔阂,顺畅自然,从而增强文章的阅读感受。

二、交际翻译理论在翻译中句子层面的翻译

由于英语和汉语分属于不同的语系,所以二者在句子的组成和表达上有很大的不同。比如英语有多样的人称和时态变化,但是汉语中的人称没有格的变化,时态的表现也大多依靠一些助词来体现。比如英语中"I eat"(我吃)和"He eats"(他吃)中的"吃"不一样,但是在汉语中却没有任何区别。英语中"I eat"(今天我吃),"I ate"(昨天我吃)的"吃"也不一样,但是汉语中却是一样的,有时会加个"了"来区别。另外,句子之间的逻辑关系英语中通常使用连接词来显示,汉语中通常是通过句子的排列来体现。如"我吃过早饭,背上书包,出了门"。这个句子的逻辑关系是通过三个短句的先后排列顺序体现出来的,但在英语中却表述为:"I finished my breakfast and went out with my schoolbag."

这些表达方式上的差异,就决定了在翻译的时候要采用诸如增减词语、重组句法等翻译技巧,让文段更加流畅,也让逻辑关系和意思表达更加清晰。

(一)增译法

英美文学作品在表达的过程中因为一些原因某些成分会被省略。所以在翻译的时候,为了能够更加清楚明白地表达原文的意思和情感,就要适时地增加某些必要的成分,使翻译出来的句子语义明确。

例 1.But when he phoned again-which he did a month or so later, when Abby was there to answer-it was to talk about his plane reservations for Christmas vacation.(Anne Tyler:A Spool of Blue Thread)

译文:但是,当他再次打电话过来时已经是一个月以后了,当时艾比接的电话,而谈论的是圣诞假期机票的预订而不是同性恋的事情。

分析:在这句话中,"而不是同性恋的事情"是这句话的增补成分,因为

从句子表面并不能看到这些，只有联系上下文才能明白。如果在翻译的时候不进行增补，就会让这一部分显得比较突兀，读者很难找到和前文的关系，也很难理解父母的担心和焦急。

从上面可以看出，增译法的使用要遵循两个前提，一个是不改变原文的意思，另一个是能达到让译文意思更加明确的目的。

（二）拆分法

在英美文学作品中，有许多长句，句子结构特别复杂。如果严格按照原文的句子结构进行翻译，不仅生涩难懂，而且读起来还会特别别扭。所以就要根据汉语的句法结构特点，在不损伤句子原意的前提下，对英语句子中的单词、短语或者句子进行适当切分，让译文的表达符合汉语的表达习惯，让译文更顺畅。

例 2.It rained in the morning, but the afternoon was clear and glorious and shining.（Arthur Clutton-Brock：Sunday before the War）

译文：前晌有雨，但午后天气放晴，空气新鲜，艳阳高照，视觉绝佳。

分析：上例是对雨后景色的描写，英文原文的描写非常优美，具有极强的画面感，尤其是"clear and glorious and shining"这三个并列形容词的使用，更是传神。但是如果直接进行翻译，势必会减少这种美感。译者对其进行深入分析发现，这三个词语实际上是三个不同层面的描述，"clear"描写的是"天气"，"glorious"描写的是"空气"，"shining"描写的是"阳光"，然后将这三个词语进行切分，按照汉语的表达习惯，翻译成三个并列的短语，即"天气放晴，空气新鲜，艳阳高照"，这样就再现了一幅绝美得令人陶醉的自然画面。

除了对并列的词语进行拆分，在翻译的过程中，对于一些较长的结构复杂的句子，也需要结合实际情况进行拆分，以求最好的表达效果和阅读体验。

（三）调序法

语序是指句子成分的排列次序。汉英语序有很大的差异。例如，状语在汉语中的位置相对比较固定，一般在主语和谓语之间，但是在英语中状语不仅可以出现在句子的开头，也可以出现在句子的中间或结尾。如果有多个状语，汉语中通常是时间状语、地点状语再加方式状语的顺序进行排列，但是英语中却是按照方式状语、地点状语、时间状语的顺序进行排列。除了状语，其他成分的排序也有很大的差别。为了照顾读者的阅读习惯，在翻译的过程中通常要对语序进行适当的调整。

例3.She sat down next to him.The mattress slanted in her direction；she was a wide，solid woman.（Anne Tyler：A Spool of Blue Thread）

译文：她身材丰满健硕，在他的旁边坐下来，然后床垫就朝她那边翘了过去。

分析：英文的表达习惯通常是先叙述结果，然后再用补语或者补充成分对结果进行补充说明。而汉语通常是先解释原因，然后再顺势引出结果。比如"今天堵车，我迟到了"用英语表达就是"I was late for the traffic jam today"。

上例也是这样，先说结果"The mattress slanted in her direction"，然后再说原因"she was a wide，solid woman"。如果直接翻译会让汉语阅读者很不习惯，甚至会一头雾水，觉得逻辑有问题，严重影响阅读的效果和体验。所以译者对语序进行了调整，先说"she was a wide，solid woman"（她身材丰满健硕）这个原因，然后再说造成的结果"The mattress slanted in her direction"（床垫就朝她那边翘了过去）。

所以，在英美通俗文学作品的翻译过程中，一定要照顾汉语的表达习惯，对句子的顺序进行相应的调整，尤其是包含从句的复杂句子，更是要注意。翻译结束后，要按照汉语的思维和表达习惯进行反复阅读，找到不符合汉语表达习惯的地方进行有针对性的修改。

由于英汉两种语言的差异，在翻译英美通俗文学作品时，如果仅仅是忠实于原文的意思，那么很容易造成译文的生涩难懂，甚至造成一定的阅读困难。所以在对英美通俗文学作品进行翻译的过程中，译者可以采用纽马克的交际翻译理论做指导，考虑汉语阅读者的表达习惯和阅读习惯，采用一定的翻译策略和技巧对一些翻译难点进行灵活处理。

在词汇翻译层面上，注意时态、语态以及不同词性的转换，注意联系上下文，同时注意阅读者的母语表达习惯，选择合适的词语进行翻译，这样不仅能破解一词多义的困扰，同时还能因为选用了针对性较强的词语提升读者的阅读体验；在句子层面上，根据英语与汉语表达习惯的不同，采用增减翻译以及调换语序等策略，对句子结构进行重组，使译文逻辑和意思更加明确，也更加符合汉语的表达习惯，从而增强作品的可读性，力争使译文读者获得与原文读者相似的阅读感受。

第三节　英美文学作品与英语语言

分析英美文学作品中英语语言的应用，可以促使读者深入了解英语语言的特点和应用形式，并且在实际阅读的过程中，结合自身掌握的英语语言知识，更好地了解英美文学作品。

在阅读英美文学作品的过程中，英语语言有重要的影响力。依据丰富、经典的英语语言，有效展示作者文章中表达的情感，提升文学作品的吸引力，为读者留有记忆。为了让大家更好地研究英美文学作品，本节主要是对英美文学作品中英语语言的应用深入分析。

一、英美文学中的反讽艺术

（一）阐述性的反讽

阐述性的反讽是在确保作者命题有效性的情况下，真实、有效地展现出信仰。有专家提出，阐述性语言行为在表达之前需要具备一定的基础，也就是说话者对所阐述命题的真实性做出应许。若是说话者没有相信其表达的命题时依旧表达言语，那么就展现了一定的讽刺意味。

《傲慢与偏见》是简·奥斯汀的代表作，文中的第一章中，作者貌似是实事求是，但是依据班奈特夫妇的对话中的描写，从丈夫对妻子的生动刻画，尤其是开头中的第一句，可以在其中发现淡淡的讽刺"It is a truth universally acknowledged, that a single man in possession of a good fortune.Must be in want of a wife"。这句话的意思是"凡是有钱的单身汉，总想娶位太太，这已经成为一条举世公认的真理"。在这句开场白中，作者依据反讽展现了当时的社会情境，以此为整体文章的发展奠定了有效的基础。"这是一条举世公认的真理"暗示小说是关于真理的讨论，而句子的正式陈述方式与其最终的意义之间的反差构成了反讽。这里所说的真理即是一个拥有财富的男人一定需要一位妻子，而句子实际隐含的意思是一个没有财富的女子需要一位富裕的男子做丈夫。

（二）承诺性反讽

其是人在表达承诺，内容是说话的当事人依据一件事情多次对话，并且对这件事情进行承诺，但是交流双方因为彼此之间的认识，或者是对这件事情的了解，认为说话者并没有承担诺言的能力，或者是没有主动承担这一责任，那么这承诺也就成为反讽的代表。例如，《傲慢与偏见》中科林斯先生向伊莎贝拉求婚，是却与另一个人成婚；彬格莱小姐为了掌握自己的至爱，而极力抵抗自己的情敌，却让自己的爱人对情敌产生了更多的兴趣；班纳特先生忽视了对女儿的管教，特别是对小女儿非常不关心，最后自己的小女儿与他人私奔，给了他应有的惩罚；威客汉姆的谎言让他自己的本性得以暴露；德·鲍夫人对伊丽莎白和达西的婚姻进行干涉，却激发了达西的希望，促使他们最后得以结合。

（三）指令性反讽

这一行为就是在让对方去做一件事，表达了说话者的愿望，说话的内容就是让倾听者去做一件事。依据当时对话的情境，若是倾听者觉得说话者的指令并不存在逻辑性，其可以或者是依据一些联系从另一方面了解说话者表达的含义。因此，指令性反讽的效果也非常的强大。例如，《傲慢与偏见》中，班纳特太太埋怨自己的丈夫没有去拜访彬格莱，却不断地说起彬格莱而感到厌恶，最后却骂起了自己病弱咳嗽的女儿。在知道自己丈夫拜访彬格莱之后，班奈特太太非常的高兴，而这时班奈特先生对着女儿说道"吉蒂，现在你可以放心大胆地咳嗽了"。此时，班奈特回答中对女儿说的话就是一种指令性反讽。班奈特先生并不是让女儿真的咳嗽，而是讽刺自己的太太。

（四）宣告性反讽

宣告形式的语言并没有与实际发生事件的条件结合到一起。由此，在违规诚意条件而构成的宣告性反讽是不常应用的。但是，也有人提出："对诚意条件的反讽性的操作促使所有反讽性的语言行为时一定有的形式。"这一形式需要结合说话者具备条件实施一种行为，并且对于交际双方，他们都可以全面认识说话者的宣传实质，可以为倾听者带来知识，并且倾听者也渴望接纳说话者做出的承诺。在违反上述条件的时候，相应的宣告也会变成"要挟"，而这一语言行为也就具备反面讽刺的意味。

二、英美文学中的象征艺术

（一）象征手法是文学语言中的基础特点

象征主要是依据现实存在的事物展现抽象的理念，有助于阅读者真实地了解文学作品想要表达的情感和意义。例如，在肖邦是19世纪美国最重要的女性作家之一。其代表作《觉醒》中女主角艾德娜是那一时期离经叛道的姑娘。她信奉爱情自由，坚信男女两性关系上的单一标准，追求自由、独立的价值取向，但是在她发现无法实现自我、无法摆脱社会约束的时候，她选择自杀了结自己的一生，宁死也不愿意放弃自己，以死来维护对自由的向往。路易斯的死虽然没有女主角那样的悲壮，但是在她身上可以看到女主角的影子。以此，可以明确路易斯的死是因为过度悲伤而不是兴奋。依据故事中的问题和反讽，作者想要表达自由是胜于爱情的，甚至于高过了生命。肖邦的这篇短篇小说正是依据这些反讽，构建了一个战线马拉德夫人希望自由却又无法冲出婚姻约束的内心世界。同时，这一故事也是对传统社会婚姻观念的无情批判，对新生命的出现存在希望。这也是一种象征的展现形式。

（二）语言风格是文化作品划分的特点之一

在实际阅读文学作品的过程中，依据其具备的语言风格可以有效激发阅读者的兴趣。其中，巴尔扎克的《高老头》也展现了非常丰富的语言风格。巴尔扎克作为19世纪中期批判现实主义的代表作家，其展现的文化观念是依据小说分析社会。巴尔扎克提出"从来小说作家都是自己同时代人们的秘书。"因此，其在讲述《人间喜剧》中为我们展现了一条历史长廊，塑造了2000多个性格不同的人物形象。其中，在《高老头》中展现最为基础的人物形象就是"被遗弃的人"。高老头是作品中最主要的人物，也是被遗弃的代表。在《高老头》之前，莎士比亚塑造了《李尔王》中一个被遗弃的昏君。李尔王有三个女儿，他想要将自己的土地分出去，但是条件就是要三个女儿表达对自己的爱，大女儿和二女儿油嘴滑舌，骗取了李尔王的信任，但是三女儿则深深地爱着自己的父亲，她没有依据言语去表达，却遭到了李尔王的嫌弃。就这样，李尔王将自己的土地分给了大女儿一半和二女儿一半，三女儿并没有任何嫁妆。但是在李尔王需要帮助的时候，大女儿和二女儿将自己的父亲像皮球一样踢来踢去，最后还是三女儿在风雨中救了自己的父亲，帮助他起兵收复土地，但是最后却失败了，三女儿最后也死于非命。而作者在创造"高老头"的过程中，依据一种极端的情感形式，将人物的典型性不断提升。但是《高老头》与《李尔王》两篇文学作品也存在一定的相同点。李尔王有三个女儿，而高老头有两个。但是，文章中高老头在落难的时候，也有人倾囊相助，虽然最后也卷入了巴黎上层社会中的争斗之中。因此，两篇文学作品的结局存在一定的相同点。

（三）依据无形的形式展现象征手法

在很多英美文学作品中都有象征手法的应用，而无形展现这一手法可以让文学作品变得更为形象化。例如，一种颜色都具备自己的象征意义，如红色是热情的代表，蓝色是忧郁的展现，白色是和平、安静的代表。而在一些文学作品中也存在这一形式。如美国著名编剧、小说家菲茨杰拉德的代表作《了不起的盖茨比》，其中最大的特点就是将作品的结构与情境有效地结合到一起。对戴西的爱是盖茨比梦幻中的天堂，这种堂吉歌德式的幻象，虽然是天真的，却可以让人真正地感动，他对于理想的坚持以及对其的奉献让人们钦佩，文章展现了生活中理想的意义。在他守护戴西害怕她受到伤害，想要为她遮风避雨的时候，他并不知道戴西已经背叛他了，并且默许丈夫将车祸的责任推到他身上，这就是黑暗社会的一种展现，富豪们的自私和贪婪是影响盖茨比梦想的最终因素。盖茨比的不幸，就是他在黑暗、腐烂、破灭中明白，在这个残忍的现实生活中，他的理想是那么的无力，他的努力也一直停留在过去。因此，他的爱情和他的灵魂一起随同肉体死去了。这样的故事是感人的，并且是熟悉的，在各个时期、各种文学作品中都可以找到类似的人物。

因此，分析英美文学作品，英语语言是构建其的基础组成部分，依据多样化的语言应用手段可以获取多样化的结果。提升对英美文学作品中英语语言的应用，对文学创作有一定的影响力，促使英美文学作品得到有效的发展，让作家创造出更多优质的作品。

第四节 英美文学作品与英语阅读

英语阅读课程对学生阅读能力、阅读技巧的培养起着至关重要的作用。但传统的英语阅读课教学中,教师主要采用语法式教学,对文章的主题、结构、单词、段落、语法逐一进行讲解。这种教学方法偏离了阅读课程的性质,大大降低了学生的阅读"量",无法达到培养目的。引入英美文学作品阅读后,能激发学生的阅读兴趣,作品PPT展示和作品测验能让学生有更多英语输出。教师转变为学习过程中的指导者和促进者,教学组织形式转变为"课上自主学习+课堂协作研究",课堂内容体现为作业完成、辅导答疑和讨论交流,从根本上提高阅读理解能力和阅读速度。

一、英语阅读教学现状分析

英语阅读课程对学生阅读能力、阅读技巧的培养起着至关重要的作用。其目的是使学生通过大量阅读英文材料,通过阅读"量"的不断积累逐步提升学生的读写译能力,最终提高学生的英语水平。但在大学传统的英语阅读课教学中,教学环节重点仍然围绕教材文章,教师主要采用语法式教学,对文章的主题、结构、单词、段落、语法逐一进行讲解。这种教学方法固然使学生对整篇文章有细致全面的理解,但弊端也很明显:它偏离了阅读课程的性质,大大降低了学生的阅读"量",无法达到培养目的,所以必须要对传统的课堂教学模式进行改革创新。

根据克拉申的输入假说和斯温的输出假说理论,成功的二语习得者必须要接触足够大量的可理解输入(略高于学习者现有水平的输入,即i+1),才能产生可理解输出。所以,新的英语阅读教学模式下,首先要给学生提供可理解且优质的学习资源,即学生必须要阅读一定量的英文经典名著;其次,课堂教学活动应具有多样性,能够激发学生的课堂主动性,给学生提供语言输出的机会。新的教学模式使教师转变为学习过程中的指导者和促进者,教学组织形式转变为"课上自主学习+课堂协作研究",从根本上提高阅读理解能力和阅读速度。

二、英语阅读教学中融入英美文学作品的必要性

英美文学作品具有悠久的历史，而经典的英美文学作品是世界文学作品中的宝贵资源之一，是英语语言的精华之所在。通过让学生阅读并欣赏经典英美文学作品，能有效地提高学生运用英语的综合能力，特别是英语阅读和写作能力，这才能实现英语阅读教学的最终目标。陈光乐在其《英美文学教学与大学英语》中探讨了英美文学教学在大学英语教学中的重要性及可能性。他认为在英语教学中"应加强英美文学教学，以适应我国英语教育改革发展的需求，培养出高素质的国际化人才"。而且，在英语阅读教学中融入经典英美文学作品阅读，不但可以增强对英美国家文化的认知，还可以进一步提高学生的审美能力和人文素质。

目前，以教师为中心的教学方法仍然占据着国内高校英语阅读课堂。这种教学方法忽视了英语语言运用能力在语言学习中的应用，学出来的都是所谓的"哑巴英语""中式英语"。学生在课堂上缺乏学习主动性、积极性和创造性。而融入英美文学作品阅读后，学生在教师的指导下，在课堂内外都能主动参与英语学习，它确立了学生在教学过程中的主体地位，让学生主动地参与到英语学习中，有利于学生英语阅读能力和英语运用能力的综合提升。

三、融入文学作品的新型英语阅读教学模式

针对传统阅读课教学模式中的弊端，英语教学体系下新的课堂教学模式能更加有效地培养学生的英语阅读能力。首先根据学生的阅读水平及阅读兴趣，学生和老师按照由易到难的程度共同选取经典英美文学作品。比如初期可阅读相对简单的《爱丽丝漫游记》《老人与海》《麦田里的守望者》等文学作品。随着阅读能力的提升，可适当增加作品的难度，诸如《简·爱》《傲慢与偏见》等作品。

新的教学模式下，老师在课堂上会将学生分成不同的小组，以小组形式去阅读指定的作品。这样可有效提高学生的阅读兴趣，大家可以在阅读过程中相互探讨、交流读书心得。教师由原来的"一言堂"转变为学习过程中的指导者和促进者，教学组织形式转变为"课下自主学习＋课堂协作研究"，课堂内容体

现为作业完成、辅导答疑和讨论交流，从根本上提高阅读理解能力和阅读速度。

在以往的教学课堂中，老师一般会围绕教材中的某篇阅读文章，从词汇、句法、主题思想等方面详细讲解。融入英美文学作品的阅读后，教材中的文章由学生进行讲解，老师只是稍作补充。课堂上老师更多的任务是同学生一起就课下阅读作品时遇到的困难和疑惑进行探讨解决。最后每个小组会对选定的作品进行 PPT 展示，展示的内容包括作者简介、作品中的人物角色介绍、主题和写作风格分析、经典句子赏析。另外，课堂上会以作品测验的形式考查学生对作品的掌握情况，计入平时成绩。这些会促使其他小组的学生在课下同样认真阅读作品。通过这些措施，可有效地提高学生的英语输出能力。

伍铁平教授在《普通语言学概要》中说过："和语言最密切的是文学，文学是语言的艺术，文学作品要用语言创作，通过语言鉴定，评论文学作品也必然涉及它的语言。文学是使用语言的典范，为学习语言提供最好的榜样，为研究语言提供最好的材料。"我们应结合阅读教材和学生的阅读能力在英语阅读课程中融入相应的文学作品阅读，因为文学作品阅读可有效提高学生的英语运用能力，显著激发学生的阅读兴趣以及提高学生的语言运用能力，加深学生对西方文化的了解，培养学生的文学鉴赏力，提升学生的人文素质，为我国培养真正的国际化英语人才。

第五节　语境与英美文学翻译

在英美文学翻译过程中，语境的作用不可忽视，这些年来，随着人们对翻译工作的重视，语境的功能及运用，已经得到了深入的探索，而关于文学作品的翻译研究，尚需要持续深入钻研下去，要求翻译者逐步深化对源语言和目标语言的理解，特别是明确语境的内涵、功能，并以功能为出发点做出运用的综合探索，这些也是本节所要研究的重点内容。

在世界经济与文化一体化进程中，我国的许多文献被翻译介绍到国外，与此同时外国的文学作品也通过翻译的途径为我国读者所熟知。在这种时代环境大背景之下，文学翻译的作用正日益凸显，而翻译者自身也越来越注意到语境对于翻译过程的巨大促进作用,这就像英国学者皮特·纽马克所讲:"语境是全部翻译活动的第一法规",因为英美文学翻译工作的完善,对于语境功能及运用的探索也将日益科学。

一、对语境的基本认知

随着外国文学理论的持续向前发展,人们能够逐步意识到语境的内涵,通常情况下可以通过下述两种形式表现出来:其一,对于语言理解产生关键作用的环境,亦即与作品有关的背景知识,按照内容还可以再划分为微观的和宏观的两类,微观的指作品里面人物在进行语言交流等活动时所处的语言环境,它和人物的形象、性格等有比较密切的关联,而宏观的则是强调全部文学作品及其时代环境等。其二,笔者认为语境还包括一种认知环境,也就是在此认知环境之下,语言交流各方均可以充分理解场景下的内容,是基于交流主体视角对客观世界的感受。

二、英美文学翻译中语境的功能

只有对英语文学翻译中语境的功能有充分的了解,才能更好地发挥出它的作用,促进文学翻译质量水平的提升。在文学翻译过程中,语境的功能往往体现于下述几个方面。

(一)限制作用

各交流主体在进行信息传递与信息交流时,都需要用相关语境作为参照,并基于特定语境完成交流任务。也就是说,从某种程度上讲,语境对语言会起到一定的限制作用,不管在语言方式选择方面,或者在语言词汇应用方面,都无法避开语境的限制及影响。据此可以认为:只有把语境所具有的限制作用合理应用起来,才能避免文学翻译中存在的歧义问题,防止语法歧义与词汇歧义对翻译效果造成的影响。举例来说,曾经获得诺贝尔文学奖的英国首相丘吉尔曾经说过"Some chicken, some neck"的句子,如果不考虑语境的限制作用,只依字面进行理解,则此句为"一些小鸡,一些脖子",目标语言使用者是无从理解其准确含义的。所以如果想要弄清本句的意思,便应当充分结合当时语境的限制作用：在第二次世界大战时，希特勒曾表示：要使英国在三个星期的时间里，如同小鸡被扭断脖子一样毁灭掉。丘吉尔所说的"Some chicken, some neck"这句话，是以模仿的语气回击希特勒，表示英国是难以战胜的小鸡，不能被毁灭的脖子。

（二）解释作用

在英美文学翻译过程中，语境不但拥有限制作用，同时还具有解释作用，也就是说在特殊的语言环境之下，能够让语句形式同某种意义产生相互关联，即使在只说出一部分的情况下，另一部分的弦外之音也可以通过语境被感知到，这是符合文学作品的言近旨远规律的。我国很多文学作品都具有这一特点，而英美优秀文学作品在这方面也不遑多让，都避免了语言直白浅露的问题，但无形之中也给翻译工作增加了难度。比如如下例句"He is hardworking, He was not always so"，在本句之中，未曾明确提供表示时间的过去、现在和未来等词汇，然而"was"及"is"一类词却用语法展现出时间效果，充分说明了语境在解释方面的极强能量。

（三）补充作用

在文学翻译过程中，语境还可以起到补充作用，也就是将语句里面的省略或者空白之处填补清楚。无论是作品之中的口语还是书面语，都会出现一些或有意或无意的省略形式，这些省略形式，如果不脱离原来的语言环境，不会对沟通和交流产生影响，但是如果翻译不当，则会让读者造成理解上的障碍，因此需要特别强调语境所起到的补充作用。比如下面的句子"It was Friday and soon they would go shopping"，如将其译为"今天是星期五，她们要去买东西了"，因为缺少了语境解释功能，容易使人发生疑问"星期五和买东西之间有什么联系？"若是在翻译时说明在星期五发工资之后，她们要去买东西了，便不再令人难以理解。这种联系上下文的翻译，让语境的补充功能得到呈现，保证了信息的合理性，让中文读者明白英国发工资的时间一般在星期五。

三、语境在英美文学翻译中的运用策略

语言和文化是密不可分、相互依存的，它受文化元素的制约与影响，同时

也表达着文化元素的内容，特别是在文学作品之中，语言更是深入文化之中，深层次地表达出了语言的历史与社会特色，让语言环境下的价值取向及思维方式等得到具体展现。从这个意义上来说，在面向英美文学作品翻译时，译者既需要忠实于原文，亦应多考虑文化语境的内涵，从而使翻译更加纯熟。

（一）习语视域下的语境运用

习语属于语言文化的重要构建部分，它通常被应用到文学作品的范畴以内，译者如果利用直译的办法让作品里面的习语被翻译出来，极容易让读者产生无从理解之感。因此，在做文学翻译工作时，应当确保习语中展现出相关语境，用于对习语的本质意义起提示作用，以免造成不解、曲解与误解。比如在译著《傲慢与偏见》一书时，里面涉及如下句子："You are dancing the girl who is handsome", and looking at the other. "Excellent!She is the most beautiful creature, she is the most charmful girl I have never seen..."这段文字来源于威廉爵士所举办的舞会，是达西与彬格莱之间的对话，这段对话里有一些习用的限定词，如the most beautiful creature便是一个显著的例子，里面的creature一词，熟悉英语者可以明确其为"生物"或"动物"的意思，可若是直接将其译为"最美丽的生物"，又似乎过于生硬了，所以在翻译时需要谋求习语视域下的语境运用，在汉语文化里面找到和表达女性美丽相对应的名词，将其译为"尤物"比较恰当。此外，像对话后面又提到了the only handsome girl/one of her sisters一类的限定词相沿成习的应用，它们对于弄清人物关系有很大的帮助，同时可以从中了解到彬格莱先生的随和个性、达西先生的傲慢性情等。

（二）历史视域下的语境运用

在进行英美文学作品翻译时，还经常会遇到和历史知识以及历史人物有关的内容，如果译者想要忠实地还原这些内容，便一定要充分考虑到历史语境的特殊性，比如《威尼斯商人》中，有句："borrowing from Shylocks to pay their debts"，其中"Shylock"一词是翻译全句的特殊元素，在英语语境下，"Shylock"是一个典型的放高利贷者，翻译时应将历史人物语境结合进来，将其翻为放高利贷者为妥，而不是无感情地音译为"夏洛克"，很明显，前者要比后者更能体现原文的韵味与精髓。

（三）宗教视域下的语境运用

在世界文化范围内，宗教是其中一项非常重要的元素，在进行文学翻译工作时，也时常会遇到宗教翻译的问题，东西方主流宗教信仰不同，西方通常信奉基督教和天主教，而中国以儒教、佛教居多，二者在宗教信仰方面的不同，使得文学翻译难度增加，语境是必然考虑的因素。比如下面的句子："I shall 'return to Father' in an afterlife that is beyond description."在这段话里面，"an afterlife"是很值得翻译者斟酌的，有译者将这句话译为"我相信我将于来世回归圣父"，这样的译法便没有考虑到东西方对于"an afterlife"一词理解的差异：基督教是不信来世的，它认为人去世后，灵魂或者上天堂，或者下地狱，所以该词强调的是人死后的时间，而不是中国佛教所认为的来世，所以需要把"来世"改成"我去世后的那段时间"为妥。

（四）文学视域下的语境运用

在进行英美文学翻译时，毫无疑问，正确的逻辑思维是基础，可是因为东西方逻辑思维存在较大差别，所以翻译者在进行英美文学翻译工作时，需要进行文学思维上的适当调整。比如华兹华斯有诗作"that night when we meet"的意象，很显然和中国人含蓄的思维方式是并不相同的，如果译者能够将其直接对照于中国唐代诗人李商隐的名句"君问归期未有期，巴山夜雨涨秋池"，去掉了直白的意象，而增添了"巴山夜雨"的意境，虽然是对原诗的改动，但改动得比较合理，比较符合汉语使用者的思维方式，便是一种值得肯定的做法，它充分表现了原作者离乡在外时对妻子的思念之情。原诗与译文看似疏离，实际上却在情感上有更加紧密的对应关系，可以说是译者充分考虑到了文学语境之后的理想做法。

语境的各项功能存在相互联系的可能性，在英美文学翻译过程中，有些时候需要将单独一种功能的作用发挥出来，而有些时候则应当将几种功能合并使用，若是想达到翻译既忠实且完整的目标，译者便不能孤立地对原文信息给予处理，转而将目光的着眼点放在对语境作用的充分认知上，使语境各项功能帮助全面、真实地还原作品文化意蕴，产生更趋于完美的译作。

第七章 当代英美文学作品赏析

第一节 近代英美文学作品的中国形象变迁

在英美文学作品中，都可见中国人物形象。许多英美文学作品从政治、经济和文化的角度研究中国，因此，也成了外国人最早了解中国的窗口。随着社会的发展，中国人也在发生变化，英美文学作品中的中国人物形象也随之变化。19世纪的英美文学作品对中国人物形象扭曲得比较严重，信息时代的英美文学作品中的中国人物形象更加真实立体。研究近代英美文学作品中中国人物形象的变迁，使人们正向看待英美文学作品中的中国人物形象，促进国际文化交流。

在阅读近代英美文学作品时会发现作品中多次出现的中国人物形象，西方文学作者在创作作品时从政治、经济和文化等不同角度对中国人物形象进行描写。英美文学作品的创作者由于对中国的了解不深入，使他们作品中的中国形象的描写并不全面客观。随着时代的发展，中国人物形象在发生变化，随着中国与英美的交流日益密切，西方英美文学作者对中国的了解也越来越深入，他们作品中的中国人物形象也在发生变化。本节主要以近代英美文学作品中的中国形象为研究对象，分析形象变迁的意义。

一、英国文学作品中中国人物形象及其变迁

英国文学作品中的中国人物形象是从14世纪的作品中开始出现的，从14世纪到17世纪的几百年间在不断发生变化。英国文学作品中中国人物形象有正反两面，这是中国形象在英国文学作家眼里的变化所导致的，这种变化与中英文化的对立性也存在一定的关系，英国文学家以中国形象作为进行自我批评

的参照。英国文学作品在 14 世纪到 17 世纪的创作中，中国人物形象是正面的。在元朝时期，中国商品经济繁荣，与英国及其他海外国家交流紧密，英国及欧洲的商人来到中国，对中国美德的传播有重要的促进作用。1357 年，英国作家创作了一篇游记《曼德维尔游记》，作者曼德维尔在作品中利用想象手法对中国进行夸赞：大汗是世界上最强大的君王，长老约翰也不如他伟大，更别说巴比伦的苏丹和波斯的皇帝。在曼德维尔的想象游记中，元朝的中国是人间天堂，拥有珍宝、美食和最强大的君王，而且这位君王比巴比伦和波斯的皇帝更强大、更伟大。这本游记中记载了曼德维尔对中国强大政治和经济的描述，也记载了欧洲人对元朝和元朝时期君王的崇拜，《曼德维尔游记》奠定了欧洲文学对中国崇拜的基础。1599 年，英国地理学家理查德发表的《航海全书》对中国的税收、政府机构、农业经济、官员考核等进行了描述。在这部作品中理查德在对中国科举制度进行研究的基础上做了全面阐述，并对中国的儒家思想进行了宣传，他对中国人对文学和科学的重视表示赞同。1657 年，威廉·坦普尔创作了《论英雄的美德》。在这部作品中，威廉·坦普尔重点介绍了孔子及其思想，并赞赏孔子是爱国者。威廉·坦普尔非常喜爱和赞同孔子的儒学，他将对孔子的喜爱传播到西方，并将孔子的哲人形象在西方进行宣传，使孔子在西方成为大众人物。17 世纪后，中国的茶叶和丝绸、瓷器等传入英国，英国兴起了中国风，英国的普通建筑也采用中国园林建筑的样式进行构建。到了 18 世纪，依然有格尔斯密的《世界公民》表述了对中国文明的赞扬，称赞中国有非常完善的道德和法律制度，并在作品中利用中国的故事、寓言等对英国的社会风气进行讽刺，目的是推动英国社会的改变。18 世纪后，英国的工业革命使英国成为世界强国，自此英国为了显示自身的优秀，开始在文学作品中丑化中国人和中国形象。18 世纪到 20 世纪这段时间里，英国文学作品对中国形象以丑化和质疑为主，这给中国人民带来了精神重创，也使西方文学作家对西方文化失望。1901 年，狄金森创作了《约翰中国佬的来信》，他在作品中先对西方文明给予了批判，并在此基础上对中国文化进行了赞扬，同时对中国人的形象给予了正向肯定。狄金森的书被广泛认可，在受到赞美时狄金森甚至觉得自己就是一个中国人。1920 年罗素的《中国问题》在摒弃了对中国的偏见的基础上对中国人进行了正向评价：中国人有耐心、中国人热爱和平、中国人更加豁达。罗素也指出，要想治疗西方文明的创作，需要对中国文化和中国文明进行学习。威廉·塞姆赛特·毛姆是英国文学界的泰斗，他对中国文化感兴趣，他的作品中的中国人物形象也更客观。他的作品《在中国屏风上》《彩色的面纱》都是在中国游历后收集素材进行创作的。对威廉·塞姆赛特·毛姆的作品进行研究我们发现，他眼中的中国是独特的：中国拥有美丽的自然风光，但是受到了侵略者的严重破坏，这是事实是史实，也是他对中国进行深入了解后的创作。

二、美国文学作品中中国人物形象及其变迁

英国和美国在历史上有特殊的渊源，在近代早期，美国的文学作品与英国的文学作品一样，都充满了对中国人及中国形象的赞扬。美国文学作品最早出现中国人形象是在19世纪，主要是美国加州发现大量金矿后，大量中国劳工涌入加州进行工作。美国文学作品中最早的中国人形象是以美国的华人劳工为原型，此阶段的文学作品受美国种族主义的影响，对中国人物形象的描述都是负面的。美国小说家布勒特·哈特在1865年在他的作品中将中国人描写成异教徒；美国传教士阿瑟·史密斯在他的作品《中国人的特性》中将中国人物形象描写成中国人智力低下，神经麻木。《中国人的特性》出版后在全世界流行，对中国人及中国形象的影响是负面且长远的。美国文学作品中中国人物及中国形象的改变是在第一次世界大战后，第一次世界大战使美国人民受到了巨大伤害，也打击了西方人的优越感。在这种背景下美国的文学作家为了寻找光明，开始向中国文化求助，一位美国作家的侦探小说陈查理系列就是以中国人陈查理为描写对象，通过对陈查理沉稳、聪明和幽默形象的描写再次塑造了中国人正义睿智的形象。这部侦探系列小说将陈查理置于复杂的案件之中，陈查理在处理案件时通常会将案件与中国文化进行结合，以实现破案。与此同时，美国作家赛珍珠创作并发表《大地三部曲》，小说以勤劳、坚强和善良的中国农民为原型，取代了之前美国人心目中丑陋的中国人形象，改变了美国人对中国的形象，使中国人及中国形象走向光明。到了20世纪70年代，中国的经济快速发展，中国的综合国力变强，美国作家在自身种族优越性的支撑下再次对中国

人及中国形象进行丑化，主要代表作品是《中国阴影》和《中国觉醒了》。美国也同英国一样，有对中国人形象和中国形象进行客观描写的作家，美国作家彼得·海斯勒是中国人及中国形象客观描写的典型代表。中国在改革开放后经济快速发展，经济水平不断提高，综合国力不断增强，国际地位也明显提高。美国作家彼得·海斯勒通过纪实的方式创作了《中国三部曲》，作品对中国改革开放后的全面发展进行了介绍，三部曲中的《甲骨文》和《寻路中国》对中国的改革开放进行了详细研究，主要描述了中国社会体制的巨大变化和中国传统文化与现代文化的冲击，为中国新时代的文化交流及发展奠定了良好基础。美国作家彼得·海斯勒在中国生活了十几年，在这期间他对中国民众进行了深入了解和探究，他的作品是在历史事实素材积累和研究的基础上对中国人及中国形象进行描写，他的描写更加全面和客观。美国作家彼得·海斯勒认为中国百姓有善良和包容的一面，善良和包容使中国百姓更加豁达，但是中国百姓也有排外和消极的一面。中国人具有人格的双重性，中国人对自己的身体确认没有正确认识，这更能激发中国人的爱国主义情怀。

三、英美文学作品中中国人物形象的双重性

华裔作者在其创作的文学作品《喜福会》中的描写，主要是以新中国成立前的战乱为背景，作品主要描写了吴素云经常为女儿吴精美讲述桂林故事的场景"每日每时，都有上千难民涌进城里，簇拥在人行道上，四处寻觅栖身之所，人人都往人行道上吐痰，大家的身上散发着浊臭，他们用手挖鼻孔，又用挖鼻孔的手去推揉身边的人，龌里龌龊的"。作品中描写的这种现象是新中国成立前充满战乱的旧社会，也是残害女性的父权社会。作品中的每一个章节都描述了吴素云前夫的粗俗，吴素云对待前夫的态度是忍受，到无法忍受，打掉胎儿一个人搬到乡下居住。作品中的另一个人物形象龚琳达在2岁时被父母安排了娃娃亲。作品中许安梅的母亲因被富商吴青强奸，不但得不到家人的安慰，反而被亲人赶出家门，无奈给富商吴青做了四姨太。吴青在娶了四姨太后又马上娶了五姨太，四姨太的女儿也被二姨太抢走。为了抢回自己的女儿，并报复二姨太，四姨太最后吞食鸦片自杀。

华裔作家在进行《喜福会》创作中即对中国形象进行了批判，又展示了他内心深处对中华民族的感情。生活在美国的他，无法改变自己的华裔身份，同时又对美国社会的种族歧视强烈不满，他在创作过程中内心充满矛盾，他将母亲的落后与迷信描写得淋漓尽致，同时又颠覆了中国女性脆弱沉默的印象，塑造了慈爱且坚强的中国母亲的形象。华裔作家在《喜福会》中描述了四对母女因文化背景差异产生的情感冲突，目的是凸显中西方文化的不同。世界各个国家的历史和文化不是独立存在的，不同文化在碰撞过程中要相互包容和理解，以在尊重不同国家文化内涵的基础上促进国际交流。

近代英美文学作品中，中国人和中国形象一直存在，包括正面形象和负面形象，作品中的形象主要与中国社会及中国在国际中的地位相关。通过对近代不同时期英美文学作品的解读我们发现，英美文学作家大多凭想象杜撰中国人物形象，在国际文化交流中，将中国人及中国形象进行正向宣传，树立积极的中国人形象，发挥中国文化在世界发展过程中的最大作用。

第二节　英美文学作品中人文素养的社会体现

受欧洲文艺复兴的影响，英美文学作品的内容和形式发生了巨大转变。这些作品的转变是世界文学发展的动力，也成为人文素养在文学作品中得以体现的关键。在文化全球化的背景下，对英美文学作品中人文素养的研究可以助力于我国外语教育的发展。

我国教育改革不断深入，教育工作者对学生人文素养的培养更加重视。在外语教学中，英美文学作品蕴藏着丰富的人文素养。教师应该充分挖掘和利用英美文学作品，带领学生体悟和感受作品中人物的内心与情感，结合不同作品风格展开不同讲解，从而逐渐丰富学生的情感积累，提升学生的人文素养。

一、文学与人文素养概述

人文素养有助于帮助学生构建正确的思想内涵，形成恰当的人生观和世界观。人文素养更加倾向于个体内在素质的形成，主要指向价值观和发展意向，个体能力所占的比重并不是很大。从这个角度来说，我们可以将其理解为人文精神的特殊形式。人文素养与人文精神、道德精神、科学精神和艺术精神之间具有相互促进的作用。人文精神所探究的是人的思想和内心，推崇人的自由和解放，致力于打破各种传统的腐朽的思想和思维，从而促使人的价值在这个社会得到充分的发展和呈现。文学作品实质上是一个社会和国家的发展写实，它从实际生活中提炼而出，经过升华，其意义又远高于实际生活。文学作品建立在社会生活的基础之上，又集合了作者的想法和感情，并通过文字创立符合自己认知的社会形态。从这点来看，就能充分理解文学作品对社会及作者人文素养的依赖。英美文学是人类文化非常重要的组成部分，充分反映了当时社会的生活状况，具有很高的艺术价值和审美价值，也为世界文化的发展贡献了很大的力量。后人通过对优秀的英美文学作品的研读和分析，来提高自己的鉴赏和创作能力。

二、英美文学作品中体现的人的本质

英美文学作品一般通过细节化的方式将人的动作、语言、神色阐述出来，从语言上促使人物形象得以饱满，而人物的心理活动则不会用直白的语言表达出来，通常会采用人物的小动作或者其他人的视角从侧面描述出来，最后通过对几个主要人物以及周围环境的细化描写，提炼出所在时代的普遍情况和社会问题。例如《威尼斯商人》，以一场官司作为矛盾冲突的集中体现，对在场的主要人物进行细致的描写刻画，淋漓尽致地展现了善与恶、金钱与情感之间的对立，这也是其他作品中普遍出现的一个主题。为了更加充分地体现出这一点，作品对某些人物的刻画超出了合理的范围。以《威尼斯商人》中的夏洛特为例，其在文章中的出现就是为了说明人邪恶的一面。为了彰显主角的伟大和良善，作者对他的描写充满了"恶意"。无论从哪个方面讲，他身上都没有体现出任何的人情味，也没有任何优点。这一极端化的角色也成为这部作品受人争议的原因之一，而这也是很多英美文学作品具有的通病之一。

三、英美文学作品中人文素养的社会体现

（一）塑造鲜明的人物形象，彰显人性本质

很多英美文学作品所塑造的背景和环境都具有现实意义。作品中的人物大多是作者为满足自身情感而创设的，一定程度上代表了作者的某种愿望。这种现实主义的描写方式从侧面彰显了所处时代社会文明的进展情况。通过对各式各样人物角色的描写，明确了当时社会基本社会阶层的人物特点和生存情况，对当时社会的时代内涵和文化价值等进行了解释和呈现。以《哈姆雷特》为例，作品描写了一个本性良善、正直向上的王子哈姆雷特，他以自己的目光去看待这个世界，认为人类社会充满了幸福感，人类普遍具有正确的价值观念和发展观念。哈姆雷特竭尽全力进行复仇计划，其根本目的是让社会彻底变成自己所幻想的和谐社会。哈姆雷特在为父报仇的使命中，树立了扭转乾坤、改造世界的宏伟目标，并用尽全力去实现这个目标。无论是他的报仇动机，还是报仇手段，都体现出了这种正直、高尚的特点。这让读者充分体会了哈姆雷特对美好世界的向往，对真、善、美的追求。正如这部作品所言，人是这个世界上最为聪明的物种，因此其自身应该具有正确的价值观念，并怀有有益于这个社会的目标和理想，充分调动自己所具有的智慧、勇敢、坚强等优良品质去完成它。如果每个人都是这样，那么我们的社会就必然是光明的、和谐的，这也是社会发展的意义所在。

（二）设计鲜活的情节，刻画社会发展的基本形态

英美文学作品通过一个个画面中的情景化故事，体现了当时社会的主流问题，让人们对当时的欧美社会有了一个大概的了解。英美文学作品为世界文学做出了巨大贡献，也为社会历史学科对其进行研究分析提供了十分充足的史料。一般情况下，英美文学作品中的故事情节在很大程度上将现实社会情况情景化，进而升华出当时社会的普遍价值观念，也通过更加文学性的手法，促使事物更加生动起来，促使人们对当时的文化发展情况有了相应的了解。例如，《简·爱》描写了一名不畏命运的女性，她在经历各种艰辛、坎坷后，仍不放弃追求自己的幸福，赢得自己想要的自由和尊严。这部作品描写了那个社会中女性权利的

不断崛起，体现了人们的价值观念在朝着正确的方向发展。英美文学作品通过对人物和事件进行深入的描写和刻画，良好地体现了人文素养、社会发展趋势、时代特点等。

（三）源自社会生活，呈现不同时代下的人性追求

英美文学作品除了反映了当时的社会现实，也体现了人本身所期望的人性，通过各种情景化的描写，将这一核心理念进行深入的描写和刻画，使人文素养得到了淋漓尽致的挥发。《哈姆雷特》中的主人公看尽了人性的邪恶和阴暗，但还是希望能够凭着自己的努力唤起人的本性，还给人们一个和谐、美好的社会。《简·爱》从女性的角度描述了社会变化对女性的启迪，描写了那个社会的发展进步，也充分地体现了女性对权力和平等所具有的新的认知，并用尽全力去维护属于自己的幸福和自由，很大程度上帮助女性维护了她们的权利。

四、依托英美文学作品的人文素养提升策略

可以依托英美文学作品，加强对其他文化的认识和了解，从而促使人文素养的提升，具体可以从以下几点入手。

（一）认识文化差异，革新思维方式

中西方文化有着本质的区别，不宜用东方的文化思路来思考西方的文学作品。英美文学作品和中国文学作品之间最大的区别在于人物描写。研究者为切实地明确作品想要表达的核心精神和思想感情，可以从反复推敲词语入手，从词语上了解其想要表达的含义，再扩大到句子乃至段落中，从而全面了解作者对作品所赋予的内涵。很多学习者在研究英美文学作品时遇到的最大问题就是文化根基的差异。因而，学习者要从对作品的文化根基的了解做起，切实地领会作者想要表达的人文观念。

（二）增强审美水平，提高情感认知

学习者在加强自身文学素养的同时，也要有意识地提升自己的审美素养。学习者要对作者在作品中使用的语言和表达方式进行深入的了解，以便实现对整个作品的了解。不同作者的写作方式是不尽相同的，学习者在研究作品时应该对作者的写作风格进行深入的了解。由此可见，全面地提升自身的审美素养

是赏析英美文学作品的必要条件。

（三）提炼社会价值，形成思想共鸣

英美文学作品影响的范围和深度不断得到拓展，以女性为主人公的一些作品受到很大的关注。女性逐渐意识到自己在其所处社会应该具有的价值，开始抗争剥削和歧视、追求自由平等，给读者以很大的触动。以《简·爱》为例，作者所描绘的女主人公即便遭受再多的不公，仍不放弃追求自己想要的自由，为更多的女性追求幸福提供了精神上的支持。

（四）挖掘人文因子，完善学生人格

英美文学作品蕴藏着大量的人文素材，在语言表达方式、句法构成、语法规则等方面潜藏着人文因素。在教学过程中，教师要有目的、有针对性地开展人文教育，引领学生用心体会作品中的世界，感悟和联想自己的实际情况，从而实现自我人格的完善。在讲解文学作品时，教师可以鼓励学生写书评，使学生有更深刻的反思；也可以适当地为学生播放由文学作品改编而成的影视片，给学生以更有效、更直观的精神冲击，从而帮助学生认识到自己的不足。

充分剖析和挖掘英美文学作品中的人文素材是促进学生外语语言能力发展、提升学生人文素养的重要手段，也是我国素质教育背景下外语教学内容丰富、创新的结果。本节从四个方面对英美文学作品中人文素养的体现进行了研究，希望能够为相关教育工作者提供助力。

第三节　跨文化角度下英美文学作品中的语言艺术

不同国家的文学作品都是其历史文化的再现，有着其自身独特的艺术魅力。文学作品通过精练的语言来塑造形象、传达情感、传递精神，而不同的文学作品所展现的方式也存在一定的差异。因此，本节将站在跨文化的角度下，抱着接纳和尊重的态度来对英美文学作品中的语言艺术进行简单分析，体验英美文学作品中的语言运用技巧，以期能够更深一步地了解英美文化，提高自身的文化素养。

文化具有非常多变的特点，不同的民族有着不同的文化特征，人们很难根据自己的文化来定义其他民族的文化。跨文化是指采取包容和尊重的态度对那些与自己民族文化有着一定差异的文化现象予以接受。在历史文化演变和发展的过程中，有无数优秀的文学作品的流传下来，这些文学作品涉及不同民族的语言艺术，而站在跨文化的角度来对这些作品的语言艺术进行深入分析是一个有着时代意义的课题，可以引导我们更多地包容和尊重他国文化。

一、如何站在跨文化视角欣赏英美作品中的语言艺术

（一）尊重文化之间的差异

站在跨文化视角来欣赏英美作品中的语言艺术，需要对"跨文化"有深入的了解。我国有自己的文化特色，而英美文化与我国文化有着非常大的差异，为了更好地理解英美文学作品语言艺术特色，那么就需要尊重不同文化之间的差异，包括民俗风情的差异、思想的差异、价值观的差异、历史的差异、生活的差异等。比如，我国认为"个人主义"是一个贬义词，代表着自私自利，而在英美国家则认为个人主义是一个美好的词汇，甚至很多英美文学作品中强调个人主义、崇尚个人主义，甚至认为其是民主的代表。基于上述差异，在欣赏英美文学作品中的语言艺术的时候，必须要先尊重文化之间的差异，然后才能对其语言艺术有更进一步的了解。

（二）交际性和实用性并重

在跨文化视角下，对英美文学作品中语言艺术的研究需要充分接受客观事实，注重交际性的同时也注重实用性，加深对文学作品的认识。在实际情况中，交际性可以看成是实用性的延伸，而语言是交际的主要手段和载体，只有自身的交际能力提升了，才能够对英美文学作品中的内容有基本的认识和进一步的解读，实现文化之间的渗透和互通。

二、英美文学作品的语言艺术之源

任何一个国家的文化都不是凭空产生的，任何一个文学作品也都有自己独特的背景和发展历程。英美文学作品及其语言艺术与我国有着很大差别，我国

文学作品的语言艺术来源于几千年历史文化的积淀,而英美文学作品语言艺术则更多地来源于古希腊、古罗马的神话故事,还有意义深远的文学巨著《圣经》。

(一)古希腊和古罗马神话故事中的语言艺术之源

英美文学作品中的语言艺术很多都来源于古希腊以及古罗马的神话故事,甚至很多英美文学作品中会直接引用。莎士比亚、赫西俄德等著名文学大师也都在其作品中使用了古希腊和古罗马神话故事。此外,古希腊以及古罗马神话故事中在刻画人物形象、性格等方面都有着一定的特点,习惯将人物"完美化",习惯借助语言来凸显高贵的品格、乐观主义、英雄品质、自然美等,而英美文学作品则是借鉴神话故事来将以上内容表达得淋漓尽致。

(二)《圣经》中的语言艺术之源

《圣经》是一部文学巨作,对人类政治、经济以及文化的发展有着重要的影响,是英美作品的主要来源之一。在英美作品中,对《圣经》的引用主要分为三种方式,第一种是将《圣经》中的典故直接引用到文学作品中,第二种是将《圣经》典故中的寓意直接应用到文学作品中,第三种是将《圣经》中的某种精神思想渗透到文学作品中去,并通过精练的语言让文学作品更具感染力。

三、英美文学作品的语言艺术特点

(一)引用经典

在英美文学作品中,多方面引用经典是其语言艺术特点之一,通过简单的语言折射出耐人寻味的人生哲理和内涵。比如,在一部文学作品中,作者会使用一个人名、一个特殊词汇等,虽然看上去很普通,但是其背后却隐藏着耐人寻味的故事和寓意,如果读者不知道其原本的意思,那么就不会读懂作者所要表达的内容。特别是在原著经典中的寓意,一些作者会直接搬用到文学作品中,这样不仅增加了作品的艺术性,同时也提高了作品的欣赏价值和整体内涵。

(二)源于现实而高于现实

英美文学作品中的语言艺术特点有很多都是源于现实而高于现实的,不同的英美文学作品的语言特点是与其所在的社会文化背景紧紧联系在一起的,更多地反映出作者对社会、生命、价值、人生等方面的体验和感悟。由于英美文学所处的社会背景和环境较为多变,因此,其文学作品的语言艺术风格也是非常丰富的,表现力较为多元化。很多作者都会在文学作品中融入更多的生活内涵,并通过艺术的形式展现出来,包含更多主观性色彩较浓的内容和情感因素,给人们的灵魂以震撼,因此,才会说英美文学作品的语言艺术特点是源于现实而高于现实的。

四、英美文学作品的语言表达形式

英美文学作品的语言表达形式通常有其独特的风格,或是诙谐幽默,或是活泼生动,或是畅快明了,不同的作者有着不同的表达方式,笔者总结了以下几种常见的表达方式。

(一)押韵

押韵是英美文学作品中较为常见的表达方式,特别是在诗歌中,其使用频率较高,很多诗歌中的韵脚都是在为诗歌结构而服务的。在文学作品中使用押韵的表达手法,不仅能够使诗歌读起来意境绵长,同时也可使其回味无穷,往往能够将作者所要传达的内容更加自然、生动地表达出来,打动读者的心灵。此外,诗体小说中也会有适当的押韵表达手法,这样往往能够使语言更具乐感,更加生动地展现人物的心态和事物发展的进程。比如,埃德蒙·斯宾塞的代表作《仙后》,由于斯宾塞是一个注重美感和韵律的人,因此,其在《仙后》诗歌中非常注重韵律,为了韵脚而修改了部分词汇,甚至用自己发明的 stanza 来写,为的就是突出罕见的美感和完美的韵律,给人以奇妙的想象。在其诗歌中,斯宾塞还大量使用了有特色的语言模式和古老的词汇,不仅为诗歌增加了一定的乡土气息,同时也让诗歌更加押韵。如:A Gentle Knight was pricking on the plaine, Ycladd in mightie armes and silver shielde, Wherein old dints of deepe wounds did remanine, The cruell markes of many a bloudy fielde; Yet arms till that time did he never wield; His angry steede did chide his foming bitt, As much disdayning to the curbe to yield; Full jolly knight he seemed, and faire did sitt, As one for knightly giusts and fierce encounters fitt.

（二）比喻象征

比喻象征表现手法是英美文学作品中较为常见的语言艺术。在英美文学作品中，很多作者都会在自己的作品中使用比喻手法，具有非常强烈的立体感。比喻象征手法可以带人走进一定的场景，构思出一幅幅美妙且立体的画面，反过来，完整的画面也能够帮助人们理解文学作品所要传达的思想情感，身临其境地"走进"文学作品中，这也就形成了文学作品的一种语言表达手法——松散的象喻。借助松散的象喻，作者可以将抽象的事物具象化、刻画人物复杂的内心世界、描写人物生动的性格特征，让文学作品在凸显艺术性的同时也能够通俗可感，与读者的心灵遥相呼应。比如，莎士比亚在《哈姆雷特》中曾运用大量松散的象喻来刻画哈姆雷特的人物特征以及描绘其复杂的内心世界，给人们留下了深刻的印象。

（三）戏剧性独白

除了上述两种方式之外，戏剧性独白也是较为常见的语言艺术表现手法之一。戏剧性独白主要是指作者不再单纯地进行描述，而是"退居幕后"，通过文学作品中的人物并以第一人称的口吻来进行故事的叙述，将作者自身的思想通过作品中的人物直观地表达出来。从戏剧性独白的本质上来看，其更加注重"戏剧"以及"独白"，注重的是对故事情节的把握，具有非常明显的客观性、突出性。在实际情况中，戏剧性独白通常在抒情诗、信体诗以及怨诗中使用。其中，戏剧性独白在抒情诗中的应用注重突出说话人物的情感，抒情是主色调，使情感表达更加真实具体；戏剧性独白在信体诗中的应用则注重细腻的情感，通过"我"来代替作者书法情感，如《爱罗莎至亚贝拉的信》中，用戏剧性独白描写了诗人与爱罗莎的距离，更好地突出了作者的情感；戏剧性独白在怨诗中的应用为作者情感的渲染提供了更好的方式，在怨诗中，具有代表性的是《王公们的败落》，以王公贵族对自身事迹和经历的陈述来抒发情感，从而达到"以史为鉴"的目的。

综上所述，英美文化同我国文化一样，都是博大精深的。为了更好地与世界共同进步和发展，我们应当要站在跨文化的角度下、站在尊重文化和包容文化的角度下来对英美文学作品进行了解和赏析，对其语言的艺术之源、语言特点以及语言的表达形式进行全面了解，汲取英美文学作品的精华，以此来促进我国文化与世界文化的接轨和共同发展。

第四节　英美文学作品的语言运用及其关联性语境

随着时代的进步，全球范围内的国家逐渐加入了全球化建设这一进程之中，各国之间的经济、文化交流也因此加强。其中，英美文学作品就是当前我国语言学者、文学学者研究的一项重要文化领域。在研究中，学者们发现，英美文学作品与我国文学作品在语言运用上存在很大的不同，并且，其关联性语境也存在着一定差异。因此，本节就对英美文学作品的语言运用以及其关联性语境的特殊性进行简单分析。

所谓关联理论，就是指在创建故事背景、情节的过程中，作者为使自身所要表达的观念清晰地呈现在受众面前，利用对所创文学作品语境的处理达成思维内容摄像。而文学作品在经过作者语言技巧方面的独特处理后，就会使读者由自身判断能力、知识水平等构建出一个符合自身预期的语境。因此，在文学作品品读中，读者的阅读感悟就是对文学作品语境、语言进行重新建构的过程，英美文学作品亦是如此。

一、英美文学作品语言运用的关联性语境存在特殊性

在对英美文学作品中的语言运用进行探讨时，首先应当明确文学作品作为一种文体形式，其有别于其他学科——文学作品主要擅长在感性思维的视角下，利用艺术手段进行渲染，创建一个更加合理化的情境，使阅读者的思维、想法受到影响。而其他学科则与文学作品不同，其主要倚仗于理性思维，并在实用性的视角下，对生活中的事物进行客观分析，进而产生认知。由此可以看出，前者需要阅读者、学习者具有更强的感性思维，并在其中加入较多自身对艺术的感受，而后者则需要学习者在理性思维方面拥有一定的基础，并保证在不改变事物客观形象、特征的前提下对事物产生认知。

在文学作品的创作中，作者需要结合自身经历、感受等，利用故事建构或

语言描述的方式反映作者眼中的现实生活。在文学作品的建构中，作者需要利用一些更细节化的语言对作品中的主人公形象、想法、背景等进行描绘，并使阅读者在阅读过程中能将自己充分代入其中，深入体会主人公的感受以及主人公如此作为的原因。因此，在进行英美文学作品品读的过程中，应当充分体会其中语境，并做好对这一语境的分析，这也是阅读者能否把握文章主要内容的关键。

威廉·莎士比亚是文艺复兴时期英国的一位伟大的戏剧家、诗人，其作品即便在今天仍有较强的影响力。如《威尼斯商人》就是一部较为经典的作品，其中主体歌颂的友谊、爱情与仁爱，反映了那一时期资产阶级与高利贷者存在的矛盾。这一戏剧的成功之处在于对夏洛克这一冷酷无情、唯利是图、自私自利人物形象的塑造。在初次阅读《威尼斯商人》这部作品时，大部分人会为鲍西亚的机智、安东尼奥的善良所折服，并深深厌弃商人夏洛克的冷血无情。然而，结合时代背景，不难看出，夏洛克这一犹太商人的人物形象之所以深入人心，并非仅仅是由于这个人物自身存在的缺点，还由于这个人物作为犹太人，在当时的资产阶级社会背景中，处处遭人厌弃，即便夏洛克是一个善良的人，在那样一个充满种族歧视的社会中，他仍然很难成为一个安东尼奥一样受人欢迎、受人尊重的人。

当阅读者在品读《威尼斯商人》这一戏剧作品时，很多人都会由于作品表面所表达出的"惩恶扬善"主题而拍手叫好，然而，莎翁作品所要表达的却远远不止于此。可以说，《威尼斯商人》之所以成为一部经典，是由于它其中饱含的对人们内心深处的拷问，并警醒人们以辩证的角度去看待生活中的一切。从语言的角度来看，莎翁在写每一位人物的语言时，都将其语言方式与文化背景充分融合，如夏洛克言语中对公爵的尊敬以及对商人安东尼奥的恶毒等，都是关联性语境在特殊性方面的具体表现。

二、英美文学作品阅读会充实原有语言语境

在文学作品的品读中，需要对文学作品的特定语境创设理解方式。目前，在英美文学作品的阅读赏析中，很多语言学家都曾发表过自己的观点，这些学

者的观点不尽相同，甚至于南辕北辙。

一些语言学者认为，在文学作品中，语境是一种信息传播者与信息接收者共同具备的文化背景，它为倾听者对信息传播者所传输信息的理解提供基础，也就是在这种文化背景下，倾听者会对信息产生怎样的解读，其语境思维会如何延伸、扩大。这种观点认为，通过思维的扩展，阅读者会对文学作品产生更加深刻的认知，尤其在对一些外国名著，如英美文学作品的品读中，这种方法会使阅读者产生更加直接的阅读感受。还有的学者认为语言语境就是一种语言环境，也就是一种包括文化、社会背景在内的语言行为发生时的实际情况。在这种理念下，语言所表达出的含义与语境之间的关系颇为紧密，表现在文学作品中，即为同一个语句拥有较多不同的含义与表达方法。

基于文学作品的文字、语言、文化组成的特性，在语言语境的探究方面，其不单单代指由文字创造的具象化场景，还包括以某一种文化为大背景的大型语境。语言语境一方面表现出了作品所讲述的时代、社会背景，另一方面还表现出了上下文中所涉及的内容以及一些无法用言语所表达的环境。在英美文学作品中，英语是主要的语言符号，在品读中，阅读者可以充分了解上下文中所提到的故事性背景，如事件发生的时间、人物、场地等，这种背景更加具象化。

迄今为止，无论是语言学者还是文学著作研究者，对语言语境这一概念的理解仍然没有完全达成统一，因此，笔者仅列举其中几项观点作为例证对语言语境进行阐述。

三、关联性语境信息拓展的有效解决

（一）弥补上下文语境的不足

在利用语言进行语境构建中，可以充分发挥文学语言的关联性特点，并以此弥补整个文章中存在的语境缺陷。在英美文学作品的品读中，这种语境缺陷的弥补需要依据上下文关系、语法、词汇等因素决定，在缺陷弥补完成后，就可以由阅读者利用自身的创造性思维对其中含义进行深入思考，进而获得其中的语言信息，形成对作品内容的"印象"。

如《贝奥武夫》这篇叙事长诗主要讲述了Scandinavia英雄贝奥武夫的英

雄事迹，其中歌颂了英雄贝奥武夫英勇、果敢的品质。这首长诗的年代较为久远，其手抄本已经有了一定的损坏。然而，经过语言学家的还原，这种长诗最终呈现出了其本来的样貌。这不仅仅归功于语言学者在语言、文化方面的深厚功底，还包括主语关联性语境在弥补上下文语境不足这方面发挥的作用。即便其已经有部分单词、句子发生损坏，且其中的语法与当今英美英语语法存在一定差异，但通过对其中其余部分语句单词的解读，仍可以读懂这一作品的丰富内涵，并在心中建立起贝奥武夫这一人物形象。

（二）社会文化语境

从广义的角度来看，关联性语境在进行信息拓展的过程中，其中涉及了语境的构建，是社会文化语境的一种。从形态上来区分，这种语境属于一种可以发展、传播的社会文化形态，这种形态对阅读者的生活有着重要影响，其中甚至涉及包括人们衣食住行、生存生活在内的各个方面。在思想层面上，这种形态还涉及了人类的价值观念、世界观念、人生观念。

作为西方文学中的重要组成部分之一，英美文学作品在文化方面与我国文化一样，同样具有育人作用，这些文学作品引领人们的思想走向更高的境界。由于英美文学作品中所创设的语境着重体现于"关联"二字之上，因此，这种管理会帮助阅读者实现"内涵"与"表象"的结合。在英美文学作品中，充分体现出了人类内部潜质、外部表质之间的关系，明白了这一点，英美文学作品的深入品读自然不再困难。

英美文学作品素材来源于生活，但其作为一种艺术形式，要高于生活，因此，当其脱离生活正式成为一部文学艺术作品时，它往往要比生活中的各项事物、思想层次更高。因此，无论是在文学作品的品读中，还是在英语语言知识的学习中，均应当注意其中所想要表达的真正内涵，并结合时代背景对作品的创作意义与作者想法进行深入探究，进而达成对作品赏析的目标。

总而言之，在进行文学作品品读时，为使作者创作用意能直观地展现出来，读者应当对文学作品的文化背景、作者创作风格等进行深入了解，以期获得更多思想上的共鸣。在品读英美文学作品时，读者不仅需要考虑英美文化背景，还应当充分关注其中的关联性语境，并以此为参考对作品进行深入分析，使作品内涵、作者想表达的含义充分展现出来，并为自身文学素养的建设做出贡献。

第五节　英美文学作品的语言美分析

英美文学作品中的语言存在着较多的美感，如音韵美、结构美、精确美等，继而为读者深刻体会文学语言的独特魅力提供了川流不息的资源。鉴于此，本节从英美文学作品语言美的具体体现、英美文学作品语言美探究的原则与策略两个方面进行探讨，笔者结合自身经验提出几点意见。

英美文学在世界文学当中扮演着重要的角色，尤其是在资本主义发展鼎盛阶段对世界文学的发展产生了深远的影响。直到今天，深度剖析英美文学已经逐渐演变成跨文化交际等各种学科多领域发展必不可少的话题。显然，本节针对英美文学作品语言美进行深入探讨具有一定的现实意义。

一、英美文学作品语言美的具体体现

语言美作为艺术美中的重要组成部分，文学作品的语言美往往集中在以下几个方面：一是语言叙述；二是写作技巧；三是主题情节的安排上，将强化人物、作品的形象性等方面当作重要的表现方式。从英美文学作品的角度出发，其通常体现在戏剧性独白的运用、多样写作手法的使用、多引经据典这三个方面上。

（一）戏剧性独白的运用

从客观的立场来讲，英美文学作品中使用次数最多的莫过于戏剧性独白这种写作方式了。针对戏剧性独白，其简单地说是将人物与作者的思想感情采取语言独白的手段充分彰显出来进行甄别。该写作方法的有效运用，不但可以协助作者理清作品的来龙去脉，还可以对人物的情感动态加以明确。不只是这样，该写作方法的科学运用可以在无形当中强化作者的思维意识，以此来增强作品的多维性与全面性。

（二）多样写作手法的使用

结合相关调查可以发现，在不少英美文学作品当中经常会使用到以下几种

写作方法：一是隐喻；二是反讽；三是自嘲；四是象征风格。如果在一个英美文学作品当中灵活运用各种各样的写作方法，那么不但可以增强叙述语言的美观性，还能在无形当中令作品当中的人物性格等方面变得惟妙惟肖。这里将霍桑撰写的小说《红色》当作主要论述对象，该作品当中就使用了各种各样的写作方法，如讽刺手法、象征手法等。该作品中森林的意象，将森林和社会进行了详细比较。不仅如此，该作品当中通过对具体故事情节的大量描写，原本善良的白兰却遭受了绞刑架的审判，显然在整个作品当中借助于讽刺的写作方法可以从侧面反映出当时的社会现状。

（三）多引经据典

所谓经典，简单地说是在历史发展期间依赖于历史沉淀、广大人民不断总结而衍生出来的智慧结晶，其同样也是人们价值观以及内心感悟的充分表现，其语言特征主要与以下几点存在着密切的联系：一是经典文化认同性；二是蕴藏的哲理性；三是语言上的简洁性。结合相关资料可以发现，引经据典这种写作手段的使用次数比较高，在英美作品当中充分利用了经典片段、词汇等，因此会在无形当中令文学作品的语言更具简洁性。

二、英美文学作品语言美探究的原则与策略

（一）准确把控好当代关于英美文学的艺术理论总结

针对英美文学作品语言美的探究来说，第一件事情就是要对英美文学的发展动态加以明确，并在此基础上充分利用英美文学的艺术理论，这样做的目的是为了对英美文学在每一个发展阶段的特点做到熟练掌握。结合相关资料可以发现，古希腊罗马神话作为英美文学作品当中的重要组成部分，英美文学作品主要以人物刻画为主，充分体现人性价值的写作特点往往与这一时代存在着千丝万缕的关系。从客观的角度来讲，基督文化的应运而生会在很大程度上对英美文学的文学意识发展形成深远的影响。除此之外，基于跨文化背景之下，对英美文学发展历程进行深层次的分析是深度挖掘英美文学作品语言艺术风格转变的主要因素，像美国文学主要来自英国文学且很容易受到该国家的干扰，随着时间的流逝美国文学才慢慢演变成为与众不同的文学体系。

（二）英美文学作品语言美探究的原则

在对英美文学作品的语言美进行深层次分析的时候，还应当始终遵循跨文化交际的原则不动摇。站在客观的立场来讲，英美文学作品语言艺术与我们的生活存在着息息相关的联系，无论是针对哪种文学作品的写作来说均来自现实但却比现实更具有深度的艺术表达。所以，在对英美文学作品语言美进行深层次分析期间不单单要充分尊重跨文化交际的理念不动摇，除了要将"他我"融入相关阅读以外，还应当始终秉承"本我"的态度深度剖析英美文学的语言表达，只有这样才能令英美文学语言美的价值得以充分展现。我们设想一下，如果想要将英美文学作品融入特定的年代中，在全面了解社会特点的基础上才能从深层次挖掘作者的内在情感，才能促使读者从英美文学作品当中熟练掌握每一个人物的性格特征以及故事情节。显而易见的是，我们应当紧跟时代的脚步，不断将自身的文学欣赏水平等加以提升。

基于跨文化背景之下，相关人员一定要将目光放在英美文学作品的美感上面，通过语言来充分彰显作品的独特魅力，以便对英美文学的发展动态等做到了如指掌。希望在本节的论述下，可以给相关人员带来启发，为我国文学事业得到良好发展打下扎实的基础。

第八章 英美文学叙事的研究

第一节 英美文学叙事写作手法

在英美文学的发展中,对于写作手法和写作技巧十分重视。不同于我国文学写作对文学价值的关注,在英国文学写作中,严谨、丰富的文学语言一度十分流行。美国文学在此基础上,融入美洲传统的部落风情,对情调、生活、正义、自由等进行凸显,因而形成了强烈的对比。在英美文学作品当中,通过其独特的写作手法,能够更加精彩地表现出作者的精神和思想。

一、英美文学叙事写作手法的重要意义

(一)大学中对英美文学学习的集中

在我国当前很多高等院校的教学当中,学生对英美文学原著的阅读不够重视,对英美国家的社会形态、发展历史等,也缺乏应有的了解和认知,因此,学生在对英美文学进行阅读的过程中,往往由于基础较为薄弱,对文学素材的背景信息不够了解,因而在阅读过程中时常会遇到较大的困难。正是由于这种教学模式中存在这些问题,在进行英美文学内容的学习当中,对英美国家的发展历史应先进行了解和掌握,透彻地分析和认识英美国家的历史文化发展,同时对英美文学的叙事写作手法进行掌握,对文中作者希望表达的思想,以及相应对象的寓意等进行体会。这样,能够逐渐形成大学生学习英美文学的潮流,从而让学生对英美文学的主旨进行更为良好的把握和学习。

(二)加入 WTO 之后激烈的国际竞争

随着我国经济的快速发展,尤其是在加入 WTO 之后,国际的竞争日益激烈,

因此，作为世界通用语言的应用也发挥了更为重要的作用。在交通、社会、政治、商务等领域当中，对英语进行恰当的应用，能够强化国际交流与合作。因此，在学习英美文学的过程中，不但实现对英语的词句构成、基本语法等进行学习，还应当注重英语文学写作能力、实际应用能力的培养。对此，可以通过对英美文学叙事写作手法的研究来予以加强。此外，在英美等国家的人民生活中，对于享受、风趣较为重视，对于人际沟通也较为关注。而在英美文学叙事写作手法当中，都能够得到良好的体现。因此，对于人与人之间的情感交流、道德升华等，这些叙事写作手法都能够发挥良好的作用。

二、英美文学中常见的叙事写作手法

（一）隐喻的写作手法

在传统的英美文学作品当中，作者塑造的主人公基本上包括两种方式，分别是作者内心潜在意识思想的表达，或是作者真善美的理想化身。因此，需要采用大量的形象载体，以便依托文学内容。例如，在动物叙事类的作品中，作者对大自然当中的普通动植物进行描绘，从而实现了对鲜活的人物形象的塑造，通过对动植物的描写，起到喻人的作用。例如，在C.S.路易斯的《纳尼亚传奇》、弗莱克·鲍姆的《绿野仙踪》、杰克·伦敦的《野性的呼唤》、乔治·奥威尔的《动物庄园》等作品中，都是通过对动植物的描绘，采用隐喻的写作手法来体现人物性格，对人类社会当中的一些道德意识进行表达。他们对动植物的生动描绘，体现出了人类社会中的缩影，利用隐喻的写作手法，对人类社会中的悲催情感和人性泯灭进行了深刻的揭露。

（二）意象的写作手法

在英美诗歌当中，对人或事的形象化描述，就是意象写作手法，通过凸显客观的人或物，能够使自我美感与价值得到体现，从而让读者对其中的象征性含义和意义进行了解。例如，在英国诗人约翰·济慈的诗歌《夜莺》当中，有一段话是这样的："Tis not through envy of the happy lot…Singest of summer in full-throated ease."在这部分的描写当中，充分地体现出了英美文学中的意象美，通过意象叙事写作手法，对动人的美丽环境进行了描绘，从而让读者体会到了诗歌中的活力和生机，也感受到了主人公的情感色彩和环境的优雅感，从而对这首诗歌产生了更大的喜爱，在诗歌所塑造梦幻世界中陶醉自我。

（三）主旨隐遁的写作手法

很多英美传统作家对于社会往往具有良好的特请和愿望，因而对社会中存在的不合理现象，通常都会利用人道主义的思想武器进行批判，从而对社会中存在的阴暗面加以揭露。而在当前的一些英美文学作品当中，对于作者所要表达的观点，或是一些明确的结论等，基本上已经很难直接发现，只能体会到一种模棱两可、似是而非的体会。例如在卡夫卡的《城堡》、塞缪尔·贝克特的《等待戈多》等作品中，不同的人欣赏，可能会得出完全不同的体会和理解。而这些作品本身就能够做出多种不同的解释，有时甚至连作者自己都不清楚想要表达何种意境和主题。对于不同人生经历、不同社会环境、不同历史背景下的读者，在这种主旨隐遁的写作手法中，往往都能够得到不一样的情感体会和内容理解。而在现代主义的英美文学写作当中，主旨隐遁的写作手法已经成为一种重要的叙事写作手法。

（四）崇尚自由的写作手法

在英美文学的发展历程中，逐渐产生了崇尚自由的写作手法。在传统的文学写作当中，往往只具有极为狭小的自由度。作家在写作过程中，会受到传统政治、社会、文化诸多方面的限制和约束。在写作过程中，作家还要对一些特定的表现手法、写作原则、写作规律等加以遵守，甚至需要按照固定的形式对作者的情感进行表现。在20世纪之后，基于西方现代主义文学的影响，逐渐形成了自由写作的手法，在文学创作当中，更多地应用了崇尚自由的写作手法，从而寻求无拘无束的自我表现。例如，在美国作家威廉·福克纳的《喧哗与骚动》当中，作品主要分为四个部分，却并不是按照固有章节的顺序进行叙事，在空间、时空上，都进行了不断的变换和穿插。通过这种方式能够增强作品的可塑性和空间性，从而使文学作品的艺术感染力得到增强。

（五）客观的现实主义写作手法

在英美文学叙事写作手法当中，客观的现实主义写作手法较为常用，对于描绘客观事实较为注重，对认知和了解客观事实进行强化，在背景写作、环境塑造等方面功底较强。通过作者本人对客观人物、客观物体的语言、动作、意识、形象等方面的描述，让读者对事物或人物产生更加深刻的了解，从而形成更加鲜明的印象，对故事真实性的加深和写作内容的丰富，都有着较为良好的作用。例如，在《老友记》当中有这样一段话："Monica：Oh，the way you crushed Mike an ping pang was such a turn-on.Monica：Year，you can hear everything through these stupid walls."在这段话中，是通过当事人的身份进行语言表达，对客观叙事写作手法进行了应用，从而让读者更加深刻地理解和人物的态度、心理等变化。

与中国相比，英美国家在历史背景、文化传统、思想观念等方面，都存在着很大的差异，因而各自具有不同的价值观念和思想认知。而在文学领域当中，英美文学取得的成就是有目共睹的，之所以能够取得如此高的成就，正是基于英美文学叙事写作手法的有效运用，在作品中体现出了独特的艺术特性。

第二节 叙事视角在英美文学教学中的导入

现如今，很多高等学校都会将英美文学纳入日常的教学课程安排，旨在不断拓展学生的学习思维，培养学生的综合文学能力和素养。而在英美文学的具体导入教学中，为了能够推动英美文学教学活动更好地开展，运用文学批评的叙事方法是非常必要且迫切的。从英美文学教学的导入出发，运用文学批评中的叙事方法，将英美文学教学内容简单化和叙事化，让学生能够更好地学习和理解英美文学的教学内容，增强英美文学的教学效果，促进学生更好地掌握英美文学中的人物性格特点，把握英美文学的整体结构和脉络，不断培养和提升学生的综合素养和品质。

一、英美文学教学的现状分析

英美文学是学生必修的专业课。目前，由于英美文学教学方法、教学模式的落后和传统，学生学习的兴趣和积极性得不到更好的调动和激发，英美文学课堂教学的氛围并不活跃，不利于高效率地进行英美文学课程的教学，也不利于培养学生良好的英美文学素养和品质。下面对英美文学教学的现状进行有效的讨论与研究：

（一）学校和教师缺乏对英美文学教学的重视

随着社会的不断进步、经济的不断发展，英美文学教学遇到越来越多的障碍和困难。很多学校为了能够使学生更好地就业和从业，过多重视对英语实用性课程的教学，如旅游英语、法律英语、实务英语和外贸英语等。这些英语教学科目不仅受到教师的重视，而且受到广大学生的青睐，而英美文学课程的教学则越来越被忽视。缺乏必要的教学重视，不利于英美文学教学课程的更好开展。

（二）英美文学教学课程缺乏实用性教材

现在很多学校英美文学教学中所使用的教材内容过于陈旧，学生学习兴趣丧失，这使得英美文学史的教学效果并不理想。一些早期的英美文学史教材内容对于学生而言，可能会存在很大的学习难度和理解难度。因为在这些英美文学教材中有大量的生字、生词，篇幅较长，背景比较久远，教学课程的课时加长，教师要花大量的时间去讲解词汇、作者、文章结构，对英美文学作品中的情节和人物有所忽略，不利于英美文学教学效果和教学质量的更好提升。

（三）英美文学教学方法和模式过于单一和模式化

在英美文学教学过程中，很多教师的教学思维和模式比较传统和落后，教学方法和手段过于机械和固定，一味地运用填鸭式或者灌输式的教学方法，学生的教学主体性地位会逐渐丧失，学生学习的自主性和积极性逐渐消磨，学生在英美文学中不能够得到更大的学习快乐。与此同时，在英美文学教学中教师的教学方法缺乏创新性，不利于更好地提升英美文学课程的教学质量和教学水平。例如在"Why I Want a Wife"的文学课程中，教师一味地照本宣科，沿用传统的教学方法，缺乏英美文学教学情境的有效创设，学生的学习积极性得不到更好的调动，不利于活跃课堂教学氛围，也不利于提升英美文学的教学效果。

二、叙事视角在英美文学教学中的导入方略探究

为了更好地培养学生良好的英语核心素养和学习能力，教师不仅要重视英美文学的教学，同时也要重视英美文学教学方法和教学方式的创新，从学生的

具体实际出发，结合学生的兴趣、爱好来开展英美文学教学活动，积极地运用叙事的方法来丰富英美文学的教学形式和内容，增强英美文学的教学效果。下面对叙事视角在英美文学教学中的导入方略进行具体的讨论和研究：

（一）重视叙事教学法的有效运用

在英美文学的教学活动中，教师要摒除传统、落后的教学思维，创新英美文学的教学方法，重视叙事教学法的有效运用。叙事教学法能够更好地理清语言教学的理念和思路，清晰语言教学课程的框架，重视对学生认知能力的培养，使学生的学习更加主动、积极，促进学生更好地了解英美文学的作用和内涵。在英美文学的具体教学活动中，教师要以叙事的视角来丰富和组织教学，引导和鼓励学生进入或者创造一个真实的世界或者情境，让学生参与其中，从情境中对英美文学的教学内容进行深入的认知和掌握，从而使得英美文学教学的效果和质量得到更好的提升。例如在"Why I Want a Wife"的文学课程教学过程中，教师可以运用多媒体教学方法来创设教学情境，从叙事的视角出发，将"Why I Want a Wife"的叙事情节以多媒体的教学视频来呈现出来，使得"Why I Want a Wife"的文学课程教学氛围更加和谐、生动，能够让学生更好地理解和掌握该文学课程的教学内容，增强"Why I Want a Wife"文学课程的教学效果。

（二）运用叙事教学法来挖掘英美文学的具体教学内涵

在英美文学课堂教学中运用叙事教学法，逐渐培养学生的文学素养和文学能力，引导学生以"文学的眼睛"来学习和探索英美文学知识，不断挖掘英美文学的具体教学内涵，将英美文学中的人物、事件、感情、生理和作者一系列的心理活动等都进行完整的构建和呈现，从而逐渐培养学生的认知英美文学、感悟英美文学教学价值的能力，促进学生更好地去学习、赏析、感悟和掌握英美文学教学的文化内涵，丰富学生的心理素养和文学涵养，促进学生更加全面地发展。

（三）以叙事视角来培养学生分析与鉴赏英美文学作品的能力

近些年来，在新课改的环境和背景下，为了能够推动英美文学教学课程更好地开展，教师要对学生的教学主体性地位予以充分、全面的重视，教师要给学生创造自主学习的机会和空间，引导学生自主学习和探究英美文学课程教学知识与内容。教师还可以从叙事的视角来导入英美文学教学,让学生先分析英美文学作品的叙事要素,分析和掌握英美文学作品的叙事结构、叙事方式、叙事主体等要素,同时教师还可以从英美文学课程的字词开始,逐渐向句子、段落等方向进行讲授和渗透,从而使学生更好地掌握英美文学课程的学习方法和技巧,使得学生能够更好地挖掘英美文学作品的内涵,启发学生的思维,培养学生的英美文学素养。

综上所述,在开展英美文学课程教学时,由于对英美文学教学缺乏必要的重视,很多英美文学教学课程的重要性被忽略。再加上教学模式、教学思维的局限和落后,学生学习英美文学作品的兴趣和积极性得不到更好的调动和激发。基于此,教师可以从叙事教学的角度出发,培养学生鉴赏文学作品的能力,给学生创造更多的学习机会和更广阔的学习空间,让学生自主、独立地去探究和掌握英美文学作品的鉴赏技巧,不断启迪学生的思维、激发学生的潜能,促进学生的综合能力与素养得到更好的提升。

第三节　英美悬疑电影的叙事视角

叙事视角被马克·柯里等人认为是叙事学在20世纪最成功的研究内容之一。而相比于文学,电影中的视角有着更为复杂的意义。摄影机成为帮助观众完成"注视"的眼睛,摄影机对影像的捕捉,与被注视物体之间的距离和各自位置等,对叙事有着极为重要的影响。因此,在电影,尤其是叙事性电影中,视角往往都隐含了主创某种主观的思想态度,也关系着电影接受者对事件的大体判断。

一、零聚焦视角

零视角意味着叙事者所知所见要大于人物本身的视角,因此又被称为全知视角。零视角有助于主创自由地组织叙事线索,切换登场人物,抛出想要观众得到的信息。

例如,在克里斯托弗·诺兰使用的《记忆碎片》中,最开始诺兰运用了限知视角,并且用倒叙的方式串联起一个个片段,让观众如坠云雾。但是随着剧情的展开，诺兰开始提供另一个叙事视角，并且有意用黑白画面来将这一视角和之前的限知叙事视角区分开来。于是观众由此得知罹患了短期记忆丧失症的主人公莱纳自己都已经遗忘，或没有意识到的信息：莱纳和妻子曾经遭受歹徒袭击，莱纳自以为妻子被杀死，于是一直心存报复念头。而事实上，妻子并没有死于那次袭击，而莱纳则在那次遇袭中记忆大受损伤，令妻子心碎不已。最后，妻子在试探莱纳是否记得给她注射过胰岛素时，因为莱纳的失忆而被注射了过量的胰岛素死去，莱纳拒绝接受自己害死妻子这一记忆，于是开始了无穷无尽的寻找仇敌的人生。此时，知情的涉事者几乎都已死去，而莱纳本人依然为失忆所折磨，观众获得了一个超越电影中所有人物的视角，对注定陷入悲剧的莱纳心生悲悯。

当零视角被使用时，往往也就是悬疑得到解开的时候。如在马丁·斯科塞斯的《禁闭岛》中，电影的前半部分，观众一直追随泰迪的视角来调查一件疑窦重重的案件，而直到电影的结尾，电影才以全知视角揭露事实的真相：所谓的案件是子虚乌有的，泰迪本身并不是警官，而是一个因为战争创伤而杀死妻子的精神病患者。整个"调查"是岛上的医护人员为挽救泰迪而演的一场戏。随着叙事视角的变化，泰迪从一个主动的调查者变成一个被动的聆听者，这一令人惊讶但又合理的真相得以水落石出。

二、内聚焦视角

内视角意味着人物就是叙事者，观众得到的信息与人物是一样多的。在英美悬疑电影中，观众时常处于"侦探"身份，电影的叙事由侦探的侦查进度来推进，由于大量信息需要靠第三者的口头陈述来获得，此时，侦探的所见所得就是观众的所见所得，因此内聚焦视角是普遍存在的。

例如，在大量使用了内视角的大卫·林奇的《穆赫兰道》中，影片的前四分之三部分全部是女主角黛安的梦境，黛安在自己的梦中，化身为年轻貌美，具有演技天赋的女孩贝蒂，与一名陌生的失忆女子丽塔相逢。此时观众和梦中的贝蒂都不知道丽塔的真实身份，并且对与她有关的一切诡异事件都感到难以索解，如深夜丽塔为何会坐着疾驰在穆赫兰道上的车，并遭遇了车祸，为何会有人声称咖啡厅后面的墙有魔鬼，为什么会有一个蹩脚的杀手去杀人，而在杀人的过程中又被清洁工发现，还弄得警铃大作，结果手忙脚乱等。这一系列谜团在勾起贝蒂好奇心的同时，也在困扰着观众。

与之类似的还有如克里斯托弗·史密斯的《恐怖游轮》。在这部以西西弗斯式的"循环"为叙事核心的电影中，实际上出现了多个女主人公杰西，每个杰西都处于命运循环的不同阶段。而电影的叙事视角则始终跟随着第一个进入观众视野的杰西。观众通过杰西的视角看到了游轮上种种惊悚的、难以解释的血腥凶杀事件，甚至从杰西的眼中看到了正在展开杀戮的或是被杀的"自己"。这种叙事视角的固定保证了电影能有一条较为清楚的叙事主线，也给观众制造了恐惧、疑惑等心理效果。

而由于电影的多种拍摄和剪辑手法，在这门艺术的内聚焦叙事视角中，又可以分为原生内视觉聚焦和次生内视觉聚焦两种视角切换方式。即用画面上的变动提醒观众此刻视角已经是人物视角。原生内视觉聚焦有赖于对画面的特殊处理或摄影技巧的运用。如画面出现模糊、晃动等，观众就可以理解为此时的画面来自一个人物的眼睛，而人物正在流泪、晕眩、跌倒等。次生内视觉聚焦则是使用画面按照先后顺序的切换来表示进入人物视角。例如，在布拉德·安德森的《机械师》中，时间对于罹患了精神分裂的莱茨尼克具有重要意义，在一年前他撞死了一个小男孩，从此难以入睡，形销骨立。而这次让莱茨尼克痛苦不已的事故就发生在 1 点 30 分，电影中总是出现莱茨尼克在乎时间的相关镜头。在电影一开始，莱茨尼克坐在机场的咖啡店时，就有镜头在展现了莱茨尼克坐在吧台抬起头看向一个地方时，下一个镜头就是钟。两个画面的切换就很自然地表明了钟和上面显示的时间是从莱茨尼克的视角得到的信息，也暗示了观众莱茨尼克与时间之间有着某种关系。

三、外聚焦视角

外视角则和内视角相反，叙事者传达给观众的信息要少于人物（或叙事者本身）掌握的信息。在英美悬疑电影中，外视角存在的作用主要在于制造悬念。如电影让观众得知了人物的外形、部分行为和性格等，但是并不深入介绍人物的心理活动，包括人物面对一件具体的事情时的想法与感受等。这样一来，观众就无从判断该人物在事件中扮演了一个怎样的角色，到底是不是置身事外等。由于观众已经在这一视角中得到了"真相"的一鳞半爪，有可能在这有限信息的基础上推导出真相，因此观众猜测的兴趣就能够被导演调动起来。

  悬疑片大师阿尔弗雷德·希区柯克的《惊魂记》可以说是使用外视角的经典之作。在电影中，观众一开始获取了关于玛丽安的信息，得知她携款潜逃，住进了贝兹汽车旅馆，但随着玛丽安在淋浴时被人残忍地杀害，电影就此不再可能使用玛丽安的内视角。而在一个囊括了众多人物活动的外视角中，观众可以看到看似善良的旅馆老板诺曼，玛丽安的妹妹利拉，私家侦探米尔顿以及诺曼神秘的、控制欲极强的母亲等人，但是观众并不知道他们与玛丽安的死有怎样的关联，究竟是谁丧心病狂地杀死了玛丽安，玛丽安的死和她私占老板的 4 万美元，与她还没有离婚的男友有没有关系等。希区柯克通过这一叙事视角将悬念保留到了最后。

  外视角有时候还可以帮助悬疑电影制造幽默效果或规避表达上的浅白粗俗。例如，在希区柯克的《西北偏北》中，观众看到一列火车钻进了幽深黑暗的隧道，而下一个镜头则是躺在火车上的罗杰和艾娃在拥吻。观众单纯从视觉上得到的信息是有限的，但是观众可以根据自身经验补充导演有意省略的其他信息。显然，罗杰和艾娃在这一次火车上的千里大逃亡中坠入了爱河。

  曲折的文本布局，令人拍案叫绝的案件真相，是悬疑电影抓住观众的地方，而这些，与叙事视角的变换使用是密不可分的。在零视角、内视角和外视角三种叙事视角中，导演得以充分调动、操纵观众的思维，使观众获得有别于其他类型片的观看感受。

第四节 语言学视角下的英美叙事文学作品

  语言是人类最基本的交流方式，也是具有深刻内蕴的人文艺术。文学作品是语言艺术的结晶，源于生活而高于生活。随着当今世界各国经济、文化交流的日益频繁、密切，文学作品作为重要的文化载体，在跨文化交流中发挥着越来越重要的作用。英美叙事文学作品源自古希腊罗马神话传说和古希伯来基督教文化，其流派具有独特的创作特点，作品的思想性、艺术性和语言价值都相对较高，在西方社会发展历程中，影响范围一直较大。英美叙事文学作品浓缩了西方优秀的人文智慧和语言艺术，反映了西方各国社会、经济、文化发展的状况。在素质教育背景下，高校英语专业开设英美叙事文学作品赏析教学课程，不仅能为大学生提供英语语言学习的经典范本，提高其词汇储备、英语文学作品鉴赏力和英语语言应用能力；同时，也能帮助大学生从这些优秀的文学作品中，更深入、准确地理解中西文化差异，增强人文素质修养，形成正确的世界观、人生观和价值观。英美叙事文学作品拓宽了高校英语教学的途径，英语教师必须重视其教学价值，从语言学角度，不断研究英美叙事文学的适应性，以更好地推动英美叙事文学在我国高校的教学实效。

一、基于语言学环境的英美叙事文学适应性分析

在跨文化交流中，文学作品语言的转化既要贴合作品的主题，也要契合各国的语言学环境。语言的转换是特定文化语境下的一种文化互动行为，可以有效地促进不同文化的交流。语言转换的过程，也是一种新文本形成的过程。作为语言转换的处理对象，文本是负载外来文化因子的载体，语言转换离不开对源语文本的选择和适应。而所有的语言转换活动，都是始于文本而归于文本的。例如，以语言转换中的翻译为例，胡庚申教授基于达尔文生物进化论，提出了翻译适应选择论，从"自然选择""适者生存"的理论维度，阐释了译者适应与选择的相互关系和相关机制，认为翻译就是适应与选择，这也是译者的本能。所谓翻译过程，就是以译者为中心，不断地进行多维度适应、优化选择的循环过程。语言转换在世界文明进程中，具有使用归化策略构建本国自身文化身份、增强本国话语权、文化传播力，提高本国软实力重要价值的作用。

在我国高校英语教学中，对优秀英美叙事文学的语言转换，实质是对英美叙事文学的再创造，目的是使其更好地适应我国高校英语教学特点，让大学生在阅读赏析中，更好地体验作品内含的文学艺术魅力和人文情感之美。由于个体认知与思想存在差异性，在语言转换过程中，会存在"同样一字，各有所悟"

的现象，因此，在对英美叙事文学作品进行语言转换的过程中，既要致力于确保忠于原著文本主题、语言和情感，尊重文本的原意，也要在表情达意上，符合我国阅读者的语用习惯和高校英语教学特点。为此，高校英语教师必须要先深刻地了解英美社会发展历史和英美文学特点，从文化角度出发去进行转换，尽可能地将原文忠实地传递给目的语读者。例如，在英美叙事文学作品中，"Achile' sheels"源自希腊神话故事中的英雄阿基里斯，一般用来表示某些"致命的弱点、要害部位"。在 Achile 婴儿时，其母亲海洋女神就抓着阿基里斯的脚后跟，让他在斯提克斯河里浸泡，他因而拥有了刀枪不入的体魄，但因脚后跟没有浸泡过，其脚后跟就成了 Achile 的致命弱点。在攻占特洛伊城的时候，Achile 的脚后跟被太阳神一箭射中而命丧于此。如果英语教师不了解这个故事，就难以准确地进行语意转换。另外，在转换过程中，英语教师还会不可避免地融入自己的选择观、经历与知识，导致对原文原意产生或多或少的背叛。从语言学角度来说，这也是一种适应，目的是提升作品的可读性，通过文学精髓来激发其感情共鸣，最大限度地吸引大学生的阅读兴趣。在处理因主观思想导致的语言转换的偏差性问题上，应遵循语言转化中的文化适应原则，采用灵活的转化策略，既保持原作品风格，也要体现文学作品的"信、达、雅"要求，使作品富有感染力和亲和力，给读者带来美好的异国风情体验和阅读愉悦。英国语言学家巴思内特曾言，在英美叙事文学作品的语言转换方面，需要在考量中西文化差异的前提下，深入把握文学作品的主题和内容，只有这样才能真正体现作品的原意和主题。将英美叙事文学作品成功进行语言转换，就要从语言学角度，去关照英美叙事文学作品语言转化中的适应性，从而给读者带来真正的艺术和审美享受。

二、英美叙事文学作品对语言学的适应性分析

文学作品属于思想意识范畴，通常具有深刻的思想性和艺术性，在英美文学作品创作过程中，创作者通过选取特定的创作素材，结合实际语境和语言特点来进行创作和提炼，表达一定的思想和价值取向，使文学作品对客观事物的认知与思考变得更加深刻。英美文学作品以缩影的形式，映射着英美国家政治、

经济、文化，彰显着创作者本人的社会价值取向、个人价值取向、宗教信仰，以及作者对社会、人生等的体验和感悟。此外，英美叙事文学的文体风格多样、语言表现变化多端，读者只有结合文学作品创作的社会文化背景、作者的个体经历来解读作品，才能更深入地理解作品语言中所蕴含的思想和情感。在高校英美叙事文学作品教学过程中，教师从语言学维度出发，通过适应和选择，对文本语言进行转换，为大学生提供优质的英美叙事文学作品，并帮助大学生除去英语语言阅读上的障碍，进一步提升英美叙事文学作品教学的效果与质量。在词汇和语法方面，教师在进行适应性选择的时候，需要对源文本做输出性语言接近式再编码，以便调配文本特征与影响文学语言转化的各种因素，提高英美叙事文学作品输出之后的适应性。另外，英语教师还要把握好原著作品语言的表面释义和其外延寓意的关系，有重点地进行选择和适应，从而增强英美叙事文学作品输出型语言的文化适应性。

三、英美叙事文学作品语言输出方法

在高校英美叙事文学教学中，要实现其输出性语言文化适应性，有如下几种方法：一是对源文本语言进行直接转化输出，此种方法忠于原著文本，不会对原有的文本语言进行加工和润色，注重突出其国家和民族文化典型特征，在语义和语言表达等方面，尽量与原著保持一致；二是对源文本语言进行引申输出。此种方法基本保持英美叙事作品的原有民族特色与语言特点，适应目标读者阅读需求而进行语言输出，目标读者也更容易理解和掌握作品内容和主旨；三是保留原著语义对等基础上，进行综合输出。英美叙事文学作品中涉及很多典故、民谚、俗语、民间用语等，如果对西方民族文化特点不是充分了解，将难以理解和掌握。英语教师应采取灵活的方法，综合运用多种语言输出方法；同时，利用借代、注释、简化等手段，提高英美叙事文学作品与目标语言文化的融合性，增强语言输出的接受效果。

在英美叙事文学中，叙事诗是比较常见的题材，以此为例，从语言学维度研究英美叙事文学作品输出性语言的适应性问题。艾米丽·狄金森的《野蛮夜、疯狂的夜》一诗，我国著名文学译作家吴钧陶和吕志鲁都进行过转换。吴钧陶的译作基本忠于原著，无论标点符号，还是行文特点，都契合了原著的创作特点。其译作中的破折号，具有"逗号"的作用，从语言学维度理解，其起到的是停顿的作用，符合诗歌抑扬顿挫的发声起伏和句子间的停顿。这种直接的语言输出，与原著的形式实现了吻合。而从吕志鲁的译作中，很难看出诗句在原著中的形态，语言的转换和表现形式，都有了很大的调整和改变，甚至原著诗歌的内涵也进行了适应性深化。诗歌的语言应用灵活多样，富有意境，体现出一定的创新特点。他在语言转换中，借用了我国古文学的五言诗体的创作手法，使译作具有了五言诗的节拍和音韵。经过这样的语言转换，作品会更加适应我国读者的阅读习惯。尽管在形式上与原著存在较大差异，但在思想和修辞手法等方面，却以异曲同工之妙实现了与原著的高度吻合。根据分析可知，英美叙事文学作品应根据适应性原则，进行语言转换，这样才能使转化的作品更契合目标语地的文化特点和阅读需求，获得读者的认同和喜爱。

四、基于语言学视角的英美叙事文学作品适应性教学策略

语言是文学的第一要素，英美叙事文学作品通过丰富的语言，表达出创作者对社会、对人生、对人性的思考和态度，对其进行鉴赏，将使学生了解中西文化的差异，体悟异国文化的魅力，提高英语阅读、写作等能力。对于教师来说，重视英美叙事文学作品的适应性选择，将能进一步提升自身的专业水平和人文教学能力，更好地践行"传道、授业、解惑"的职责。在教学实践中，高校英语教师可通过如下几种方法，来提升英美叙事文学作品教学的有效性。

第一，根据体裁进行适应性教学。文学作品体裁不同，其语言表现形式也迥然不同。例如，小说的语言通俗易懂、描绘详尽，而诗歌的语言则凝练精美、寓意深刻。根据体裁分类进行适应性教学，将能使学生获得更加系统、全面的认识。

第二，从语言风格上进行适应性教学。经典英美叙事文学是西方文化的集大成者，其语言风格具有鲜明的特征。不同的语言节奏和风格，也给阅读者带来了不同的艺术享受。例如，海明威的语言简洁明了，福克纳的语言儒雅绅士等，选择不同的语言风格，将能使学生体验到英语语言的魅力特点，增强其英

语语言运用技巧和能力。

第三，利用多媒体进行适应性教学。如今，我国高校的信息化建设已经比较完善，英语教师可以充分利用多媒体教学手段，进行英美叙事文学作品适应性教学。例如，选择电影、电视剧、音乐剧等，将抽象的语言形象化、具体化，营造出图文并茂、声色陆离的强烈视觉效果，从而吸引学生积极参与到课堂教学中，获得更深刻的艺术感悟。

第五节　认知叙事学下的英美文学课程教学

一、英美文学课程意义及现状

英美文学是高校人文学科的重要组成部分，在培养学生的思维方式、创新性以及塑造学生的世界观、人生观、价值观方面具有不可替代的作用。教育部于2000年颁布的《高等学校英语专业教学大纲》中已经指出英美文学课程对高校学生的重要意义，即文学课程的目的在于培养学生阅读、欣赏、理解英语文学原著的能力，掌握文学批评的基本知识与方法。通过阅读和分析英美文学作品，促进学生语言基本功和人文素质的提高，增强学生对西方文学及文化的了解。可以看出，通过英美文学原著的阅读体验和英美文学史的发展概况，学生能够逐渐培养起对文学的兴趣和欣赏、判断能力，从而获得英美文学的基本知识。此外，通过掌握文学批评的基本知识和分析方法以及认识英美文化和国民性格，提高理论修养和思辨能力，同时拓宽文化视野和思想疆域，提高综合人文素质和跨文化交际能力。最重要的是，文学是一个民族历史文化的结晶，对人的精神和心灵的启迪与洗礼是独一无二的。学生可以透过文学作品感悟人生、培养人文情怀，张扬人文主义精神，丰富精神文化生活。

然而目前在高校英语专业教学中，英美文学课程却处于一个十分尴尬的处境，地位不断地被实用型的课程边缘化，文学对学生的吸引力和影响力逐渐减弱。大多数学生只是阅读过一些简写或缩写本的文学作品，甚至由观看原著改编的电影代替阅读名著。虽然近年来一直在不断强调学生阅读的重要性，但课堂时间相对短暂，让学生在有限的时间内去阅读大量的文学作品是件极不现实的事情，英美文学课程常常沦为以经典作品选段为内容的精读课程；而学生的自学能力十分有限，课后也不能解决阅读体验的基本问题。因此，给予学生充足的阅读时间并不是英美文学教学的根本问题，教师应该指导学生掌握文学批评理论去充分理解文学作品内涵。

二、将认知叙事学理论引入英美文学课程的现实意义

作为目前发展势头最为旺盛的后经典叙事学分支之一，认知叙事学兴起于20世纪90年代，它将叙事学与认知科学相结合，主要关注作品的阐释和接受过程，并将注意力从经典叙事学的文本研究转向文本与读者之间的关系研究，即在文本线索的作用下，对读者认知过程和阐释心理过程的研究。此外，认知叙事学还关注作品的设计和创作过程以及故事世界中人物的认知和心理等。可以说，认知叙事学理论的本质和培养学生综合能力发展的要求不谋而合，对英美文学课程提供了新的教学视角和方法，并为探索英美文学教学新思路提供了启示。这一新兴理论不仅对学生的理解能力、组织能力、创新能力和交际能力的发展有着重要的现实意义，而且通过理解分析英美文学作品中人物和叙事的认知模式，引导学生形成正确的世界观、人生观、价值观，培养正确的价值取向与高尚的人格品质。

（一）有助于学生英美文学作品中的人物认知

认知叙事学理论关注读者对人物的复杂的认知过程和认知模式的建构。在英美文学教学过程中，教师应用认知叙事学理论解读文学作品，不仅能够帮助学生理解叙事文本中人物的思维变化过程，彰显叙事的认知和交流功效，同时教师和学生自身的情感也在这些认知过程中变化并升华。学生既可以通过自身已经拥有的经验或知识，即"图式知识"来认知文学作品（自上而下的认知过程），也可以通过作品改变自己的图式知识（自下而上）。简单地说，学生通过阅读影响原有知识，而原有知识反作用于阅读。通常学生对文学作品主人公的认知愿意付出最大努力，运用认知叙事学理论对主人公进行分析，可以更加深入和清晰地展现读者在阅读作品时对人物的认知过程和认知模式建构，从而彰

显叙事的交流和认知功效。例如，教师通过教授学生掌握认知叙事学理论家卡尔佩珀建立的人物认知模式理论，可以帮助学生深入分析作品中的"人物图式知识""人物印象的情景模式""人物命题的基础""人物表达形式的表层结构""人物阅读控制系统"，即已经储存在长时记忆里的人物认知原型，推断人物的目标、信仰、特征、情感和社会关系，从叙事文本中推断对人物的判断结论，在文本中关于人物的表达形式，以及自己的阅读动机和以此而获得的认知回报。学生在新的角度解读叙事作品中人物认知过程的同时，对自己的思维模式也会有所感悟。

（二）有助于学生英美文学作品的叙事认知

认知叙事学作为经典叙事学的跨学科延伸，主要关注读者对叙事的认知理解过程，致力于建构叙事阅读的普遍理论。这一理论探讨叙事与思维或心理的关系，聚焦于认知过程在叙事理解中如何起作用，或读者（观者、听者）如何在大脑中重构故事世界。一方面，教师在教学过程中可以探讨英美文学作品的叙事如何激发学生的思维，或文本中有哪些认知提示来引导学生的叙事理解并促使他们采用特定的认知策略。另一方面，理解评论叙事作品中的心理活动，学生需要掌握作品创作的文本技巧。运用认知叙事学理论，学生可以新的视角关注文本叙事如何再现人物对事情的感知和体验，如何直接或间接描述人物的内心世界。认知叙事学理论为文学创作与阅读都提供了丰富的理论借鉴。优秀的文学作品无论在形式还是内容上都具有极好的叙事典范性，并对人们的准确规范的语言表达产生潜移默化的影响，提高人们的语言应用能力。此外，文学作品中永恒主题和经典的人物形象是社会对特定时代典范式生活经验的保存，并且能够经过时间考验经久不衰。将认知叙事学的成熟经典的理论引入英美文学作品教学领域，并以科学系统的方式呈现出来，不仅可以帮助学生较好地掌握基本的叙事学解读方法，使学生体验到文学作品的叙事艺术，还可以发展自身的审美能力和艺术思维能力。

（三）有助于学生正确价值观的认知

在英美文学课程中，学生通过欣赏英美文学经典作品能够了解不同国家政治、经济、文化、社会、风俗、生活、精神思想等诸多方面，既包括对人类自身生存状态的认识和反思，也涵盖对人类心灵和精神面貌的认知。文学可以丰富人们的心灵，激发想象力以及拓宽视野，对提高人文素质有极大的促进作用。它们代表着传统与当下的对话，是社会传承发展的一种有效途径。优秀的英美文学作品是人类历史发展长河中沉淀下来的宝藏，是一个时代的精英文人以独特的智慧表达的对人类生活的思索，也是维持社会持续发展的不竭动力。优秀的英美文学作品促进学生构建人文知识以及健康的思维方式，这与正确的价值观和高尚的人格密切相关。学生可以在文学作品中体会到情感与归属，在阅读到大量信息后实现知识的积累，建立正确的民族观与世界观，对自己充满信心，对社会满腔热情，体验到自己的用处和价值，实现个人理想、报复。此外，通过认知叙事学理论解读文学作品，教师和学生都可以获得其他解读方式可能捕捉不到的文化信息，包括文本材料无意识携带的以及作者有意识表达的文本主题之外的文化信息。将认知事学理论引入英美文学课程，可以为学生理解文学作品提供一个新的视角，带给学生更加深刻、丰富的情感体验。

在高校英语专业英美文学课程教学过程中，将认知叙事学理论与教学有机结合，多方位开展文学教学，可以充分发挥学生主体性，有利于拓展学生的学术视野，全面把握文学的发展脉络，培养学生的创造性思维能力和对文学、语言的敏感性，顺应时代发展对复合性外语人才的要求。认知叙事学理论的引进对实现英美文学作品教学的课程目标必将具有巨大的推进作用。

虽然英美文学教学很难取得立竿见影的效果，但文学有助于人们开阔眼界，培育理性思维，在内心深处形成某种图式，这种图式不会立即发挥作用，但从人生的长远发展来看，它能在特定的情境中散发出智慧的光芒，帮助个人和社会长远发展以及人类文化传承。

第六节　叙事学下英美传记电影人物塑造手法

当我们沉浸在《西雅图夜未眠》那唯美的爱情或是痴迷于《复仇者联盟》中英雄们帅气的动作中时，是否会对《阿甘正传》中阿甘的真诚、勇敢甚至有些"弱智"的形象而念念不忘？是否会对《肖申克的救赎》中安迪的隐忍、睿智、沉稳、坚持而感动？英美传记类电影仿佛在悄无声息中感染观众，让观众达到情感上的共鸣。他们对人物形象的塑造手法往往是令人称赞的，而通过人物缓缓展开的剧情也总给观众留下深刻的印象，激励观众追求积极向上的生活态度，不断完善自己。在2016年上映的传记类电影中，由美国三星影业出品的《云中行走》引起了人们的注意。和很多传记类电影一样改编自传记类文学，《云中行走》改编自菲利普·帕特的个人自传，讲述了杂技艺人菲利普·帕特于1974年在纽约世贸大楼双子塔之间搭建钢索，并成功穿越两栋大楼的冒险故事。本节将从叙事学的角度来探索英美传记类电影中的人物塑造手法，主要通过故事本身、叙事结构以及叙事话语三个层面来进行深入分析。

一、叙事学下的电影

叙事学理论发源于西方，其中最著名的莫过于形式主义批判。近年来，全球化的浪潮席卷了全世界，叙事学理论也随着全球化的浪潮成为流行的学术思潮之一。"叙事学"一词是托多罗夫在1969年正式提出的，但实际上人们对叙事的讨论很早就已经开始了。柏拉图对叙事的著名二分说理论历来被人们认为是叙事学讨论的发端，到18世纪后，小说正式成为文学体裁中的重要部分，人们关于小说或者叙事的讨论更加激烈。从小说的内容到其形式，再到关于小说的影响以及读者等。而到了现代，人们对小说的讨论更多地在叙事学的范畴中，如叙事的视点、距离、范围等。例如李斯特就曾运用"叙述视点"来分析小说作品，洛克哈特也曾使用"叙述视点"来分析如何使作者和自己的作品分开，后来经过历代文学家的讨论，叙述视点也逐步成为叙事学中的重要术语之一。

但在最初，叙事学往往与文学批评结合起来，真正将叙事学与电影联合起来的第一人当属罗兰·巴特。罗兰·巴特突破了叙事学只研究文学作品的单一束缚，他认为任何材料都可以运用叙事学来分析，常见的绘画、电影、戏剧等具有不同画面的单一组合或者多重组合体都可以用叙事学来分析，并且这一观点也得到了学界的广泛认可。随着科学技术的进步，电影在画面呈现上也越发显得缤纷多彩，电影作为叙事作品的一种也逐步开始利用叙事学的相关理论来进行拍摄、分析。从文学作品到电影，人物形象都是其中最为重要的。人物形象的常见塑造手法中有直接和间接两种方式，但电影和文学由于在艺术表现手法上稍有区别，因此在人物塑造方面也存在差异，电影中的人物塑造主要通过正面表达和侧面烘托来体现。

在电影的人物塑造手法中，正面的表达基本上通过人物的衣着、动作、声音等比较直观的方式。《云中行走》中的故事情节、叙事结构的安排以及高低空视角的选择、情节时间的安排等都是为了凸显故事情节，烘托出主人公菲利普·帕特的人物形象。

二、英美传记类电影中的人物叙事方式

传记类电影是影视作品种类的一种，在传记类电影中，影片的核心往往是主人公，故事的情节也会围绕主人公展开，因此主人公的人物形象就是传记类电影需要着重刻画的。相对于常见的动作片、科幻片来说，传记类电影的市场相对狭窄，但即使这样，传记类电影却会通过独特的人物塑造手法使观众留下深刻的印象。传记类电影为了使影片更加具有艺术性，继而提高经济效益，通常会对真实的背景故事进行适当的改变，通过这种改编的手法使影片的故事情节更加紧凑，凸显出故事主题和人物形象。因此，在改编的过程中就需要将真实的事件改用"故事化"的手法来进行描述，故事化的情节在叙述的时候就需要一定的叙事方式来进行规范和架构。传记类的电影在改编拍摄的时候往往会在故事里设置一些不同的人物，相对于主角人物来说，这些人物看似是次要人物，却都在推动故事情节发展上起到了不可忽视的作用。而情节的发展通常会利用各种出现的问题、矛盾甚至是冲突而展开。

影片《云中行走》和许多传记类电影一样，最终的主题都奔向"成功与励志"。导演泽米吉斯同样是著名的传记类电影《阿甘正传》的导演。而《阿甘正传》正是他的巅峰作品，曾在全世界掀起过一股"阿甘热"，这部影片也成为电影史上排名第四的卖座影片，成为世界影坛的奇迹之作。《云中行走》的故事和《阿甘正传》一样简单却又深入人心，根据法国杂技艺术家菲利普·帕特的个人自传改编，同时该片是2009年奥斯卡最佳纪录长片《走钢丝的人》

的翻拍，真实地还原了当日那惊心动魄的壮举。故事讲述了从小拥有杂技天赋并且热爱表演的菲利普·帕特长大后成为闻名法国的杂技演员，来到纽约看到世贸大楼双子塔后，萌发了在双子塔上走钢索的梦想。但是他的梦想却遭到了很多人的质疑和非议，在经历了误解受伤之后，菲利普·帕特依旧坚持着他的梦想，在精神导师鲁迪的帮助下毅然站在了世贸大厦的钢索之上。在众目睽睽之下，伴随着众人的惊呼，400多米的云层之中，菲利普·帕特开始了他的梦想之旅。

传记影片类的叙事方式往往按照这样的路径发展："问题提出—矛盾冲突—解决方案—未解决的矛盾—最终解决方案—解决。"《云中行走》的故事情节也遵循这一路径发展。在故事情节的发展过程中，人物角色也是十分鲜明的。影片中的主要角色有三个：菲利普·帕特是故事的主角，是一位年轻的法国杂技艺人，梦想在纽约世贸双子塔之间搭建钢索行走，最终在女友和同伴的帮助下排除一切困难，实现了自己的梦想。安妮，一名街头音乐女孩，是男主人公菲利普·帕特的女友，鼓励帕特一步步走向自己的梦想。鲁迪，影片中的另一灵魂人物，是一位经验丰富的马戏团演员，为人和善，得到了周围人的尊重，是菲利普·帕特的精神导师，帮助帕特排除心理障碍，使他勇敢地向梦想前进。

英美传记类电影在人物塑造的叙事方式上，往往都有着鲜明的三点结构，主人公、主人公的爱人、精神导师或是除了亲情、爱情之外非常重要的人物。主人公在生活中以及实现梦想的过程中一定会遇到各种各样的问题，不断出现的矛盾与冲突都是主角实现梦想的羁绊，这时就需要爱人与精神导师的安慰与鼓励，因此主人公最终的胜利是周围人共同努力的结果，这也是英美传记类电影在塑造人物形象和建构人物性格特征时常常使用的手法。人物与情节是影片中叙事互相联系的两个方面，情节又随着人物而展开。人物形象在不断出现的矛盾冲突中凸显，这也是传记类电影之所以给人留下深刻印象的原因之一。

三、英美传记类电影中的人物叙事话语

叙事话语理论也是叙事学中的重要构成部分，其中以热拉尔·热奈特提出的叙事话语理论为主。在叙事学的组成部分中，我们可以将其分成故事和话语

两方面，故事指的是叙述的内容，话语则是叙述的方法和技巧。在传记类电影的人物叙事话语安排中，一般包含叙述视角和叙述时间两个方面。《云中行走》中，影片运用了大量的篇幅来介绍主人公菲利普·帕特的成长过程以及挑战高空走钢索之前的准备，在杂技表演中，勇气和精湛的技巧是杂技艺人走到终点的必备条件。但在电影艺术手法中，影视作品展现得并不只是结果这么简单，更多的是渲染成功之前的各种准备过程和艰难的心理挑战，令观众可以陶醉在情境之中，超越单纯地追求成功结果的目的。《云中行走》中使用了高塔上第一人称的叙述方法，这种传统的叙述方法并不会使影片显得庸俗，反而让影片可以将观众成功地引入横跨高空的情境之中。

在英美传记类电影中，人物塑造的叙事话语安排手法往往是巧妙的。在《云中行走》中，各种叙事话语或者叙事技巧的安排都是为了塑造主人公菲利普·帕特独一无二的形象，为了突出主人公的形象采用了叙事视角和叙事时间的变化。影片中最震撼的情节当然是走钢索的环节，菲利普·帕特为了走钢索做了充足的准备，他乔装成工人进入未竣工的大楼，仔细地检查楼内的各种细节，与伙伴缜密地计划走钢索的每一个细节。这种旁观的视角可以让我们更加直接地感受到帕特为了实现梦想而做出的各种准备，以此就可以发现英美传记类电影在塑造人物形象时对背景活动的细致介绍。当影片进入最后的高潮环节时，当清晨时分，帕特和同伴潜入大楼内搭建钢索。六年里日日夜夜期盼的梦想马上就要实现，时间的刻画也将人物内心的辛酸和努力更加凸显出来。当帕特走在云海中的钢索上，梦想已经成为现实。而当云雾散去，大楼下的人们惊呆了。当帕特成功地走到对面时，楼下的人们才长舒了一口气，然而这时，情节却突然再次紧张起来。帕特回望刚刚走过的钢索，表情凝重而深沉，他居然再次走上了钢索，再次让众人感到不可思议。这次当帕特走到钢索中间时，他慢慢地单膝下跪，不仅仅是致敬纽约这座城市和世贸大楼，更是致敬自己的梦想，致敬自己的观众。在影片的人物塑造中，第一次走完钢索已经是一次完美的演绎，但是当他第二次走上钢索时，帕特已经不仅仅是一个杂技艺人，而是升华为一个艺术家。伟大梦想的背后是无数的艰辛和数不尽的汗水与泪水，也许这就是影片所要透露给观众的："每个艺术家背后都是不疯魔不成活。"我们在岁月的蹉跎中度过一天又一天，但有人却为了追求自己的梦想而不断努力，哪怕这梦想是疯狂的。英美传记类电影最终的主旨往往都是要透露这样一种励志的情怀，虽然这种励志情节看似是老生常谈，但是不仅仅在《云中行走》中，大部分同类电影都会运用巧妙的人物塑造手法来凸显不同的人物性格，以展现不同的成功过程。除此之外，并没有像很多英美电影那样，主角都会收获一段美好的爱情，在《云中行走》的结尾，帕特已经完成了梦想，一直以来给予他很大支持的女友却选择了离去，他们和平分手。在最后的道别中，安妮说："你已经完成了梦想，我也要去追寻我的梦想了。"仿佛是两个艺术家之间的惺惺相惜，他们相识在法国的街头，一路走来，安妮陪伴帕特经历各种磨难，却在最后帕特实现梦想后离开了他。这种人物叙事话语的塑造手法，也许让一些喜欢大团圆结局的观众不太开心，但仔细想来，也许只有这样，才能体现出人对艺术、对梦想的追求可以超越一切，那么这样最终也可以回归到影片的主题"追求梦想"之上。

英美电影中塑造人物的手法有很多，无论是采用宏观的手法让人们感受到人物形象的美感，还是采用微观而细腻的手法让人物形象更加鲜明，只有通过不同层面的结合塑造，才能真正使人物形象鲜活起来，推动影片情节的升华。

参考文献

[1] 管英杰. 探究英语文学中的语言艺术 [J]. 郧阳师范高等专科学校学报，2016，36（4）：61-63.

[2] 周茜. 语言艺术在英语文学中的应用研究 [J]. 科教导刊-电子版（中旬），2014（9）：73-73.

[3] 刘岩，张一凡. 英语文学中的语言艺术研究 [J]. 才智，2016（8）：124-124.

[4] 金文宁. 英语文学阅读教学中的导向原则 [J]. 文学教育（上），2014（6）：70-73.

[5] 陈安定. 英汉比较与翻译 [M]. 北京：中国对外翻译出版公司，1998：30-40.

[6] 马丽群. 浅析英语文学中文化翻译差异处理的技巧 [J]. 作家，2013（18）：165-166.

[7] 于文杰. 文化学视阈下英语文学作品的翻译技巧 [J]. 芒种，2012（16）：163-164.

[8] 胡文仲. 跨文化交际与英语学习 [M]. 上海：上海译文出版社，1988：66-75.

[9] 陈安定. 英汉比较与翻译 [M]. 北京：中国对外翻译出版公司，1998.

[10] 马丽群. 浅析英语文学中文化翻译差异处理的技巧 [J]. 作家，2013（18）.

[11] 胡文仲. 跨文化交际与英语学习 [M]. 上海：上海译文出版社，1988.

[12] 杜功乐. 写作借鉴辞典 [M]. 上海辞书出版社，1989.

[13] 冯翠华. 英语修辞大全 [M]. 北京：外语教学与研究出版社，1995.

[14] 侯毅凌. 英语学习 [M]. 北京：外语教学与研究出版社，2004.

[15] 卢炳群. 英汉辞格比较与唐诗英译散论 [M]. 青岛：青岛出版社，2003.

[16] 刘相东. 中国英语教学 [M]. 北京：外语教学与研究出版社，2004.

[17] 张伯香. 英美文学选读 [M]. 北京：外语教学与研究出版社，1998.

[18] 张汉熙. 高级英语：第 1 册第 2 课 [M]. 北京：外语教学与研究出版社，1997.

[19] 路清明，强琛. 英语文学作品中比喻修辞格欣赏 [J]. 石家庄职业技术学院学报，2005，（5）.

[20] 邓李肇. 英语文学作品中幽默修辞的欣赏及其功能分析 [J]. 双语学习，2007，（10）.

[21] 李冀宏. 英语常用修辞入门 [M]. 世界图书出版公司，2000.